读客®

全球顶级畅销小说文库

全球文化，尽收眼底；
顶级经典，尽入囊中！

THRONE OF THE CRESCENT MOON

弯月王国

[美] 萨拉丁·艾哈迈德 著 岱陵 译

文匯出版社

THRONE OF THE CRESCENT MOON

SALADIN AHMED

I

九天了。仁慈的真主啊，请于今日赐予我死亡。

这名卫兵的脊椎和脖颈都扭曲得不成样子了，但还一息尚存。他已经在这个刷了红漆的匣中度过了九天。他眼睁睁地看着一天天过去，日光从匣盖的裂隙间扫过。已经九天了。

就像在把玩着手里紧攥的几个钱币，他将日子反反复复细数了无数遍。九天了。九天了。九天了。如果在他死去的那一刻他仍能牢记这一点，他一定能全身逃离这个世界，投入真主的怀抱享受荫庇。

他连姓名都已经舍弃，无力记起。

卫兵听见悉窣临近的脚步，呜咽了起来。九天以来，每一天，这个身着白色长袍、形容枯槁的男人都会不请自来；每一天，他都会用刀刻、用火烧来折磨这名卫兵。但最难以忍受的还是被迫体会他人痛苦的时候。

这个枯瘦的男人曾经活剥了一个住在沼泽的女孩的皮，他强迫卫兵睁开眼睛目睹女孩的皮肤在刀刃下一条条地卷曲剥下；这个枯瘦的男人也活活烧死了一个巴达维的男孩儿，同时扳着卫兵的脑袋，让他不得不吸入那浓稠刺鼻的烟雾。每当枯瘦男人豢养的食尸鬼进行着残忍嗜血的饕餮时，卫兵都不得不眼睁睁地看着。他眼睁睁地看着枯瘦男人的奴役，那个东西，那个由暗影和豺狗皮造出来的东西，从血淋淋的新鲜尸体中汲取着片刻欢愉，挖去他们的心脏，只留下几双空洞无神的猩红色眼睛。

这一切几乎已经让卫兵丧失理智。几乎。但他顽抗着。九天了。九天……仁慈的真主啊，请带我离开这个世界！

卫兵努力克制着自己。他从未像现在这样哀叹现世，但求一死。他咬牙忍受着鞭挞与刀伤的痛苦。他是一个坚强的男人。他曾经不是做过哈里发的护卫吗？如果连自己的名字都忘记了，那他该怎么办？

我在游荡着食尸鬼的荒原前行，没有恐惧能，没有恐惧能……他记不起后面一段经文了。连《天堂之章》的内容都已从他的记忆中远去。

匣盖打开了，刺目的光线拥了进来。穿着肮脏白袍的枯瘦男人出现在卫兵面前。男人的身边是他的随从，那个东西——暗影、豺狗、残酷构成的一体——他自称牟·阿瓦。卫兵厉声尖叫了起来。

枯瘦的男人和往常一样一言不发。但黑暗生物的声音则回荡、充斥着士兵的大脑。

牟·阿瓦，为其神圣之友代言。汝乃荣耀卫士，业生于弯月神殿。汝以真主之名发誓为其效忠，用尽汝之每一寸血肉，每一分呼吸。

话说得很慢，一字一顿，震得他的颅骨嗡嗡作响。他在恐惧与混乱中渐渐失去了意识。

诚然，汝之恐惧如此神圣！汝之痛苦使吾圣友之咒语愈发响亮。汝跳动之心脏将为食尸鬼所享。贪婪的车·阿瓦将汝之灵魂吸吮精光。汝曾经耳闻目睹之惨叫、哀求与鲜血，汝将一一亲身品尝。

卫兵的耳中不知从何响起了她祖母的声音。那是一个古老的故事，关于刚强之人如何克服汹涌的恐惧与杀意。他不断地诵读着摆脱恐惧与疼痛的词句，试着让自己冷静下来，摆脱穿肮脏白袍的男人的魔力。

然后他看到了那把小刀。在卫兵看来，枯瘦男人的这把小刀仿佛活物一般，刀刃的线条就像一只暴怒的眼睛。他大便失禁了，嗅到了一阵恶臭。在这九天中，同样的事情已经发生了很多次了。

枯瘦的男人仍旧一言不发，开始了细致的切割。刀刃咬进卫兵的胸和脖颈，他又大叫了起来，剧烈扭曲着，仿佛骨骼弯曲的界限已不复存在。

一边忍受着刀割，一边听凭黑暗生物的低语仍然在脑海中轰响。这让他回想起自己深爱过的人们和地方，一生的回忆像走马灯一样在他眼前展开。接着走马灯呈现了即将发生的事情。满街上徜徉着食尸鬼。卫兵的整个家族和朋友，整个达姆萨瓦城都淹没在血海中。卫兵知道这些并非天方夜谭。

他能够感觉到，他的痛苦不堪正让枯瘦的男人大快朵颐，但他无能为力。他感觉到刀刃深深地刺进皮肤，他听见了夺取弯月王座计划的低语。他是谁？他在哪里？他的内心已经空无一物，恐惧笼罩了他的全身——笼罩了他和他的城市。

接着，便是一无所有的黑暗。

第一章

达姆萨瓦城，王之国都，阿巴森之明珠

千万民众来去

熙攘的大街城墙和山谷

妓院和书屋，马厩与学塾

你的街景让我心许，你的夜色令我沉浮

若弃达姆萨瓦城而去，此生万劫不复

　　阿杜拉·马哈斯陆博士，达姆萨瓦城最后一名食尸鬼猎人。当他读到这几行诗句时，叹了一口气。他的情况似乎恰好相反。他常常对周遭生活感到厌倦，但达姆萨瓦城并不在此列。在真主保佑的土地上生活了六十几年，在阿杜拉看来，他所热爱的故乡是他为数不多尚未厌烦的事物之一。伊斯米·希哈布的诗也是。

　　每天清晨，读这本新印制的书中那些熟悉的词句，让阿杜拉感到恢复了青春——这感觉让人很受用。这本小巧的册子是用棕色的羊皮做的封面，上面印着伊斯米·希哈布的《棕榈之叶》几个烫金字。这本书价格不菲，但装订工哈菲却一文不收送给了阿杜拉。那是两年前的事了，当时阿杜拉从一个残酷巫术士操纵的水系食尸鬼口中救下了哈菲的妻子，时至今日，哈菲仍然对此深怀感激。

阿杜拉轻轻地合上书本，将它放到一侧。他正独自坐在叶耶家的茶馆外一条长长的石桌前，这里是他最喜欢的地方。昨晚梦见的场景触目惊心——血流成河，燃烧的尸体，惊惧的尖叫——但醒来睁开眼睛，那些细节也渐渐模糊淡去。坐在他最喜欢的地方，面前摆着一碗小豆蔻茶，读着伊斯米·希哈布的诗，阿杜拉快要将梦魇抛在脑后了。

石桌紧挨着达姆萨瓦城的主干道，这是弯月王国最宽阔最繁忙的交通要道。即使现在还早，路上已经人群熙攘。有些人经过时瞥了一眼阿杜拉惊人的雪白长袍，但大多数并没有太在意。阿杜拉同样也没有在意过往行人。他的注意力完完全全贡献给了更为重要的事物。

茶。

阿杜拉凑近了那个小茶碗，深深吸取着茶叶的香气，借此来治愈生活中的疲惫。甜辣的小豆蔻香气缭绕，水气润湿了他的脸颊和胡子，在这个备觉无力的清晨，他第一次感受到了自己仍然活着。

当他穿梭于达姆萨瓦城外、蛛网般错综复杂的墓穴中追击骨系食尸鬼，或是奔波在遍地沙尘的平原上追击沙系食尸鬼时，经常只能将就着咀嚼甜茶根。那些风餐露宿的日子非常难熬，但作为一名食尸鬼猎人，阿杜拉也习惯了这样的情况。有一条古训说：当你独自面对两个食尸鬼时，就不要徒劳地奢求更少的敌人，那只是浪费时间。但现在在自己故乡，在文明开化的达姆萨瓦城，他觉得自己如此格格不入，直到他的面前端上了这一碗小豆蔻茶。

他把茶碗举到嘴边抿了一小口，品味着刺激的甜香。他听见叶耶走近的脚步声，闻到了他的朋友带来的小油酥饼的味道。阿杜拉觉得，这就是神仙般的日子。

叶耶在石桌上放上自己的茶碗和一碟小油酥饼，发出了响亮的两声，接着他精瘦的身躯便挨着阿杜拉在长椅上坐下了。阿杜拉一直很好奇，这个斜视又跛脚的茶室老板可以如此干净利落地涮茶具再摞成一叠，极少失手。熟能生巧，他这么想到。只要成为习惯，人能做到任何事，这一点阿杜拉再清楚不过。

叶耶咧开嘴一笑，露出了仅剩不多的几颗牙齿。

他指着甜品说："杏仁小甜饼——还没开店就得给你开小灶。愿真主垂怜，让我的胖朋友别再一大早就把我弄醒了。"

阿杜拉不屑地摆了摆手。"老兄，一个人到了我们这个年纪，就该在日出前醒来。睡得太久意味着自杀。"

叶耶哼了一声。"午睡狂有资格这么说吗？话说为什么又扯到这个话题上来了呢？自从你上次冒险回来，脾气就变得比以往更古怪了。"

阿杜拉抓起一块杏仁饼啃下一半，咯吱咯吱地咬碎吞了下去，接着又凝视起他的茶碗来。叶耶正坐在一旁等着他的回音。阿杜拉终于开口了，连眼睛也不抬一下。

"古怪？哼。我可不是乱耍脾气。你刚说啥，冒险？半个月以前，我可是面对面和一个会动的铜像交手，它正要用一把斧头砍死我。那可是一把斧头啊，叶耶！"茶水微微震荡，映出他正在摇头的倒影。"活了六十岁了，还得卷进这档子疯狂的破事儿里头。凭什么？"他抬起头问道。

叶耶耸耸肩膀。"因为我们万能的真主是这么安排的。你以前经历过更可怕的事情呢，老兄。也许你长得和熊崽似的，难看又吓人，但你是这被诅咒的城市唯一的食尸鬼猎人了，伟大崇高的博士啊。"

叶耶使用谬赞医师的浮夸之辞来奉承阿杜拉。所有的食尸鬼猎人都享有"博士"这一头衔，但是跟"伟大崇高"的医师可沾不上边[1]。阿杜拉面对食尸鬼毒牙时的极度恐惧，可不是那些只会用水蛭吸血治病的江湖郎中能治愈的。"只剩六颗牙的人，你有什么资格评价我的长相？你的斗鸡眼除了你的鼻梁骨以外能看到什么！"虽然阿杜拉心情很沉重，但冲着叶耶以牙还牙的人身攻击一番后，他感觉好受了一些，就像穿上了一双制作精良、磨得合脚的旧拖鞋一般浑身舒坦。他在他一尘不染的长袍上蹭掉沾在手指上的杏仁碎屑。奇迹般地，碎屑和蜂蜜渍纷纷落到地面，而他的长袍仍然雪白如新。

"当然你说得没错，"他又开口，"我还经历过更可怕的。但这次……这次……"阿杜拉猛吸了一口茶。和铜人的战斗让他开始崩溃。他甚至需要他的助手拉希德拔刀相救，这说明他真的老了。更让人难以忍受的是他在战斗中开始看到死亡的幻觉。他厌倦了。而对于一个狩猎怪物的人来说，感到厌倦也就离死亡不远了。"那个孩子救了我，要不是他我早就死了。"这并不是那么轻易能承认的事情。

"你那年轻的助手吗？这没什么好羞耻的。他只是在完成他

1　医师与博士的英文表达同为Doctor。——译者注。（如无特殊说明，皆为译者查注）

的苦行任务。你正是为此才招收他的，不是吗？为了他那把叉形刀——摈弃谬误，但求真理，对吧？"

"太晚了。"阿杜拉说，"我早就该退隐了。就像达乌德和他妻子一样。"他喝了一小口茶，陷入了长时间的沉默。"我已经力不从心了，叶耶。早在那孩子救下我之前，我就已经干不动了。你知道我这会儿在想什么吗？我在想，我再也没机会做这样的事了——再也不可能坐在桌前，盯着一杯上好的豆蔻茶，看着自己脸的倒影发呆了。"

叶耶低下头，阿杜拉想，他朋友的眼睛也许湿润了。"你数次与死神擦肩而过，但重要的是你确确实实回到了这里，在真主的保佑下。"

"是啊。六颗牙，为什么不对我说，'待在家里吧，你个臭老头'？真正的朋友就该这样劝我！"

"有些事情仍然只有你能出马，丑熊怪。人们需要你的帮助。真主让你过上了这样的人生。我能说什么来改变这样的事实吗？"叶耶闭上嘴，眼神暗淡下来，"再说，谁说在家就安全了？听我说，猎鹰王子那个疯子随时都可能把这城池付之一炬。"

他们以前也谈论过这件事。叶耶并不喜欢这个自称猎鹰王子的人，不喜欢他那一套神秘侠盗的叛逆表演。阿杜拉也同意"王子"多半是个疯子，但他内心仍希望他能够夺取政权。那个人从国王和富商的金库里盗取了大量钱财并散发给达姆萨瓦城最贫困的人——有时候这位猎鹰王子也会亲自发放钱财。

叶耶喝了口茶，继续说下去。"上星期他又杀了一个哈里发的处刑者，你知道的。这样就有两人遇害了。"他摇摇头，"两个代表哈里发正义的人被抹杀了。"

阿杜拉哼了一声。"哈里发的正义？这两个词怎么可能被摆在一起！那个畜生智力不及他老爹的一半，残暴倒翻了个倍。他要是正义的话，就不会让半个城市都在闹饥荒，自己却舒舒服服地坐在柔软的大垫子上吃着别人给剥好的葡萄了！他要是正义的话——"

叶耶白了他一眼，露出了奇怪的神色。"拜托别说了。你喜欢猎鹰王子也不奇怪——你们俩都长着张大嘴。不过我告诉你，老兄，我是认真的。猎鹰王子这样的人和新王，不可能同时存在。我们将不可避免地爆发巷战。又一次的内战。"

阿杜拉皱起眉头。"那就祈祷真主能避免这一切吧。"

叶耶站起来伸了个懒腰，拍拍阿杜拉的背。"是啊。愿仁慈的真主保佑我们这些安分守己的老家伙，能够在动乱来袭前平静地躺进坟墓吧。"这位斗鸡眼的人看上去并不真心这么期望。他抓紧阿杜拉的肩膀。"好了。我不打扰你看书了，戴着黄金眼镜的阿贾马尔。"

阿杜拉不满地哼了一声。在他还是个在死驴巷街头玩打仗游戏的少年时，叶耶就已经用民间故事里的英雄的名字取笑那些读书的男孩。在随后的几十年，他的这项能力愈发精进。阿杜拉用一只手护着他的书。"你不应该亵渎诗歌，我的朋友。这些字里行间蕴藏着智慧。关于生命、死亡、一个人的命运。"

"显然的！"叶耶装模作样地捧起一本不存在的书，手指滑过那些想象中的词句，模仿着阿杜拉的样子嘟哝着朗读。"噢，长得这么胖是多么艰难！噢！长着一个这么大的鼻子是多么艰难！噢，仁慈的主，为什么我走到哪里小孩子都尖叫着跑开？"

阿杜拉还没来得及回击叶耶那吓坏孩童的斗鸡眼，茶馆老板已经一瘸一拐地走远了，一边自顾自地低声怪笑着。

他的朋友在一件事情上的观点是正确的：阿杜拉是受了真主的保佑才得以活着回来的——回到阿巴森的明珠，出产世界上最优质茶叶的地方。他独自坐在长石桌前，小口品着茶，一边看着达姆萨瓦城在曙光中渐渐苏醒并开始运转。一个粗脖子的补鞋匠经过，肩上扛着两根挂满鞋的长竿。一个来自卢加尔巴的妇女大步经过，她手里拿着一束花，面纱的一角正在身后飘动，一下一下拍着她的背。一个瘦高的年轻人胳膊下夹着一大本书，他的长袍上打着补丁，正漫不经心地往东走去。

正当阿杜拉凝望着外面的街市，他的梦魇突然攫住了他，让他动弹不得，也发不出声音。他正在达姆萨瓦城的街上走着——更准确地说应该是趟在齐腰深的血河里。他的长袍被血污弄脏了。所有的东西都染上了红色——叛逆天使的颜色。一种从没有听过的声音，就像一只豺狗咆哮发出人类语言，在大脑中挥之不去。而他的四周，遍布着达姆萨瓦城的居民被挖空内脏的尸体。

我主之名！

他强迫自己深呼吸。他紧盯着主干道上的男男女女，充满活力去忙他们自己的事情。并没有什么血河。没有豺狗的嗥叫。他的长袍也很干净。

他又深呼吸了一次。只是一个梦。只是睡眠中的世界入侵到了白昼，他对自己说。我得补个觉。

他喝下倒数第二口茶，享受着叶耶放在小豆蔻下面的那些精妙的香料。他尽可能地把那些冷酷的想法扔到脑后，并伸了伸他的腿准备走上好长一段路回家。

腿伸到了一半，他就看到了他的助手拉希德的身影从茶室左侧的小巷里出来。拉希德像往常一样按照苦行僧的戒律穿着一尘不染的蓝色丝绸外衣，径直朝他走来。这位圣战士背后背着一个大背包，里面装着什么东西，用一些灰色的破布捆在一起。

　　不，不是东西。是个人。一个八岁左右的长发小男孩。衣服上带着血迹。噢，天哪，别。阿杜拉的腹部一阵痉挛。仁慈的主啊，帮帮我，现在该怎么办？阿杜拉挣扎着让自己放下茶碗，站起身来。

第二章

　　阿杜拉看着拉希德穿过茶室的桌子间隙，轻轻地放下那个孩子。他们静静站在他面前，背对着主干道上熙攘的人群。拉希德低下戴着蓝色头巾的头。阿杜拉仔细地察看了一番，那个看上去很害怕的长发孩子似乎并没有受伤，他身上的血迹应该是别人的。

　　"愿真主赐汝平安，博士。"拉希德说，"他叫费萨尔。他需要我们的帮助。"苦行僧的手正扶在他那把叉形弯刀的剑柄上。他不过五英尺[1]高，比他身边的那个孩子也高不了多少。他泛黄的面容轮廓精致，下垂的眼睛熠熠生辉。但阿杜拉比任何人都清楚，在拉希德俊美的轮廓与刮得干干净净的面庞下，隐藏着一名杰出杀手的能力。

　　"愿真主赐汝平安，孩子。你也一样，费萨尔。发生了什么？"他问苦行僧。

　　拉希德神色凝重。"这孩子的双亲被杀了。"他黑色的眼睛看了费萨尔一眼，但语气依然生硬，"很抱歉，博士，我的学识

1　一英尺约为0.30米。

并不丰富。但从费萨尔的描述来看，我确信是食尸鬼袭击了这个男孩一家。以及——"

两个扛着泡菜桶的搬运工经过，互相吵嚷着让对方拧紧桶盖，争执声盖过了僧人的话音。"你刚说什么？"阿杜拉问。

"我说我是被……送到这儿来的，费萨尔……"他犹豫了一下。

"什么？怎么了？"阿杜拉问道。

"你应该认识费萨尔的姑婆，博士。是她交代把他带到你家来的。"阿杜拉低头看看费萨尔，但那男孩一言不发。

"别卖关子了，你这个婆婆妈妈的僧人！这孩子的姑婆是谁？"

拉希德厌恶地抿了抿嘴。"是米莉·阿尔穆沙夫人。"

我的老天啊。

"她的信使送来了这个男孩还有这张字条，博士。"他从蓝色丝质外衣里掏出一个草纸卷递了过来。

杜里[1]：

你很清楚我们之间有什么样的隔阂。如果不到万不得已我也不想来打扰你。但我的侄女死了，杜里！是被谋杀的！她那个白痴丈夫也一起被杀了。按照费萨尔说的，凶手不是人类也不是什么动物。这意味着你比这城市里任何一个人都知道该做什么。我需要你的帮助。费萨尔会告诉你发生了什么。当你了解了足够的信息以后

1　米莉对阿杜拉的昵称。

就把他送回来吧。

愿主赐汝和平。

米莉

"'愿主赐汝和平'？"阿杜拉大声读出这句话，简直不敢相信。这样冷冰冰的、套路化的结束语竟然是他的旧情人写出的。米莉·阿尔穆沙夫人，丝绸和糖果的销售商。少数人称呼她为情报商米莉。阿杜拉想象她坐在妓院的房间里，四周是数百张小纸条还有几只信鸽，虽然已人到中年，但比大部分年龄只有她一半的女孩更能满足他的欲望。

诚然，他们的最后一次会面并不愉快。但在如此事态下，她仍然选择送信过来而不是亲自来访，是否意味着她真的已经不想再见到他了？回忆中她的玫瑰香水味几乎熏得他喘不过气来，但他把这些挥到一旁。他现在需要的是分析，而不是苦痛的相思。

费萨尔的粗布衣上的血迹应该是双亲之一的。米莉连衣服都没给换一下就把孩子打发过来了。"这么说来，你是米莉的侄孙？我记得她曾说过她有个侄女住在沼泽港附近。"

"是的，博士。"男孩的声音又硬又平——仿佛对所见的一切已经麻木了。

"那么，费萨尔，你为什么从那么远的地方过来寻求帮助？沼泽港那儿应该有一个很大的卫兵营地——毕竟那里有国王的宝库。你没有把事情报告给卫兵吗？"

孩子的表情扭曲了，那不是一个十岁——大概——的孩子该有的表情。"我试过了。但是卫兵才不会听住在沼泽边的孩子说的话。他们根本不关心宝库围墙外发生了什么，只要国王的黄金珠宝安全就行了。我妈妈告诉我，城里的米莉伯母认识一个真正的食尸鬼猎人，就像故事中说的那样。所以我来到达姆萨瓦城。"

阿杜拉悲伤地笑笑。"现实和故事是有很大差距的，费萨尔。"

"可是我的妈妈……还有我的爸……"费萨尔的冷淡面具终于滑落，他的眼泪流了下来。

阿杜拉并不擅长应付小孩子。他抚摸着男孩长长的黑发，希望这是个正确的举动。"我知道，小家伙，我知道。不过我需要你从现在开始变得坚强，费萨尔。我需要你详细地告诉我发生的一切。"

阿杜拉坐了下来，面对着男孩。拉希德仍然站着，手扶着剑柄，眼角下垂的双眼盯着茶室前经过的人群。

费萨尔讲述了事情的经过。阿杜拉艰难地从含混不清的发音、抽泣呜咽、对恐惧的夸张形容中提取出有用的信息。还真没有多少可用的。费萨尔和父母住在沼泽附近，骑马到城里大概需要一天。当和别家一起外出捕鱼时，他们被怪兽袭击了。怪兽发出嘶嘶的声响，灰色的毛皮，长得像个人但并不是人类。应该是骨系食尸鬼，如果阿杜拉没有猜错的话——它能打得过好几个人，很难杀死，体侧还长着令人毛骨悚然的爪子。费萨尔侥幸逃脱了，但他已经目睹了食尸鬼吞噬他父母心脏的一幕。

他衬衫上的血迹是他父亲的。费萨尔是唯一的幸存者。阿杜拉在自己的工作中见惯了恐怖的事物，但有时看到别人遭受同样恐惧的时候感觉更糟。

"我跑开了……妈妈说'跑'我就照做了！他们死了都是我的错！"他又开始号哭，"我的错！"

阿杜拉笨拙地将男孩拉进自己的怀抱。他觉得自己在模仿一只刚开始下蛋的母鸡。"并不是你的错，费萨尔。有人制造了那些食尸鬼。在万能的真主的指引下，我们会找到这个人，不让他造出的这些东西继续伤害别人。所以我需要你再一次告诉我事情的经过——你能记起的一切事件，一切细节。"

阿杜拉从复述中收集信息。他并不喜欢做这样的事——让一个孩子一遍遍重温那种恐怖。但为了能履行他的职责，他别无选择。受了惊吓的人们常常记忆混乱，即使他们想要表达真实的一切。他听取了新的细节以及前后矛盾的地方，并不是因为他不相信那个男孩，而是因为人们从来不会完全一致地将一件事情回忆两遍。

即使这样，阿杜拉仍然觉得，作为一个信息提供者，费萨尔比大部分目击过食尸鬼的成年人做得都好。毕竟他住在沼泽周边，具有对困难的忍耐力和对环境的观察力。十几年前，当米莉听说自己的侄女嫁给了一个沼泽居民的时候表现出的厌恶，阿杜拉对此记忆犹新。"那里到底有什么东西吸引她？"在玩双陆棋的时候她问阿杜拉。他没法回答，他和她一样都是土生土长的达姆萨瓦人。但不可否认的是，靠捕鱼和种植金色稻谷为生的地方，那里的人对于生活琐事具有更敏锐的专注力。

费萨尔的叙述让阿杜拉注意到有三个生物进行了袭击，而同时并没有人看到其他人在场。阿杜拉转向拉希德。"有三个怪物！对它们下指令的人却在视野之外。这可不是以往那些只满足于豢养一只食尸鬼的半吊子巫术士。麻烦了。"

《天堂之章》上说，食尸鬼的制造者受到火焰湖的诅咒。那一章讲述道，在一个古老堕落的年代，邪恶术士能够指挥几英里外的大批部队。但那样的时代已经过去了。在他食尸鬼猎人的生涯中，阿杜拉从来没有见到一个人能够同时制作出两只以上的怪物——最近的记载也是几百年前的事情了。"麻烦了。"他重复了一遍。

他命令拉希德从男孩沾满血迹的衬衣上剪下一小片。相比起制造者的姓名，食尸鬼受害者的血液才是追踪法术最好的材料，用这个来找寻那些怪物再容易不过。但为了实施一次有效的追踪，他需要接近捕猎现场，远离城市中喧嚣的人群。

阿杜拉只希望能赶在食尸鬼再次造成伤亡前找到它们。他在心中默念着祷词，一阵无力感袭来。又得让双手沾上鲜血了。真主啊，为什么每次都是我呢？如果按诗中的描述，阿杜拉已经为"这世界的狂欢"鞠躬尽瘁，现在该轮到年轻人来挑起大梁了。

但阿杜拉知道，如果没有他的帮助，没有年轻人能独自完成这项工作。他曾与许多人并肩作战，但没有一个人能够承受这种亡命之旅——他也没能让别人走上自己这条吃力不讨好的路。两年前他非常不情愿地接受了拉希德作为自己的助手。但与这名少年的勇武不相匹配的是，他对于符咒之类一窍不通。如果单纯就猎杀食尸鬼来看，他是一名出色的学徒，但他使用的是他自己的手段，和阿杜拉的完全不同。

在早些时候，制造和猎杀食尸鬼有更多共通之处。老博士布贾里，也是阿杜拉的老师，曾经在阿杜拉还在当学徒的时候解释过这一点。我这会儿教你的可以说是一门死亡的艺术，年轻人，他说，真主恩宠的世界上一旦食尸鬼制造者横行，我们的任务就愈发艰巨。最近……嗯，用食尸鬼来进行掠夺的人其实并不多了。哈里发靠他的卫兵和法院来维持所谓秩序。对于少数的恶劣的人如果仍然想追随叛逆天使，想通过杀死并瓦解穷苦人民来获得力量的话，好吧，他们将不会受到弯月王宫庇护。即使在其他国家，食尸鬼猎人也并不像我们从前那样。苏共和国的达官贵人们都雇了保镖和荣誉卫队。少数知道我们行动方式的人们都受到卢加尔巴的大苏丹的控制。他们都是他天堂军的成员，不管他们是否愿意。我们的工作和古老传说里的英雄主义并不一样。我们面前并不是满怀仇恨的大部队。到了现在，我们时不时地救下一名鱼贩，或者一名搬运工的老婆。但这仍然是真主的工作。别忘了这一点。

但是从布贾里博士最初告诉阿杜拉这些话以来的数年间，事态似乎又向着过去的状况发展了。几十年来，阿杜拉和他的朋友们击退了各种可怕生物，这让他不禁怀疑，旧时的威胁又一次在真主恩宠的世界上卷土重来了。但真主仍然不太认可新晋的食尸鬼猎人。相反，他只会让那些已经风烛残年的老家伙们不断应付接踵而来的麻烦，个中原因也只有真主自己知道。总有一天——这一天也许已经临近了——阿杜拉担心自己会被这最后一根稻草压垮。

为什么阿杜拉被迫独自承受这样重的负担？其他人什么时候才能学会从叛逆天使随从的魔爪下保护自己？当他死去了，一切会变得怎样？在几十年间，阿杜拉已经千万次地向万能的真主表达了他的疑惑，但无所不知的真主却未给予分毫暗示。似乎阿杜拉的悟性只够他制服那些可怕的生物，但他仍然想知道，为什么真主唯独将他一人带进这样一个琐碎纷扰的世界当中。

然而，尽管他有时候觉得对生活已经厌烦，人们一个个都愚昧不堪，他仍然无法对那些遭遇了悲惨命运的人置之不理。他缓缓吸了一口气，呼出来，站在原地。他的茶碗已经空了。他将手伸进月光一般雪白的长袍褶皱中，掏出了一枚铜币，啪的一声放在桌子上。

仿佛是被响声召唤了一般，叶耶出现了。他和拉希德互致了真主赐予平安的问候，接着向费萨尔血迹斑斑的衣服投去了一瞥。但他与阿杜拉拥抱并进行熟人之间告别的贴面礼时，只说了短短的几个字："保重，鹰钩鼻。"

"我尽力，六颗牙。"阿杜拉回应道。他转身对拉希德和费萨尔说："你们俩，跟我来。"

拉希德悄无声息地从刚才倚靠的茶室外墙边走了过来。看起来就像一个影子获得了生命，从砂岩上剥离出来。他们一起走上了主干道，阿杜拉和僧人让孩子走在他们中间。

在转角处，阿杜拉朝一个认识了好几年的驼背脚夫挥了挥手。驼背脚夫比阿杜拉矮了快一英尺，但肩膀却是常人两倍宽。

他们互致了问候，并行了贴面礼。阿杜拉把一枚钱币塞到脚夫的手里。"将这位费萨尔带到歌手区的米莉·阿尔穆莎夫人那里去。"他提高了声调，免得话语被半条街前的驴叫淹没了。

孩子又紧张了起来。"可……可是……你不要我和你一起走了吗，博士？你不要我带路？"

"不用，孩子，"阿杜拉俯下身，"我会用魔法来追踪食尸鬼的。带着你的话会拖累我们的。而且，我也不能把你置于危险之中。"

"我不怕。"

阿杜拉直视着他的眼睛，相信了他的话。如果费萨尔又一次遭遇了食尸鬼，他不会再次逃跑的。而这样只会让这个小男孩白白送死。阿杜拉已经见识过类似的情况了。他不想再经历一次。

"我向你保证，费萨尔，我们会为你的家人报仇。但你母亲放弃了一切，才换来你这条命。别轻易拿它去冒险。她最希望看到的，是你长成一个好男人，并且长命百岁地活下去。"阿杜拉停顿了一下，好让男孩领会他的话。

男孩点点头，虽然仍然没有完全信服。他跟着脚夫走了，转眼就消失在人群中。阿杜拉转身，发现拉希德正盯着自己。

"怎么了？你为什么愁眉不展，孩子？"他们身后不远的街道上，有人掉落了什么东西，发出了很大的声响，接着一股醋味儿飘散开来。

拉希德往身后瞥了一眼，又朝阿杜拉瞥了一眼，吸了吸鼻子。"你刚把一个年仅十岁的少年送回了声名狼藉的地方。"他不满地抿起薄薄的嘴唇。

这名僧人有时候挺死脑筋的。"我把他送回他姑婆家而已。这是这个城市里为数不多能让一个身无分文的孩子受到良好照顾的地方了，即使他和女主人没有血缘关系。米莉和她店里的姑娘们总会需要一两个跑腿的家伙的。"

"'信徒们啊！如果一个人让你在美德和亲戚之间选择，请选美德！'"拉希德朗诵出《天堂之章》中的一段，"明明有其他的慈善机构可以让那个男孩受到更好的教育，结果却让他在那一群声名狼藉的女人堆中长大……"

听着这些话，阿杜拉觉得自己的怒火越烧越旺了。上次他见到米莉·阿尔穆莎——离现在差不多两年了——她已经明确地表示不想再和他扯上关系了。尽管如此，当她受到侮辱的时候，他仍然没法无动于衷。他用威胁的语气问："你指的是谁，孩子？"

僧人显然试图做出更好的说明。他弯下腰，蓝色的头巾晃动着。"我很抱歉，博士。我只是假设，如果他被送到城中的某个孤儿院，就能学着做生意，就能——"

"就能一周六天，每晚被一堆喝得醉醺醺的'孩子的神圣仆人'拖进被窝里受教育。然后在祈祷日那天又对他不管不顾。哼。他会学会好好做生意的。"

"博士！我不敢相信——"拉希德的话还没说完，一个粗壮的妇女从两人中间挤了过去，一边骂骂咧咧地说他们站着挡路了。阿杜拉迈步朝前走去，僧人只得跟上。

"拜托了，孩子，"阿杜拉说，"你什么都不了解，所以省省你正直严肃的不满吧。他要是被送到那些可怕的机构里，多半会沦为童妓，相比之下，还不如回到他自出生起就一直生活着的米莉家呢。在我还是孤儿的时候，就压根不想靠近那种地牢一样的鬼地方！什么都没有改变。即使是现在！"阿杜拉几乎是在怒吼，他猛地合上双手，试图压抑自己的愤怒，"我得回家一趟做一些施法的准备。然后我们在城外碰头。我们行动吧。如果耽搁太久，恐怕事情只能变得更糟。"

他们尽可能地加快脚步在人群中穿行。当他们走出街道，太阳已经升到半空了，在天使广场的开阔地投下建筑的阴影。阿杜拉并没有停下脚步，他对救死扶伤天使的古老雕塑那栩栩如生的表情已经见怪不怪了。相反，他粗鲁地推开一群穿着怪异、正对着雕塑凝望的异乡人。乡巴佬！阿杜拉心里暗骂，但他并没有出声责骂他们。

即使两百年前的内战已经让这城市破败不堪，天使广场仍然是一处圣地。各个势力都同意不在这里引发流血事件。尽管广场上挤满了难民，人们仍然能体会到这里和平气息，历史学家和传说故事里大概是这么说的。今天，除了一些观光的人群，广场上基本还是很安静的。如果没有这种糟糕的任务在等着他，阿杜拉想他也许也能体会一下古老的宁静。而现在，他满脑子都是追踪法术的咒语和男孩那沾满血的衣服。

他和拉希德走过天使广场，又走进了潦倒巷。在哈里发的地图上，这是一条狭窄肮脏的街道，从天使广场一直通到阿杜拉的邻居家，这条路曾经以一名先王的名字命名，但因为它的贫困以及街边那些门可罗雀的旅馆，几百年来，达姆萨瓦城的居民一直叫它潦倒巷。阿杜拉一边留心避开四处的尿迹，一边朝着邻居家的围墙走去。他的邻居是一个粗人，房子却讽刺地位于学院区。

虔诚的老穆那什站在烤坚果摊前，白色的头发梳成一绺一绺的，他在货摊一角拨弄着柴火烘烤着一盘盘的糖焗杏仁和盐焗开心果。坚果的香味让阿杜拉咽了咽口水。他停下来买了一把烤开心果。

"博士！"拉希德一路上都默不作声，阿杜拉都快忘了他的存在。僧人显然对这类耽搁很不快。阿杜拉也希望自己还年轻天真，光靠与怪物战斗的热情和迫切心情就能够让自己满足。但几年来，他却学到了更多别的东西，他知道，等待他的将是漫长的一天。

"我早餐只吃了一半，孩子。我需要食物来帮助我思考，在这里耽搁的这点儿时间微不足道。《天堂之章》里说：'饥饿的人建不成宫殿'。"

"《天堂之章》也说：'对于饥饿的人来说，祈祷比食物更重要。'"

阿杜拉放弃争执。他朝拉希德咕哝了一声，向穆那什道了谢，便继续往前走，一边咯吱咯吱地咬碎坚果壳。

他的助手是教会的忠诚信徒，比大部分穿着蓝丝绸长袍的虚伪孔雀们要忠诚得多。他花费了很多年磨砺自己瘦小的躯体，只为了成为真主的一柄越来越锋利的武器。在阿杜拉看来，这种对人生意义的追求对于一名十七岁的少年来说实在不健康。诚然，真主授予了拉希德常人不及的力量；他还佩带着一把叉形弯刀，简直是无人能敌。就算没有这把刀，他也能够同时与好几个人对抗，阿杜拉亲眼见过。但他竟然没有吻过一个姑娘，这让阿杜拉对他的敬意少了几分。

即便如此，拉希德虔诚的训诫让他成为了战斗时的得力伙伴。一个人的个性在他有天赋的领域得到了清晰的体现。在食尸鬼猎人生涯的四十年间，阿杜拉曾经眼见一个男人跳到了二十码[1]高的半空中；一个姑娘将水变成了火；一名战士将自己分身成了两个，然后四个；一名老妇人让树木行走。

在他的所见所闻中，人们使用能力的动机就和人们自身的特质一样多，或者说一样少。他们的动机和所有的普通男女做事的目的并无二异。较少数情况下他们也会帮助他人并自我牺牲。但更多情况下，他们只为一己私利而行动，对真主的子民、他们的同伴不利。至于拉希德，他永远属于第一种情况。

一个邻居家的孩子叫嚷着阿杜拉的名字，从脏兮兮的街道另一边向他挥手致意。阿杜拉把脑海中纷杂的想法赶到一边，一手把最后一把盐焗开心果塞进嘴里大声嚼着，一边向那孩子挥手，接着走进了自己的街区。

他走过一片砂岩砌成的小店，店主是苏共和国的一对夫妇，名叫达乌德和莉塔兹，已经在这个城市里居住了几十年了。他们

1　一码约为0.91米。

是他的朋友，也是他曾经的旅伴。显然他们俩都不在家——雪松木的门窗紧闭。**糟透了**。阿杜拉从不曾要求他隐退的朋友与他共同捕猎食尸鬼，但莉塔兹一直修行着自己的炼金术，如果能借来一瓶神奇的冰冻液或者爆炸剂，将极大地帮助他的工作。

但今天是月半日，所以阿杜拉猜测，这对夫妇也许会和朋友在西方集市待上一整天，那里一月一度会有苏共和国的贸易者蜂拥而入，带来象牙、黄金、甘薯糖，莉塔兹总是随身带着这些东西用来寄托对故乡的思念。

终于，他和拉希德来到白石砌成的一幢房屋，二十年来这里一直是阿杜拉在达姆萨瓦城的居所。阿杜拉打开漆成白色的大门，走进一条优雅的拱门廊，僧人跟在身后。

这里并不是宫殿。但这比死驴巷那个他出生并作为遗产继承的小破屋要好得多。他之所以买得起这栋房子，纯粹是他某一次心血来潮的任务，也是他唯一一次为自己的利益来工作。很多年以前，他曾经和达乌德与莉塔兹一起与一条四十码长、长着巨大红宝石眼睛的黄金蛇战斗——这是一种古老的怪物，在克米提的法老时期被造出来，时至今日因为贪婪之人的盗墓行为再次苏醒。只要看一眼这条闪闪发光的大蛇，即使再坚强的人也会产生一种奇妙的恐惧，而且它已经让老哈里发的一整支卫队有去无回。但阿杜拉和他的朋友成功伏击了这只怪兽，并耗尽了它的魔法。

他们看着这条蛇躯体崩坏，破碎成大堆的金色沙尘。直到三十年后，阿杜拉仍然能微笑着回忆那些拳头大的红宝石落到地面的声音。**现在我是个富人了**，他记得自己和朋友欣喜若狂地往自己的背袋里装满金沙，一边跳起了庆祝的舞蹈。

这是一笔足以和达姆萨瓦城的富豪们匹敌的财富。即使在过去的二十几年间，他时常要为去远方执行任务支付昂贵的旅费，他仍然拥有可观的积蓄。毕竟他没有妻子或孩子需要抚养。两年前，拉希德在一次狩猎中救了阿杜拉一命。他要求阿杜拉留他在身边当助手之后，开销才大了一些。但即使这样也花不了多少，因为这个少年实在清心寡欲。

阿杜拉着手收拾行李。如果骑着骡子的话用不了一天就可以到达沼泽，所以他们不需要太多的旅途补给。但要狩猎食尸鬼需要做其他的准备。他往肩上背了一个磨旧了的棕色牛皮大包，接着来到堆满书和箱子的房间，一边走一边从架子上、桌面上和一尘不染的墙角拿过各种各样的东西塞进背包：一块沉香木、一盒雕刻着经文的针、一小瓶干薄荷叶、袋子、包裹、碎纸片，还有用布包裹的光亮的小瓶子。

一刻钟以后他已经整装待发了，而拉希德已经站在门边擦拭他的弯刀。僧人的随身物品非常少：一把刀，他的蓝色丝质外衣，一块强韧的丝绸制成的头巾，在攀登或捆绑时可以拉长两倍。他背着一个方形的小包裹，里面装着他们的食物、一顶小帐篷和一个小锅。

少年上下打量了一番他的刀刃，小心翼翼地将它插进蓝色皮革和天青石制成的华丽刀鞘中。阿杜拉昨天才看见他清理过刀刃，他不禁怀疑那之后少年做了什么弄脏刀刃的事。但他已经能理解，这不过是拉希德的惯例，比保养他的宝贝武器有更多的意义。这是对专注力的训练。每一天提醒他自己，什么才是真正重要的事。

阿杜拉的目光扫过他的书架和书桌，一种似曾相识的感觉油然而生。

第三章

　　主干道的人行道上挤满了人，人群缓缓移动着，一边叫嚷着争抢为数不多可供轿椅和骡马行走的空间。在阿杜拉看来，步行的那些人反而走得快些。这也意味着他们大概要一直步行到城市外围的马厩了。**好极了。**他一生中走了那么多路，不是一名巴达维部落的人真是可惜。他们继续向西行走了半个小时。

　　"我们又到了这里。"他忍受不了一路上的沉默，对拉希德咕哝了一句，"放着安逸舒适的日子不过，又跑来杀怪物。也许是被怪物杀掉。万能的真主知道我能做的已经不多了。很快你就能独自完成这一切工作，你明白的。"

　　"别这么说，博士。"他们经过一辆抛锚在路中央的垃圾车，在正午阳光的炙烤下，垃圾散发出难闻的味道，少年精致的脸因不快而扭曲了。

　　"别这么说？哼，还要我再提一次上次的行动吗？我差点儿掉了脑袋，孩子！这是一个老头子该有的生活方式吗？"

　　"我们拯救了生命，博士。孩子们的生命。"

　　阿杜拉勉强朝僧人挤出一个微笑。**我真希望光靠这样的想法**

能治好我的脚痛，我像你这么大的时候也这么认为。他想。我希望光靠信念就能让我的身体越来越灵活，而不用坐着等死。但话到了嘴边却变成了："是的，我想我们做到了。"

他们继续往前走，穿过猴子巷沿街那些俗丽的店面。阿杜拉看到在他们前方的一家茶室门前，一对老夫妇正盘腿坐在一块长芦苇垫子上。他们的头发都已灰白，棕色的皮肤上满是皱纹，激战双陆棋正酣。老头将棋子移过棋盘上的弯刀标记，接着啪的一声，在第一把刀的地方着陆，并露出了胜利的微笑。老太太马上要输了。拉希德和阿杜拉经过时，她阴沉着脸拍了一下棋盘，一颗棋子险些击中拉希德。

他们经过这对老夫妇身边没多久，阿杜拉听见双陆棋的三角形骰子在杯中发出的清脆碰撞声，落到棋盘的啪嗒声，还有一阵阵的喊叫。老太太开始喋喋不休地讥诮她的丈夫，哼着不知名的胜利歌，她转出了一个八！她丈夫难以置信，不禁咒骂起来。

我和米莉本来也该这样，阿杜拉不禁想。他早就该娶了米莉。他早该从食尸鬼猎人的疯狂生活中逃离了。结果呢，年复一年，他还和白痴一样，认为和那些长满獠牙的怪物战斗、阻止巫师的诅咒比幸福生活更重要。结果呢，非但没有甜蜜的婚姻，他的脑海完全被可怕的东西充斥着，还有一大堆"早知道就该做的事情"让他的精神不堪重负。

他和拉希德终于接近了城市的西门，从那里就可以出城了。他们穿过一条小巷时，一个和拉希德年龄相仿的大眼睛少女大胆地朝他笑了笑。拉希德捂住脸，眼睛直视着地面，直到那姑娘已经走远。

虽然阿杜拉知道自己说了也白说，仍然忍不住嘲讽一番："你怎么了，孩子？你没有看到那朵小花是怎么看着你的吗？你就不能至少回一个微笑吗？"

"博士，拜托了！"少年停下脚步，"这次袭击，你提到了这个制造食尸鬼术士具有不同寻常的法力。你觉得会不会是杰恩而不是人类制造了那些食尸鬼？

如此执着于职责，如此刻意忽视最重要的东西。他还不知道，这旅途的尽头是怎样痛苦的结局……

阿杜拉已经放弃让拉希德变得更富人情味了，他试图表现得像一个慈祥的长辈，然而失败了。比起向一个姑娘微笑，这个僧人显然更乐意思考怪兽。很好。但他看起来过于追求与杰恩一族战斗的可能性了。如果他和一个杰恩交过手，应该就不会这么想了。

"孩子，我们要面对的敌人不是杰恩。当这种从火中诞生的生物发起攻击，没有人能够逃脱，更不要说是一个孩子了。"

僧人若有所思地点点头。不管阿杜拉的其他方面如何令人不满，拉希德对阿杜拉的学识还是表现出了足够的尊敬。

他们转过一个拐角时，阿杜拉又开口了。"我在想——"但当他看到面前黑压压的人群时，他的话语立刻变成了一句高声的咒骂。

"啊啊，天杀的大扎堆！恐怖的大拥堵！"阿杜拉说着达姆萨瓦城的土话，对这种动弹不得的交通堵塞表示出了一贯的厌恶。在他们面前，结结实实地砌起了一堵人墙，通往西城门的整条路都被马车、骆驼还有一群白痴七扭八歪地堵了个严实。阿杜拉撞上了面前的一个贫民，那人大嚷着阿杜拉走路不长眼，而他完全不加理会。

"是在出城检查吗？"拉希德问。

阿杜拉哼了一声。"'出城检查''税金核查''卫兵公务',全都是扯淡。还玩上瘾了。"从队伍移动的顺序来看,他们大概还得花上一小时才能出城。

食尸鬼猎人如果优哉游哉,就意味着他人的生命岌岌可危。但达姆萨瓦城的各种头痛之事并不会因此就快速解决。要想穿过城门可不像穿过他自己的家门那么简单。首先得穿过灰石砌的内城墙。接着走过巡检广场,然后再穿过一百英尺厚的主城墙。接下来,从最后一堵护城墙那里走过一条两旁都是房屋的小巷,然后穿过那条横跨在水沟上的黄蔷薇之桥。这一套流程下来耗时耗力,再加上哈里发糟糕的行政管理,出城之路越发漫长了。

二人尽可能礼貌地穿过人群。阿杜拉并不想引发争执,而这种环境下争执并不罕见。一刻钟以后,阿杜拉和拉希德总算接近了主城墙。那里有段平缓的上坡,阿杜拉看清楚了,这并不是单纯的交通拥堵。

是一场死刑!铺着灰色石板路的巡检广场上没有一辆马车,而广场的中间放着一块磨旧了的皮革垫。一个看上去最多十二岁的男孩正跪在垫子上,手脚都被捆着,眼睛因恐惧而圆睁。一个戴着头巾的男人提着一把宽刃刀站在他身后。

阿杜拉被恐惧攫住了脚步。以上帝之名!这么小的一个孩子究竟做了什么,要接受这样的刑罚?

仿佛要回答他的疑问一般,一个刺耳的声音钻进他的耳朵。他循声望去,看见一个穿制服的人正站在城门拱上方的凹室里大声喊话。他通过一个锥形的金属扩声器喊道:

"真主选派的荣耀统治者,美德的卫道士,至高无上的君王,哈里发陛下,真主如此地垂青于您,将您作为英明的统治者！看看你们宽厚仁慈的君王，贾巴里·阿赫·卡达里，我们阿巴森以及整个弯月王国的哈里发，是怎样保佑你们免受盗贼的侵扰！看他怎样果敢坚决地将这个恶人置于死地！"

队伍仍旧蠕虫般缓缓前行，但人们的目光大多投向了广场。阿杜拉站着没动，想要阻止，然而他知道他无能为力。他身后有人推搡着，想要迫使队伍前行。

他又回头看着广场上的跪垫。万能的真主，您如何能容忍此般行径？为何在您将我送去城外与怪兽战斗的同时，城内却有着这般的丑恶？

真主没有回答。

拉希德也停下了脚步，专注地望着阿杜拉。"博士，您在——"

突然间，有东西飞了过去，戴着头巾的处刑者的脸被琥珀色的黏糊糊的东西覆盖住了。接着他的胸口迸裂开来，鲜血四溅。

有人放暗箭！人群尖叫起来。接着发出了一声炸雷般的巨响，一股橙色的烟雾瞬间笼罩整个广场。过了一会儿，烟雾散去，阿杜拉看到广场上只剩下处刑者的尸体。

被捆的男孩不见了。

这究竟——？

接着又一声雷鸣，这一次是在城门的凹室里。更多的橙色烟雾弥漫进喊话者刚才待的空间里，接着很快散去，阿杜拉看到穿制服人的躯体倒在了一个高大魁梧的男子脚边。男子穿着牛皮和黑色丝绸制成的服装，上面还装饰着猎鹰图案。他的胳膊有一般人的腿那么粗，但他在凹室里走动时，却轻盈得像在舞蹈。

是他！阿杜拉无数次听闻他的大名，却从未亲眼见过。法拉德·阿兹·哈马斯，那位——

"猎鹰王子！"阿杜拉身边的人群喊出这个名字。

雪上加霜啊。这位长着小胡子的大盗咧嘴自信一笑。阿杜拉离得很远，无法看清他的表情。猎鹰王子施了一个缩距咒语，大概只有哈里发才有这样一呼百应的号召力，于是人群中每个人都能清晰地看到猎鹰王子的脸，他的话语仿佛就在耳边发出，而他们自己……毫不抵抗地，自愿聆听猎鹰王子的言语。仿佛这就是他们没有陷入恐慌而四散逃离的唯一原因。

拉希德大吼一声："罪人！"

好吧，**几乎**每个人都自愿聆听猎鹰王子的言语，阿杜拉纠正了自己的想法。理论上说，阿杜拉并不会反驳拉希德如此的称谓。十年前，一系列针对城中富人的大案都指向同一个犯罪嫌疑人，他自称猎鹰王子。后来他透露自己真名叫法拉德·阿兹·哈马斯，虽然从未声明自己的王室血统，但有传闻说他是阿巴森已经消亡的某支王族的唯一后裔。

不管是不是王族的人，猎鹰王子已经成为了达姆萨瓦城最有力量的人。他和他的一小股乞丐盗贼军几乎取代了政府机器，成为了穷人半官方的发言人。与此同时，虽然地主和富商几乎完全不理会"财富均享"的号召，但阿杜拉从某些地方听说哈里发的一些重臣，因为个人的不可告人的目的，在暗地里资助盗贼集团。

"愿真主赐予你平安，达姆萨瓦城的好公民们。"大盗的身躯陡然变大，他伸出双臂拥抱着整个人群，"我们共处的时光很短暂！请听听热爱你们的王子之言！"人群中零星传出小心翼翼的欢呼声。"我在哈里发的卫队长手下解救了一名无辜的孩子。他犯了什么罪？只是太蠢了，以为他能从卫队长的腰包里摸出一个硬币来喂饱卧病的母亲罢了！现在，我们成年人都知道了，卫兵们也是正常人，爱惜自己的钱包就像爱惜自己的蛋蛋。"说着，大盗一把抓住自己的裤裆，人群犹犹豫豫地对他的下流表演发出一阵笑声。"但那孩子用得着去死吗？我们达姆萨瓦城居民更需要保护不当敛财者的钱，而不是一个孩子的性命吗？"

人群激动起来，四处都高喊着："不！不！""请真主制止这一切！"

猎鹰王子双手背在身后站立着，尽情聆听着民众的呼喊。"我是有罪的，好公民们。我释放了那个男孩。我赶在卫队长杀死男孩之前用一块蜂蜜馅饼砸中了他！只有一个饿得慌的人才会因为被偷了几个铜板而想将一个孩子的脑袋砍下来。所以我让他吃个饱！尝点甜头，然后给他一刀，好家伙！"猎鹰王子振奋又随和的语调感染得所有人放声大笑起来，他又继续说下去。

"老哈里发和我是死对头。他不是什么英雄，但他花费了五十年时间监管着他热爱的这座城市。但最近三年，他的白痴儿子却让达姆萨瓦城尸横遍野。他想尽办法要把我找出来砍掉脑袋，但！他！失败了！"在缩距法术的帮助下，猎鹰王子的每一个字都如雷霆万钧一般振聋发聩。

人群中爆发出了疯狂的欢呼，一小群人带头唱起赞歌来：

> 飞吧，飞吧，猎鹰啊！
>
> 汝之双翼，无可阻挡！
>
> 飞吧，飞吧，猎鹰啊！
>
> 汝之心脏，汝之目光，锐利如钢！

这首如砂石般古老的歌谣中，一只高贵的猎鹰挖出了残酷国王的双眼——与猎鹰王子如此契合，新哈里发严禁传唱此歌，违者则要受鞭刑。

这下麻烦可真大了。一队穿着铆钉短上衣的卫兵冲开密密麻麻的人群朝着城墙奔去。他们挥舞着细长的钢鞭，一边极力兼顾着城墙上的凹室和人群。

当哈里发的卫兵冲向唱歌的那一小群人的时候，歌声戛然而止。然而，紧接着，新一轮"飞吧，猎鹰啊"在人群的另一侧响起。卫兵的头齐刷刷地转向了声音传来的那一边，但也只能听之任之，转而朝着猎鹰王子本人跑去，后者已经中止了演讲，在那间凹室里灵活跳跃。大盗的情绪鼓舞着人群更为汹涌的歌唱。这一次，即使卫兵经过，歌声也没有停止。这次，阿杜拉看到哈里发的卫兵跑向城门时，更为焦灼地扫视着人群。寡不敌众。

阿杜拉感觉到身边自己的随从突然燃起了浓浓的战意。拉希德无言地握紧了刀柄，他周围的人群都自动后退了一步。刀刃前端分成两叉，这是遵循着教会的传统教义："摒弃谬误，但求真理。"阿杜拉担心拉希德就要履行这一条教义了。

"你在做什么？"阿杜拉悄声说。

"我在帮助卫兵们，博士。"

"猎鹰王子并不是我们的敌人，孩子。"

"我很抱歉地说，博士，他并不是什么王子。他利用魔法犯下罪行。我们应当与其斗争！"

拉希德再次准备行动，但阿杜拉抓住了他瘦削的肩膀。如果这个僧人执意干预，阿杜拉几乎无法阻止，但阿杜拉希望自己的年龄和权威能够发挥点儿作用。

"我们的职责是和叛逆天使的邪恶随从作战。法拉德·阿兹·哈马斯也许是个罪人，但他劫富济贫。即使你再狂热，也理应能看出这行为中的道义。"

　　年轻人一言不发。他皱着眉紧盯着阿杜拉，接着把刀收回鞘中。

　　在凹室内，猎鹰王子将双臂伸展开，好像在欢迎卫兵们来参加宴会。"哈里发的走狗来抓捕我了，朋友们！如果你们听见了他们聒噪的咒骂，那是因为有人挡住了那些恶棍们的弓箭。但这只是开始，亲爱的达姆萨瓦公民们！做好准备！那一天终将到来，我们会取回我们应得的！我们所有人都面临选择，虽然有人会让我们相信他们才是被上帝指派来替我们做出选择的！但我们是旧时代被暴君的铁链拴住的达姆萨瓦人吗？一个人毫无节制和智慧，只是因为世袭制才坐上了王座，我们甘愿被他奴役吗？"

　　人群中爆发出雷鸣般的"不"，有些人开始喊出口号：

　　"让猎鹰称王！"

　　"真主赐我们明君！"

　　"反对束缚，猎鹰啊！"

　　阿杜拉敢打赌，这些男女是大盗事先安排混入人群的托儿。卫兵已经接近城门了，但他们面对的是聚拢而来的充满敌意的人群。王子又开口了："我们这些阿巴森明珠的居民，钦慕忠于职守的哈里发，他让人民吃饱穿暖，他让人民不致走上歧途。但如果哈里发贪得无厌，残暴至极，让民众痛苦不堪？那么——"他的声音带上了威胁的意味，"——那么，哈里发也不过是个人，是个坏人，应该让他罪有应得，而不是让我们美丽的城市为他承担罪责！"在缩距法术的作用下，每个人都看到了猎鹰王子眼中富有感染力的光芒。

人群中一阵骚动。有一些是不满的牢骚。但更多的显然已经被王子大逆不道的发言煽动，开始发出一阵阵喧嚷。阿杜拉站在人群边缘，注意到一个穿着极其奢华的商人和一个穿着制服的随从正努力挤过人群，脸上挂着惊恐的表情。

拉希德的一只手又放到了刀柄上，不安地动着。

"曾经没有足够的食物，工作也少得可怜，我们的儿子尝过蹲监狱的滋味，我们的女儿被卫兵凌辱，达姆萨瓦城的居民站起来反抗这一切！现在我们也将如此，我的朋友！做好准备！做好准备！"

卫兵开始朝着喊话者所在的凹室爬去。从城门的另一侧涌进了更多的卫兵。但又一阵雷鸣和橙色烟雾过后，王子不见了。

万能的真主啊！

人群顿时鸦雀无声。随后，人们又恢复了常态，给暴怒的卫兵让出一条通路。拉希德清了清喉咙，阿杜拉想起了他们的紧要任务。在王子消失后，想要穿过密不透风的人墙几乎不可能了，而人群的移动也异常的迟缓。

"快点儿，孩子，没过多久，这扇门就会被堵个严严实实的。也许我们可以去大马路上租个轿子。出了这场乱子这边已经变成一锅粥了，从只限座客的那扇城门出去会快得多。"阿杜拉努力控制自己不要去想已经耗费掉的时间。浪费时间意味着有更多人在食尸鬼的利齿下丧生。

他们走过几个长街区，转而走上了一条僻静的小巷，好像突然来到了另一个城市。小巷的两侧都是高大的建筑，路上非常阴凉。一个妇女正坐在家门前编篮子，当二人经过时，她警惕地抬头看了他们一眼。另一家门前躺着一个人，骨瘦如柴，正在一边嚼大烟一边和那个妇女漫不经心地聊天，除此之外巷子里没有其他人了。阿杜拉灵敏的鼻子嗅到了某家窗口飘出的炖羊肉汤的味道，他贪婪地大吸一口气。

"小心，博士！"拉希德喊了一声，不过为时已晚，阿杜拉感到自己的凉鞋陷进了一坨温暖柔软的骆驼粪便中。他一边骂那坨棕色的物体，一边在石头上蹭自己的脚。

然后和猎鹰王子面对面撞了个正着。

以真主之名！他是从哪里冒出来的？那人差不多有六英尺半高，甚至比阿杜拉还高，阿杜拉身上赘肉晃动，他却肌肉分明。他那精心修剪过胡茬儿的棕色脸庞露出一个微笑。

阿杜拉用眼角的余光看到拉希德转身拔出了那把刀。猎鹰王子警觉地往后跳了一步。他就像看着一只危险的野兽一样提防着拉希德，但开口说话时，又恢复了笑容：

"这可不是在巷子中随处可见的光景！一个教会的僧人和一个食尸鬼猎人——阿杜拉·马哈斯陆博士，如果我没猜错的话。"王子的举止出人意料地从容不迫，很难想象他刚经历了一次千钧一发的事态。

阿杜拉没有说话，不过毫不掩饰在自家街区以外被人认出的惊讶。

"是的，博士，我知道你。如果我有时间的话，我愿意复述出在学院区那些穷人对你唱出的所有赞美。只可惜有一队卫兵正在几条街以外追赶我。"

"杀人凶手！"拉希德说，上前迈了一步，但阿杜拉伸出一只手拦住了这个年轻人。

王子无视了僧人的举动，对阿杜拉说："您愿意帮助我吗，大叔？我接下来的计划，和其他人的性命，都取决于那些卫兵能否得知我真正的去向。"

所以，对于阿杜拉·马哈斯陆来说，今天这个男孩带来的历练还不够对吧，真主？不，您非得把我这位又老又胖的追随者推上风口浪尖吗？太棒了。阿杜拉抬头望着王子。

他可以一笑而过拖延时间，但他的选择只有一个，这只是时间问题。"他们不会知道你的去向的。"他喃喃地说。拉希德在他身边发出了不满的声音。

王子低下他的头。"猎鹰王子感谢您，大叔。希望我有朝一日能偿还您这个人情。"接着，这位大盗跳到了一栋楼的二楼阳台上。

太厉害了！阿杜拉曾经见过别人使用跳跃法术，但猎鹰王子优雅的物理姿态在魔法的加持下的表现令人印象深刻。他又进行了两次跳跃，便到了屋顶，接着从视野中消失了。阿杜拉的身边，僧人也不由自主地发出了惊叹的低语。

阿杜拉听见了卫兵跑近的喊声和脚步声。"他从另一条路逃跑了，对吧？"他简单地向同伴确认说。

拉希德下垂的眼睛里升起了怒意。"我可不会袒护那个恶棍并为他说谎，博士。"

"那你自己藏起来，我一个人应付。"但僧人站着没动。"拜托了！"阿杜拉催促道。

僧人摇了摇戴着头巾的头，走到了小巷的阴暗处，像消失了一样。

两个卫兵绕过转角跑了过来。这么大的动静，我以为来了一整个方队呢。这群好斗的白痴。阿杜拉努力让自己不要去留意巷子的阴暗处，他祈祷那孩子能乖乖待着别动。

"那边的那个老家伙！站住！想活命的话就站住！"两个卫兵都是个子高大的年轻人，脸上稚气未脱。然后他们又喊了一次"站住"，虽然阿杜拉根本没动。

两个人踩着很响的脚步声跑了过来，阿杜拉能闻见他们的一身汗臭。"你！有没有看到——"

"往那里去了！"阿杜拉大喊着，指着一个错误的方向。他尽可能地摆出一副不胜厌烦的老人家的嘴脸。"他朝着那个拐角跑过去了！那个肮脏、该死的土匪！他差点儿把我撞翻了！我说，你们到底有没有在替天行道？怎么了，当我还像你们这么大的时候，卫兵可从来不会让——"

两个卫兵径直朝着阿杜拉指着的方向跑去了。当他们的身影消失后，拉希德从阴影里走了出来。

这次轮到阿杜拉摇头了。"我们已经浪费太多时间了，孩子。看来我们不得不赶夜路了。"

拉希德神色凝重地点点头。"要在夜晚捕猎食尸鬼了。"

阿杜拉笑了，虽然不愿意承认，但他确实多少受到了助手坚强意志的鼓舞。"是啊。即使是像你这样满脑子想着打打杀杀的小疯子，也会为即将到来的事情而激动。"

阿杜拉并不太想知道万能的真主又给他安排了怎样的历练，他做了个手势，和他的助手继续前行。

第四章

　　在达姆萨瓦城尘土弥漫的西郊，拉希德看着阿杜拉博士骂骂咧咧地爬下他们雇的轿子。空气中充斥着皮革的刺鼻气味，还夹杂着阵阵不合时宜的鸟鸣。相比起城市，这里的建筑物稀少得多，间距也更大。黄泥胡乱砌成的低矮平房和烧砖砌成的精巧小屋分列在道路两旁。比不上城中人声鼎沸，路上行人也不少。拉希德也和往常一样，保持着对周遭的敏锐与警觉。但他的主要心思却放在与猎鹰王子的那次照面上，以及他当时的所作所为。

　　置政权于不顾，却来庇护一个异端分子！你应该逮捕他才对！僧人不断地责问自己。**不管博士如何说，你应该坚持。不管怎样，法拉德·阿兹·哈马斯都是一个罪人。他是弯月王国的叛逆者，尽管博士说他偷盗的动机是正确的。**

　　是博士。拉希德帮助一个扰乱社会安定的盗贼逃脱了法律的制裁。为什么？因为是博士让他这么做的。这个错误的举动又一次打击了他。确实，拉希德现在是学徒，所以要服从阿杜拉博士的指示。但这次猎鹰王子的事情……拉希德心想，圣殿里的长老如果看到了这一切又将对他说什么。他也担心——他每天都在担心——自己的所作所为已经触怒了万能的真主。然而他又从何知晓？每夜的冥想苦修让他不安的灵魂平静下来并得以入睡，但这并不容易。

一个长发姑娘穿着贴身剪裁的束腰裙从拉希德身边走过，他知道上帝又在考验他了。他移开目光，忍受着那种耻辱的疼痛感逐渐覆盖全身。

圣殿里的生活原本已经日渐明朗，但自从两年前大长老阿里——最受尊敬也是他最热爱的师长——将他送到博士身边接受训练，拉希德逐渐认识到世界的纷繁复杂。当你见到阿杜拉·马哈斯陆时，小家伙，你将会知道，还有比你在这里学到的一切更为伟大的真理。你将会了解到人性在奇怪的地方闪烁着光辉。

拉希德已经花费了两年时间来体会他师长训诫的正确性。他回想起和博士一起第一次捕猎食尸鬼的经历，那一次他们从咒术师祖德和他的水系食尸鬼手上解救了图书装订工哈菲的妻子。从那时起他了解到，这个既不虔诚又不修边幅的男人其实是一个伟大又有道德的食尸鬼猎人，也使得大长老阿里对他大加赞美。但当邪恶的巫术士祖德躺在地上断了气，他又不得不意识到博士的威力——以及他对于自己职责的忠诚。

但即使是这样，从他和阿杜拉·马哈斯陆共事第一天起，就无数次地想过要离开，因为他难以忍受博士的失常与不敬。但大长老阿里的训诫很明确，而一个新人僧人是没有资格向大长老发问的。

和大长老阿里一样，博士将自己的身心都献给真主，并受到了真主的祝福和爱护。在过去的两年中，拉希德不断看到博士肆无忌惮地打嗝、咒骂、懒散不堪，这都让他确信是叛逆天使在作祟。

拉希德也在担忧，有朝一日当他回到圣殿自己成为长老时又会发生什么。他在外所做的一切都将受到审判，但当他想到面对猎鹰王子时自己的随意，不禁担心审判团会做出不利的评判。

博士付完轿夫的钱回来，灰色浓眉下一双眼睛紧紧盯着拉希德。"你还在为卫兵的事情担心，对吧？"

他没有问博士是如何看穿自己的心思的。"是的，博士，只不过是——"一连串词进出，连他自己都感到惊讶，"不管他做的事情是否正确，我们都应该尊敬哈里发的权威以及他的身份。我们必须守卫他们。如果连这份敬意都失去了，我们还将对谁不敬？救死扶伤的天使？还是真主自己？"

博士白了他一眼，挠了挠自己的大鼻子。他的手臂环上拉希德的肩膀，带着他走上一条垃圾满地的小巷，向一排低矮的房屋走去。"你知道，"博士一边朝马厩走一边说，"没有比听到一个年轻人老气横秋的语气更让人失望的了！你听过自己内心的呐喊吗？你觉得自古以来就有哈里发吗，孩子？早在宫殿和大腹便便的统治者出现之前，神灵和人类就互敬互爱。就算明天弯月王宫就变成残垣断壁，真主仍然爱着我们。'诚然，帝王统治着人们的肉体，但真主却主宰着人们的灵魂。'"

博士对于《天堂之章》的引用被浓烈的动物气味打断了———他们正朝"驼背佬"赛义德的马厩走去，迎面飘来一股骡子、马，还有骆驼的臭味。厩主出来迎接他们，他穿得一丝不苟，但躯体却扭曲得不成样，脊柱弯成了几乎和地面平行的角度，珍珠母做成的拐杖拄着地面。博士把事情都安排妥当了，看起来"驼背佬"赛义德也是他无数的老朋友之一。

而拉希德也明白，即使他不是博士的朋友，博士也会担起交流与安排的责任，因为在他看来拉希德处理这些人情世故还是太嫩了。来达姆萨瓦城一个月后，拉希德曾经去采购晚餐的食材。当他带回少得可怜的发蔫菜叶时，博士哈哈大笑，一边让人恼火地宣称自己可以用一半的价钱买回两倍多的食物。从那时到现在已经过去了两年，但拉希德知道，在他导师的眼里他仍然是一个"耍刀的天才，街上的白痴"，就像某首诗里描述的那样。

几分钟后，博士对"驼背佬"赛义德行了贴面礼告别，他们互祝了平安，接着博士将一头看上去脾气很犟的骡子的缰绳递给了拉希德。博士牵着自己的坐骑回到了大路上，他看上去很焦虑，不断捋着自己的胡子并在他周围打量着，好像在寻找什么。拉希德猜测他是在做好离开达姆萨瓦城的心理准备。离开这座城市似乎令博士感到不安和忧郁。

在拉希德的记忆中，应该没有第二个人如此眷恋这座城市。这个食尸鬼猎人经常抱怨城市的日常生活，但拉希德明白，他深爱着这座城市——博士抱怨的或许只是这城市的国王而已。拉希德希望真主能够开恩，让这个人尽快回到他的城市。他默默地祈祷，希望他的刀和心中的道德能够帮忙达成这个愿望。

他们来到大路上，为了让骡子迈腿走路，博士和他的坐骑发出各种低吼。拉希德又低头看了看自己的骡子。在过去独自一人的旅行中，他几乎用不着马之类的牲口。真正的僧人不需要马，教义上如是说。圣殿里的长老也说过，拉希德是教会有史以来行走速度最快的僧人。他可以不知疲倦地跑上几英里。无论走多远，教义上也是同样的态度：僧人需要多少，他就能扛得动多少。即便如此，博士仍然常常骑行，并称之为"炫耀"，而拉希德则坚持在他身旁步行。拉希德之所以愿意去租赁骡马或者轿子，只是不想再听博士喋喋不休地抱怨。

只是因为这个？还是因为你开始变得懒散，而他正好给了你一个偷懒的借口？内心的拷问在他脑海中回响。他下定决心，下一次无论如何都要坚持步行。

他们骑行了几个小时，穿过了城郊和偏远的农田，直到周边没有了大都市的气息。现在，路面上人迹寥寥，偶尔只有一两辆马车或一两头骆驼出没。离开圣殿以来，拉希德很少离开达姆萨瓦城。随着他们不断前行，愈发广阔的天空让拉希德打心眼里感到惊讶。

终于，日渐西沉，路上只剩下他们两人。博士勒住缰绳让他的骡子安静下来。拉希德在他身边停了下来。"好的，"博士半吼着说，"这是个实施追踪法术的好地方，来吧。"他示意拉希德来到路边，然后低吼了一声，爬下骡子。接着他把手伸进背包里，探到了包底，发出了更大的吼声。

他总在发出粗俗的噪声。拉希德不满地想。低声怪叫，又抓又挠，高声大笑。但保证他的安全是我的职责。拉希德干脆利落地下了地，牵起两只骡子的缰绳。博士正在做施术的准备，拉希德就像守卫似的站在他的不远处。

博士拿出一小张纸片、费萨尔沾满血迹的一块衣服碎片、一个小瓶子，还有一根长长的铂针。他在纸上写下了什么，用针刺破一根手指，接着将布片和纸片固定在地上。随后他站了起来，闭上双眼，一边背诵起《天堂之章》的段落，一边撒出一把深绿色的粉末——也许是薄荷？——一边说出真主的名字。"真主能看见无形！真主能未卜先知！真主能揭露一切真相！真主是神秘学之师！"

什么都没有发生，至少在拉希德看来是这样，但博士的眉毛已被汗水打湿，他睁开眼睛，从拉希德手中接过缰绳。他骑上骡子，继续在路上前行。他一言不发，甚至都没有回头看一眼拉希德是否跟上了自己。当拉希德小跑来到博士身边的时候才明白为什么。他气喘吁吁地，因为路途，因为咒术，这些耗尽了他的体力。拉希德努力让自己不要为此担心。

　　他等博士慢慢喘过气来，才开口问道："您找到食尸鬼了吗，博士？"

　　"是的。"博士只说了两个字。

　　他们骑着骡子一路轻快地下坡，朝着逐渐西沉的夕阳前进。当路向西拐了个弯延伸向老虎河时，道路随即变得泥泞、潮湿。空气中的水汽越来越浓重，飞舞着越来越多的小昆虫，这让拉希德的眼睛和鼻子感到很不适。当太阳碰到地平线，发出瑰丽的色彩，拉希德看到一个骨瘦如柴、长着胡子的农夫朝他们走来——这是他们一个小时以来碰到的第一个人。农夫给骡马让开了道，在路对面对他们说："愿真主赐予你们平安"，但并没有抬眼看他们。他在害怕我们？还是他隐藏着什么不可告人的秘密？

　　他可不是你要找的人。拉希德提醒自己。集中精神。

　　广阔的大地上分布着星星点点的大块石头，也许后面藏着些什么。拉希德仔细观察着一丝一毫的动静。老虎河在他们的右侧视野所不及之处流淌着，散发出清新潮湿的气息，几株枣椰树，一丛丛的芦苇在夜风中沙沙作响，一切都证明了河流的存在。

　　"停。"博士大声说，惊起了湿地里的两只鸟拍翅飞去。这么长时间以来他第一次开口说话。"踪迹到这里就转弯了，有些不太对劲。"

"什么意思，博士？"

拉希德的导师看上去迷惑不解——他很少露出这样的神色。"我不太清楚，孩子。在过去几十年里，我一直在实施追踪术，但从来没有发生过这样的事情。正常来说我应该会感觉到——或者说我脑海里能听见什么——真主会为我提示猎物的方向。这次也一样。我们的目标就在那不远处。"博士指着左边，道路的尽头有密密麻麻的大石堆，还孤零零地矗立着一座尖顶的小山丘。"但我也听见他提示了其他的危险。'能够吞噬灵魂的豺狼。''能够让狮子威严扫地的东西。'我……我不知道这意味着什么。我这一辈子从来没有……"博士松开了缰绳，将脸埋进手掌中。拉希德努力掩饰起他的担忧。

博士深深地吸了一口气又重重地呼出来。他抬起头，摇摇头，捋了捋他的大胡子。"不见了。不管它是什么，现在已经不见了。"他环顾四周，就像刚从梦中醒来一样。接着他又像骆驼一般沉重地深呼吸了一次。"别管他，孩子，别在意。我年纪大了，容易觉得累，今天又没吃多少东西。"拉希德的老师显然在说谎，但如果他不想透露更多，拉希德也做不了什么。"我们接着走吧。"博士说着，掉转骡子的方向离开了大路，沿着一个微小的下坡往前走去。

拉希德跟上他的脚步。

又一刻钟过去了，夜幕已经降临。只有几点微弱暗淡的星光，月亮已经隐入云层中，透出模糊的银光。他们来到了尖顶小丘的底部，拉希德这才看清它根本不是什么小丘，而是从地面上沿着特定的角度突出的一大块岩石，就像个小山脉。博士驱赶着他的骡子踩上岩石，他坐骑的蹄声在石头上嗒嗒作响。紧接着，拉希德也驾着自己的骡子走上了陡峭的斜坡。博士遵循着拉希德听不到也看不到的指引，转弯穿过了整面大斜坡。

岩石的三角楔形是如此精准，表面又如此光洁平整，这让拉希德不禁想，他们刚刚走过的斜坡是否是人为所致。如果是这样，又是什么样的人在上面行走呢？

"博士，这石头是从哪来的？这里曾经有过什么建筑吗？"拉希德悄声问。他一直为自己不会轻易感到恐惧而自豪，但如果无礼地踩踏在亡故人们的墓石上的话大概会引起麻烦的。

博士打量着四周，心烦意乱地说："是克米提大帝的，这一点可以确定。也许是一块基石——"

博士把后半句话吞了回去，猛然勒紧了骡子的缰绳，弄出很大的动静。他眯起眼睛，审视着四周。"下去！"他悄声说，然后翻身下地。

拉希德照做了。他牵起两只骡子的缰绳，但随即松开了手，因为博士又开口了：

"随它们走吧，没有时间拴住它们了。"拉希德便任凭两匹骡子一路小跑下了巨石，一直跑到底部的刺三叶草丛中。

"骨系食尸鬼。大概还不止一只……就在附近。"博士说着微微侧过头，看上去就像在听大脑里的什么声响。他飞速地把手伸进他的背包。"把绳子扔出来！"他大吼。

拉希德没有问博士是怎么知道的。他拔出刀，四下扫视着低处的阴影。突然他们的骡子开始惊恐地嘶鸣。拉希德敏锐的视觉立刻分辨出那些黑影正沿着斜坡逃窜。

然后他看到了别的物体，人形——一个，两个，总共有三个——从石堆后面走出，朝坡上走来。然后他听见了一阵啸声。

食尸鬼的啸声与世界上任何声音都不同。那声音令人恐惧，就像一千条蛇缠绕着一个人。拉希德曾经多次听过这样的声音。但仍然觉得毛骨悚然。

云朵被吹开了，一切都呈现在月光的照耀下。即使是博士昏花的老眼也能看清楚了。三只骨系食尸鬼，巨爪和下颌都覆着灰色的皮，正争先恐后地沿着巨石的斜坡朝上爬来。

"我们得从猎人变成猎物了，博士。"

博士低吼了一声，从背包里扯出了什么东西。三只食尸鬼中有两只已经来到二十码开外。博士冷冷地看着它们，高举着一个封口的小瓶子然后把它扔到了地面。玻璃瓶摔碎了，一股醋和花朵的气味飘散到空气中，然后博士高声诵读着经文：

"真主仁慈，斩尽残酷！"接着一阵山崩地裂的巨响，离得最近的两只食尸鬼已魂飞魄散，不再拥有人形，碎裂成了一堆堆的泥土和尸虫。**一下就打倒了两个怪物！**这已经不是第一次了，拉希德由衷地感叹博士的威力。他又开始崇敬他的老师，而不是为他担忧，这让他定下心来。

还有一只食尸鬼仍然幸存。博士弯下腰，用手支撑着膝盖，显然已经被刚才施术弄得筋疲力尽。"轮到你了，孩子。"

博士话音未落，拉希德已经冲到最后一只怪兽面前，他的刀剑在食尸鬼的躯体上翻飞。那只生物发出恶毒的尖啸，长长的巨爪扫过，但拉希德一直保持着两倍刀长的安全距离。

他向前跳了两步，猛然挥刀，感到刀刃已经刺进怪物的身体里。食尸鬼又发出了一声尖啸，锋利的巨爪在空中疯狂挥动，蛆虫成股流下，就像流血一般。一条蛆虫落到拉希德脸颊上。食尸鬼并没有停下，它发狂地挥动着残肢。拉希德没能甩去这让人浑身发痒的虫子，不由往后猛退一步。

食尸鬼步步紧逼，但拉希德又占了上风。这种人造的怪物并不会感觉到疼痛，即使只剩下一只爪子也足以轻易将大部分人置于死地。但拉希德不属于大部分人。他如蛇一般灵巧地左右闪避，总是保持在食尸鬼残存的那只爪子攻击距离之外。他在等待对手露出破绽，就是现在，它对他张开大嘴怒吼，下颌骨咯咯作响。

拉希德快速地移动，上下挑动刀尖。食尸鬼的脑袋从肩膀上滚落下来。它的躯体颤抖起来，化为一堆蛆虫和墓土。

拉希德拂去脸上的蛆虫，走到博士的身边，发现他正喘着粗气，但没有受伤。"博士，你觉得它们从哪里——"

更猛烈的尖啸响起。拉希德不由噤声。

又来了两只骨系食尸鬼正沿着陡峭的石壁往上爬来。仁慈的真主啊！自跟随博士以来，拉希德已经多次与骨系食尸鬼作战，但一般一次一两只。他从来没想过食尸鬼会像这样成群出现。博士仍然在他身边喘着气，看起来没办法立刻实施下一次法术。

拉希德向食尸鬼们发起猛攻，他的双叉刀尖向外，飞快地在怪兽之间穿行。刀尖咬进一只怪兽的脖子，几乎被扭断。他抽回刀，继续穿行。他躲避着巨爪的攻击，将怪兽的注意力从博士身边引开。食尸鬼们将他逼得节节后退，一直来到石壁边缘，再往后一码他将掉下这块巨石。他努力看向博士，但那群生物挡住了他的视线。

蛆虫不断从其中一只食尸鬼颈部的伤口渗出。那只怪兽摇摇晃晃的，很显然已经筋疲力尽。其他的几只用空洞的眼睛注视着拉希德。怪兽体内恶意的生存本能正在蠢蠢欲动，估摸着下一次进攻的时机。

博士穿着白袍的庞大身躯慢慢向前移动，他喊出微弱的声音："真主是绝望者的希望！"

受伤的食尸鬼崩塌了。另一只则猛扑向拉希德。怪兽击中他的时候，他一阵眩晕，不由得踉跄后退了两步。

他的双脚在地上陷出两道深痕。

他和那只食尸鬼在石头边缘失去了重心。

拉希德绷紧身体，集中起精神。他扭动着抽出刀掷了出去，一边在摔倒的瞬间将那只食尸鬼踢了下去。他朝石砾地面扑去，但他很镇定，用接受过的时滞感训练来应对。他的这些特技是神赐的，远远超过任何走钢索或其他杂耍演员。

他将身体蜷成一团，滚动着撞到地面。接着他又顺着惯性翻滚了二十码，站起身来调整呼吸。他敏锐的视觉立刻搜寻到了几码外反射着月光的刀，他一把抓了过来，刀柄熟悉的握感让他安心下来。

食尸鬼去哪儿了？拉希德环顾四周，强打精神准备应付下一场战斗。他看到十码远的地方躺着一只骨系食尸鬼，正不停抽搐。这只怪兽脑袋先着地，在一块和人差不多大的锋利石头上磕碎了颅骨。它无力地呻吟着，又一次抽搐起来，接着化为一摊毫无生气的虫豸。

赞美真主！这时拉希德才感觉到从前胸到肋骨的一阵刺痛。那家伙用它恶臭的爪子扫过他的前胸，撕碎了他的丝质长袍，划破了他的皮肉。这种伤口需要用草药来清洗。博士以前曾经告诉过他，古老传说中被食尸鬼咬伤之后也变成了食尸鬼，纯属无稽之谈，但这些死亡生物肮脏的爪子仍然会造成严重感染并夺去人的生命。

这时，拉希德听到巨石顶端传来博士的喊叫。难道还有别的怪兽？他跑向陡峭的斜坡，用令人惊叹的速度向上攀爬。博士最后的施咒一定耗尽了他最后一丝力气。在这种情形下，他无论如何也不能与叛逆天使的走狗们抗衡。拉希德爬得更快了。他无视了自己的伤口，也顾不上锋利的岩石磨破了他的指尖，他只希望他赶到时，不会为时已晚。

第五章

刚开始战斗时，阿杜拉感到自己又变成了初生牛犊的年轻人——他很早就察觉到了食尸鬼的存在，并将其中的几只彻底击溃，也看着他的助手砍下一只怪物的脑袋。但现在，最初的那一阵令人怀念的狂热劲儿已经过去了。阿杜拉坚信拉希德会从坠崖中生还，但也许自己还是该帮他一把。而且周围也许还有别的食尸鬼。阿杜拉感到一阵疲惫袭来，但他的职业自尊和对助手的担心让他克制着不要垮掉。他转向拉希德坠落的方向，又把手伸进背包里，掏出一个牛皮纸袋。

在视野的尽头，有什么东西在朝他移动。阿杜拉来不及弄清那是什么，只是拔腿就跑。有什么东西重重地击中了他的后背。

他跌倒了，纸袋和包裹从手里滑落出去。一个庞然大物蹿到他和背包中间。他顽强地忍住背部的疼痛，起身从怪物身边逃开，好不容易才站稳了脚跟，开始喘粗气。

接着阿杜拉震惊地大喊起来。又一只骨系食尸鬼。一只巨大的骨系食尸鬼。四十年来他见过的最大的食尸鬼。

不可能！造出一只这么大的怪物——何况之前还有那么多

只！其中需要倾注的魔力难以计算。他的身材可并不瘦小，但矗立在他面前的怪物就像巨塔一般。到底是谁创造并控制着这一只九英尺高的怪物？

怪物朝阿杜拉迈了一步。他打量着怪物空洞的眼睛，硕大的爪子。一只爪子就能把他的脑袋像劈开西瓜一样砸得粉碎。要不是他刚才下意识地躲闪，他的后背早已支离破碎了。尽管阿杜拉对世界万物抱有数不尽的厌倦，他仍然没打算让自己的脑袋像西瓜一样被劈开。更何况，拉希德需要他的帮助。

他凝视着怪物没有瞳孔的扁平眼睛。轻声地、绝望地，他吹起"在梨树下，我的爱人"的口哨。刚发出第一个音符，怪兽的行动停滞了。他用充满自信的视线看着它，并用安抚食尸鬼的声音哼唱出心爱的歌谣。这是一种不可信的、老套又娘们的蛊惑术，并不使用任何魔法或者咒语。有时候它毫无作用，就算奏效，维持也不过一分钟，但已经不止一次救了他的命。

巨兽的爪子松松垮垮地垂了下来，并随着曲调缓缓地摆动。阿杜拉努力吹着口哨，一边凝视着它的眼睛，一边努力思考着接下来的行动。"我已经老了"这句话却像梦魇一般盘踞在他的脑海。

现在给我消停点儿！他在心中对自己怒喊。他的背包，里面装着他的所有装备和道具，正躺在怪物身后不远处。却像卢加尔巴一样遥远。如果他抬腿去捡，就会中断口哨蛊惑术。他继续吹着，但这支歌就要结束了——这意味着，对食尸鬼的催眠也将要结束。

阿杜拉暗自祈祷，当他探身取回药品袋的时候不会被怪兽的爪子抓住。他并不喜欢这种不确定性。那么，就等着，阿杜拉心想，被这个尖叫着的怪物毫不光彩地干掉吧。他已经听天由命了。我甚至没来得及好好享受最后一杯小豆蔻茶，或者家里的最后一餐。

他干裂的嘴唇虚弱地吹出最后一个音，全身肌肉绷紧了。怪物发出了尖锐的鸣叫。

接着有什么东西跃向食尸鬼。

并不是拉希德。阿杜拉看到金色皮毛划出的一道光和一条钢鞭一般有力的尾巴。有某种动物附在了巨大食尸鬼的背上。怪物乳白色的眼睛睁大又闭合。它因为疼痛而悲鸣起来。

阿杜拉把消极的想法挥开，试图弄清事态。是什么弄伤了食尸鬼，而他自己又能如何利用这一转机？

灰绿色的怪物扭动身躯，想要把新的攻击者从背上甩下来。食尸鬼转过身来的时候，阿杜拉看清了救他一命的神奇动物。那是一只体态优美的母狮，双瞳像绿色的火焰，全身金色的皮毛闪烁着不可思议的光芒。

阿杜拉在脑海里飞快地搜寻着，但并没有见过这样一种动物。事实上，如果那些失传的神话故事可信的话，倒是有一种生物类似，它是作为天使正义的代表——也就是真主的代表。阿杜拉默默地在心里说出感恩的祷词。

既然这样，"自救者神救"。阿杜拉冒险夺回了自己的背包。

当他的手拿到自己的东西并伸进包里时，他意识到，不再需要什么咒术了。他的救命恩人已经终结了那个人形怪物罪恶的生命。它死去时气浪翻涌的情形，即使好几年后阿杜拉回想起来仍然觉得反胃。随着巨大的类似棺木盖子滑动的摩擦声，食尸鬼轰然倒地，变成了一堆灰石，死去的飞蛾尸体蜂拥而出。

母狮的皮毛下放射出如太阳般耀眼的金光。当光线褪去，那只母狮子变成了一个大约十五岁棕色皮肤的女孩。她穿着巴达维部落常见的骆驼皮毛制成的素色衣服。仿佛一眨眼之间，那只猫科的野兽就变成了现在这个绿色眼睛的小姑娘。

他并不是第一次看到这样的光景。

能够变成狮子，这是少见的、几乎已被世人遗忘的能力。很多年前，他曾经见过另一个同样有神赐天赋的部落族人，非常厉害能和野兽搏斗，但在途经的目击者看来却很吓人。阿杜拉决定小心行事。

"你好。"他试图打招呼。

女孩用绿宝石般的眼睛凝视着他，透出不信任。

"愿真主赐汝平安。"他又做了一次努力。

女孩的神色不知不觉柔和下来，但她仍然面无表情。"愿真主赐汝平安。"她简短地回应着，一边拨开她凌乱、及肩的头发，露出了双眼。在阿杜拉看来，她这个年纪的少女对自己说话的语气应该更有礼貌一些——至少，她应该称呼自己"大叔"。但尚未开化的巴达维族人是不怎么讲究礼数的。女孩紧接着粗声粗气地问话了。"你刚才在和这些食尸鬼战斗吗？是你杀死了其他几只吗？"

"是的。"阿杜拉努力克制着语调中的警告意味回答道。"感谢你的帮助，孩子。我已经很多年没有遇到过谁拥有幻化成狮子形的能力了。"

女孩张大了嘴。"你知道这种能力？你不害怕我？"

阿杜拉耸耸肩。"毫无疑问，你总是面对着你那些无知的部落族人。既然依赖着你的能力，为什么还要害怕你呢？呵，我可不是不懂感恩的野蛮人。"听到阿杜拉侮辱自己的族人，女孩发出一声咆哮，仿佛仍是一只狮子。

阿杜拉像妥协了似的把双手举起来。"我是个学者，对于这种现象和其中的奥秘都有所研究，孩子。幻化狮形的能力是真主经由天使赐给人类的，'汝等虔诚的巴达维子民等待着天使的恩惠——金色阳光一般的鬃毛，银色月光一般的利爪'。我早已了解这种形态，所以没什么好害怕的。更何况，做食尸鬼猎人四十多年了，见过太多比一个孩子穿着狮子外皮更可怕的情形。但我确实很惊讶。上一次见到像你一样的人已是二十年前。我也没想过女孩也能获得这样的恩赐。"

这时阿杜拉听到一阵微弱的声响，是拉希德从石壁的那一侧翻身爬了上来。女孩转身望着声音传来的方向。

"嘿，来得正是时候！"阿杜拉对朝自己跑来的僧人说，"把一个老头子扔在这里自生自灭！幸好，你也看到了，我们还有同伴。"

少年的手紧紧抓着刀柄，但他的表情与其说是临战时的紧张，倒不如说是怀疑。"这女孩是谁，博士？"

"嗯，可以说她是真主派来救我的天使。但我们没时间好好做自我介绍。"阿杜拉转向女孩，后者正在仔细打量着拉希德。"我是阿杜拉·马哈斯陆博士，年轻的女士。这是我的助手，名叫拉希德。"一阵冷风吹来，阿杜拉不由把手臂盘起来取暖。

女孩又皱起眉头。"你是个食尸鬼猎人？而这位却是一名僧人？"她粗鲁地问道，一边直勾勾地看着拉希德。

阿杜拉对这缺乏教养的孩子不满地挑起眉毛，虽然他不确定她是否看到。"是的，我是，他也是。但我想，即使是最无礼的巴达维人，也不至于尚未报上自己的大名就对别人的事情指手画脚。"

女孩的脸上并没有一丝一毫的羞愧。"我是扎米亚·巴努·莱思·巴达维，是纳迪尔·巴努·莱思·巴达维部落的守护者。"

阿杜拉瞥了他的助手一眼。这时他才看到拉希德蓝色丝绸的外袍上沾着斑斑血迹。伤口看上去并不深，但阿杜拉体会过伤口烧灼的痛苦。当然，这个隐忍的少年不会表现出任何抱怨。但需要用药草给他治疗——尸鬼梦魇草和薰衣草。阿杜拉并不精通医术，但他的朋友达乌德和莉塔兹曾经教给他零星的技能。"你受伤了。"他对助手说着，伸手从包里拿出一小袋药膏。僧人很不情愿地把刀插回刀鞘，接过扔来的布袋，往手上倒出药膏，准备涂抹在伤口上。

捣碎的草药散发出的辛辣芳香让阿杜拉抽了几下鼻子。他又回头看着女孩。"这位扎米亚可以变成狮子的形状，孩子。你还记得我曾经告诉过你，虚幻王国里被遗忘的部落中的那些古老力量吗？她刚刚打败了我见过的最大的食尸鬼。"

僧人的眼睛睁大了，揉搓药膏的手也停止了动作。他微微地皱眉。"太令人惊讶了，博士。但教会的教义上说'敌人的敌人'并不意味着就是我们的朋友。"

"放轻松点儿，我的孩子——除了那些伪善的教条你就不能说点儿有用的？不过我可没说她是我的朋友。我只是说她救了我一命。"

女孩啐了一口。"卑鄙！议论我时别当我不存在！"在阿杜拉看来，部落族人说话就像石头一样生硬刺耳。这位粗鲁的姑娘说起话来就像下起了一阵卵石雨。她把怒气一股脑儿地发向阿杜拉。"你杵在那儿干什么，老家伙？"

"博士，孩子！你可以叫我博士或者大叔，或者其他有礼貌的称呼！"不管她是不是受神恩宠，阿杜拉已经受够了这个小女孩粗野的腔调了。

"巴达维人没必要对城里人献殷勤。"她轻蔑地笑道，接着不情愿地说，"当然，如你所愿，我会称呼你为博士。"女孩平淡无奇的脸上掠过一丝傲慢的神色，"你自己说我救了你一命——也就是说你欠我一条人命。"

阿杜拉放声大笑。他们也有这样的概念。"是吗，现在？我是一名食尸鬼猎人。你知道我救下了多少人的性命吗？从那些怪物的利爪下救出多少男女老少吗？他们都欠我一条命吗？他们都成为我的奴隶了吗？没有。这不过是你们族人那些荒谬的叙事诗里阴魂不散的教条。"

女孩又不满地大喝一声，但什么也没说。

阿杜拉叹了口气。"你看，你这样无礼地问我们在这里干什么？好吧，答案就是，这群食尸鬼几天前杀害了一个住在沼泽附近的人家，所以我的助手和我——"

"我看见了。"扎米亚打断了他的话，听上去她话语中的傲慢悄然不见了。"我已经追赶这群生物快一周了，从它们离开虚幻王国的沙漠开始。我赶到的时候，那些沼泽居民已经被杀害了，他们的胸腔都被撕开，心脏被挖走了。他们的眼睛……我以前也见过死人。我也杀过人！眼睁睁地看着生命之光从他们眼中慢慢熄灭。但那情形实在……他们的眼中没有棕色、黑色或白色——只有红色！并不是血。而是刺目的猩红，就像……我从没见过那样的颜色。如果那就是死在食尸鬼利爪下的样子的话……"女孩的声音颤抖了，她双臂抱着自己孩童般的躯体，陷入了沉默。

　　阿杜拉也陷入了片刻的沉默。死者的瞳孔里闪烁着叛逆天使的光芒——这一切都表明，这事件并不仅仅是狩猎食尸鬼那么简单。他的内脏因为恐惧而揪紧。"骨系食尸鬼也好，水系食尸鬼也好，沙系食尸鬼也好，夜系食尸鬼也好，这些不洁的怪兽吞噬了一息尚存的人类心脏。但……他们眼睛的这种情形要可怕得多。像是一种残忍的魔法，一种古老的卷轴上提到的却早已失传的可怕方式。这意味着不光是血肉，连灵魂都像骨髓一般被吸光吞尽。"

　　女孩的绿色眼睛因为震惊而瞪得圆圆的。"这不可能！"

　　拉希德一直在用药膏涂抹长袍下的伤口，在阿杜拉之前，他开口了："她说得没错，真主不会容忍这样的事情！《天堂之章》上说'诚然，即使肉体承受着鞭笞，信仰者的灵魂也不会感到——'"

　　"拜托了，孩子，别再背那些教条了。你那些生硬死板的论调在这里毫无用处，我的力气需要用在更重要的事情上，而不是给你做启蒙教育上！现在——"

　　扎米亚歪着脑袋哼了一声。"你说得没错。"她用突然虚弱下来的声音说，"你们身上并没有欺骗的气息。"接着泪水涌上她的眼眶。

　　阿杜拉有些手足无措。"虽然我的鼻子很大，但我不敢保证它的嗅觉和你的一样灵敏。即便如此，我们也没有在你身上嗅出欺骗的气息，扎米亚·巴努·莱思·巴达维。但现在轮到我提问了。你为何落泪？你又是怎样独自追击着那群怪物来到这里的？你部落的其他人呢？"

"和你无关。"扎米亚一边让声音显得坚强起来,一边抹去了脸上的几滴泪水。风一阵阵地变强了,其中夹杂着捕猎夜鸟尖厉的啼鸣,听上去愈发诡异。

"显然,我们拥有共同的敌人,孩子。当然,即使是部落族人也知道信息共享。"女孩眯起眼睛,阿杜拉想起了米莉最喜欢的一句话:在蜂蜜和醋面前,即使是蜜蜂和甲虫也会做出同样的选择。米莉自己并不能体会这句格言其中的深意。阿杜拉尝试用另一种方法。"扎米亚,我无意冒犯。我知道这些食尸鬼带走了你的快乐。我可以帮助你,孩子,如果你愿意的话。"

女孩再次开口时,声音就像一个已经死去的女人。"当我说找到沼泽居民尸体的时候,我撒了谎,我说我从没有见过这样的情形。事实上。几天前我见过一次,就在我的族人身上。"

就是这个。阿杜拉慈爱地向女孩伸出双臂,但她用怒气冲冲的一瞪拒绝了。她清清嗓子,擦去了另一条泪痕,继续说下去。"一天晚上,我外出巡逻,把部落的其他人远远地甩在身后。第二天,当我回到他们前一晚过夜的地方……我看到的是……"女孩陈述事实的语气又消失了。她又一言不发,眼睛因为想起了恐怖的事情而睁大。然后她强忍住悲痛,继续说。

"尸体。所有人的尸体。五十七个巴努·莱思·巴达维族人——包括马哈路德大叔和他溺爱的小瓦兹;法奇沙,她一直以为她统治着整个部落;我的父亲;我帅气的兄弟,他本来应该成为酋长的——他的身体被烧焦了。所有的人,你能明白吗?我是唯一活下来的。"

女孩喃喃地说着,像在自言自语。阿杜拉没有说话,等待着女孩继续说下去。

"到处都是让人昏厥的恶臭，"她终于又开口了，"豺狼的气息意味着不毛之地。新溅出的婴儿鲜血意味着古老的建筑。但那些气味什么也不是。我只能找到这个。"她把手伸进自己的外衣，拿出一把纹饰华丽的匕首。

"这是我父亲的。他把它藏在酋长服的夹层里。上面还沾着血，但气味既不是人类的也不是动物的。如果像传说中写的那样，食尸鬼是不会流血的。"

阿杜拉努力地回想，在早年真主指引他找到食尸鬼时是否听说过类似的句子。"能够吞噬灵魂的豺狼。""能够让狮子威严扫地的东西。"他在脑海中扫过这些词句，但没有找到他想要的，"一般来说，传说中的东西都不可信。"他终于开口对扎米亚说，"但至少确信一件事：你的父亲砍伤了某个人或某个东西。以真主之愿，这把匕首上寄托着事实的真相。"

"以真主之愿。"女孩重复道，虽然听起来她并不抱什么希望，"这些天来我一直努力追寻这些生物的踪迹，寻找为我的部落复仇的机会，虽死犹荣。遇见它们纯属偶然，那时它们正在袭击你们俩。"扎米亚安静一会儿，接着又开口了。

"它们……它们……吞噬灵魂。它们对我的族人也是这么做的。"她并没有发问。她说话时眼睛直视前方，眼中泪水已经干涸，看上去也像被吞噬了灵魂一样。她把匕首举到空中。"这是我父亲留下的唯一遗物，虽然我永远不会使用它——因为我已经被赋予了狮子的形态，所以我已抛弃了其他武器。'吾之利爪，吾之尖齿，替救死扶伤天使行道，挥动银刃。'古语里是这么说的。"

真主用蛮族的诗句拯救了我们！但这些词句在阿杜拉听起来

和其他的一样苦涩。作为被真主独自铭记而承担重责的人，在他的一生中，他看过无数次人们苦痛的面庞。面前这个桀骜不驯的狮子姑娘，她的神情也同样凝重。而且他清楚地知道，和以往接触过的受害者不同，她并不需要安慰，她只需要真相。

"听我说，受神恩宠的孩子。你的族人都死了，不管是躯体还是灵魂。我没法帮你改变这个事实。但我可以给你提供复仇的机会。"阿杜拉知道，对于一个部落族人而言，这是她唯一需要的，"你可以作为助手和我们一起走，只要你愿意，扎米亚·巴努·莱思·巴达维。"

拉希德在他身边发出沙哑的声音。阿杜拉差点儿忘了他也在身边。"博士！我们没法让她……没有理由让——"

"哼，你忘了你是谁了吗，拉希德。这里谁是导师谁是助手，孩子？何况我们需要扎米亚的刀来找出一切的始作俑者。食尸鬼群已经被击溃，现在我们需要找出制造出它们的人。我们需要杀死他。很不幸，我的追踪法术只能带我们到这里了。"

"你不能再放一次魔法吗？"女孩很紧张。如果她此时披着狮子的外皮，她一定精神十足地挥动着尾巴，阿杜拉心想。他一手捋着胡子。

"我的法术也是有限的，孩子，就像你的力量一样。《天堂之章》说'人类最大的力量在真主面前也脆弱不堪'。"他拿出之前追踪法术时用过的沾满血迹的布片。"溅上这些血迹的食尸鬼刚才已经被打败了。我能够追踪到它。但怪物的主人——也就是杀害那些沼泽居民和你的族人的真正凶手——嗯，真主需要我们找出更多线索来找到他。纳迪尔·巴努·莱思·巴达维匕首上的血迹不就是一个很好的开始吗。我可以看看吗？"他说着，小心地伸出手想接过武器。

"你刚才喊了他的全名！"她表情愤怒，阿杜拉猜测这是蛮族人表示尊敬的方式。她把匕首递了过去，眼中满是焦急的神色。

阿杜拉得接受这种尊敬，如果他想要获得女孩的协助而不致引起她的不满和猜疑的话。除此之外，他对自己无法给予她任何安慰而感到很沮丧。他高举起这把小刀并斜眼看着它。"你父亲砍伤了这个生物，扎米亚。在这把武器的帮助下我们可以找到它和它的主人并摧毁他们。你的父亲直到最后一刻也在保护着你的部落。"

他把匕首递给女孩，但女孩的脸色变得苍白，一言不发。哼，我为啥要重复那个部落的白痴礼数来讨好她？他又拿回了匕首，让他的声音变得冷静而理性。"有能力制造出这么一大群食尸鬼的人——以及使用这些残酷的旧魔法的人——一定也能够实施显影法术。他知道我正在寻找他，他也会做好应对措施。即使有了这些血迹，没有炼金术士的帮助也无法获知他的行踪。感谢真主，我正巧认识达姆萨瓦城最优秀的炼金术士。她早已退隐，但她仍然会帮助我们。我们明天就打道回府。"

女孩的眼睛露出一道凶光，阿杜拉知道自己好不容易取得的进展都化为了泡影。"明天？为什么我们不现在就回去？我要找出那个杀死我的部落的恶狗，你这个又胖又老的白痴！"巴达维小女孩的话语粗野伤人。

阿杜拉燃起了怒火，他不断提醒自己这个野蛮女孩的遭遇。但他仍然不知道如何应付一个小孩，特别是这样一个浑身肮脏、声音刺耳的巴达维小孩。需要有人来管教她。

"听我说，扎米亚·巴努·莱思·巴达维。我们正处于幽深黑暗的混沌世界。我们需要帮助。但首先我们需要休息。你乐意的话也可以把我们吃了。但我们**明天就返回达姆萨瓦城**。"不管是否受了神的恩惠，她不过是另一个被怪物伤害的上帝的子民。这些年来，阿杜拉已经深刻体会到，那些他帮助过的人最需要的不过是被告知接下来该做什么。

怒火无声地燃烧了片刻，女孩看上去已经得出了结论，除了服从指示以外，她别无选择。她一把抓住自己的头发，强迫自己振奋起来，表情变得平静。她无视了递过来的食物。"好吧。博士。明天。"她简单地吐出几个字，给了拉希德一个捉摸不透的眼神，然后朝着一块突出的岩石跑去。

阿杜拉注视着她的身影消失在岩石的另一侧。接着转向他的助手，发现他正半张着嘴。僧人很快别开了视线。阿杜拉知道这会儿可不是戏弄他的时候，于是克制住了自己。他简单地说道："你今天干得很漂亮。"他一直羞于启齿赞美，但这对自信不足的僧人来说很有帮助。

拉希德棕黄色的脸颊上浮现出了浅浅的红晕，接着他感激地低下头。他不擅长应对夸奖，就像阿杜拉不擅长夸奖他人一样。也许，阿杜拉思忖着，他们至今相处平和，这一点功不可没。

少年清了清喉咙。"我去找回骡子，博士。它们应该不会走远。"他的声音听起来明显很紧张。他比平时更心烦了。

"怎么了，孩子？"阿杜拉径直问道。

僧人看起来思索了一番。他整理了一下长袍，说："猎鹰王子，一群凶残的食尸鬼，一个受神恩惠的巴达维女孩！简直把一生中的奇遇和怪诞都经历完了。这一天你没觉得心烦吗，博士？"

阿杜拉困倦地耸耸肩。"没什么奇怪的。我还经历过更糟糕的呢，孩子。"

这当然是谎话。但似乎足以博得拉希德敬佩一笑。僧人点点头，不再说什么，沿着石头斜坡走下去了。

他看着拉希德灵活的脚步，感到一阵对青年人不知疲倦的、强烈的嫉妒。接下来很长一段时间里，阿杜拉只是站着不动，听着夜晚虫鸣，一边忍受着肩胛骨上的阵阵疼痛。他的小腿骨上也有一道很厉害的石头擦伤，但他太累了，或者说太恐惧了，以至于完全没有意识到。他很好奇自己身上是否有一寸皮肤从来没有经历过各种各样的砍伤、挫伤或刺伤。然后他小心翼翼地走下了斜坡。

几分钟后拉希德回来了，像以往一样沉默不语，但手中牵着的骡子却毫不安分。两只牲口似乎都毫发无伤，在真主的恩泽下。阿杜拉一直认为骡子是值得尊敬的动物——对权威保持明智和怀疑，但也冥顽不灵，脾气暴躁。和我没什么不一样。

少年拿出一个小铜锅，用打火石点上火，煮了一锅简单的汤。在寒冷的夜晚，传来一阵死亡时的凄鸣。大概是那个小姑娘捕获了她的晚餐，阿杜拉想着，似乎在自娱自乐。

在他们开始啃面包喝汤的时候，拉希德显然很担心。他们今天已经经历了足够多的恐惧和惊奇。但原因不止如此，阿杜拉很清楚，虽然他怀疑那少年不愿承认。

那个女孩。

不难想象，这个僧人正有意无意地试图用自己虔诚的信仰反抗着男性的本能反应。要是阿杜拉还年轻，他肯定会告诉那个姑娘她很迷人，然后心满意足。虽然事实上，眼下的这个姑娘并不迷人。

不，这姑娘并不是常人认为的那种漂亮。但她桀骜、充满活力，对拉希德产生了不小的冲击。但就算这少年和一个女人独处，他还是没办法诚实面对自己的内心。阿杜拉责骂着教会的严苛死板，把一个好端端的少年变成了这样一个只会耍剑的男人。

阿杜拉又想起自己已经好久没有碰过女人了。他会时不时朝年轻姑娘抛个媚眼，但不敢做什么。而老女人中，只有一个人还让他记挂。

米莉。

在入睡前，阿杜拉放任着自己对米莉·阿尔穆莎的思念。那让他眷恋一生的温暖、那热情的胴体在他的意识中翩翩起舞，他甚至能看见她端上茶点，能听见她低沉沙哑的声音在他耳边低语着情话。他的眼皮沉重，耷拉了下来，他飘进了梦乡，迷迷糊糊地梦见了摇曳的丰臀和茶点上甜美的糖霜。

接着又一只小动物死前的悲鸣划破了夜空。

> 战争即将来临。垂死的牲畜在凄鸣。
> 夜晚的盗贼偷走了我的梦境。

伊斯米·希哈布的诗集《棕榈之叶》中的几句话闯进了阿杜拉的脑海。他扫兴地哼了一声，翻过身来，悲伤地发现自己正独自躺在草垫上，身下就是冰冷、坚硬的地面。

第六章

太阳逐渐升起，扎米亚·巴努·莱思·巴达维在晨曦中伸了伸懒腰。她拿出皮水袋，喝了点儿水，穿上瞪羚皮做的靴子，背起她的行囊。

她回想起昨夜的战斗以及她的盟友，紧接着察觉到僧人接近的气息。片刻之后，这位身形灵巧的虔诚少年就从不远处的岩石阴影中走了出来。她突然觉得羞愧——还从没有人或者动物能走到这么近的距离之内而不引起她注意！昨晚食尸鬼群的腐臭味已经被夜风吹散，她终于好好睡了一觉。但她没有理由出现这样的纰漏！但当她确信自己嗅出僧人身上清爽的气息时，她一时间自责不已。

救死扶伤的天使帮帮我！她从来没有体会过如此强烈却又如此洁净的气息。扎米亚更加自责了，她只能这么做，不然她就会不由自主地凝视那位穿着蓝色长袍、仪容整洁、气息清爽的少年。她发出低微的惊讶声。

"愿真主赐汝平安。"僧人向她问候道。他棱角分明的脸上带着难以捉摸的表情。

"愿真主赐汝平安。"扎米亚回复道。早晨的空气温暖却厚重得让人难以呼吸。

"如果惊扰到你了，我很抱歉。"僧人的语气波澜不惊，"我们收拾一下东西，马上就动身。"

扎米亚哼了一声。"你没有惊扰到我。如你所见，我已经准备好出发了。"

僧人低下他缠着头巾的头。"好的。"即使像现在这样平静地站在这里，他仍然散发着战斗的气息。即使扎米亚没有看到他昨晚挥刀与食尸鬼搏斗，她也能知道这个小个子少年的战斗力。这位僧人走路时有一股自信的风采，他下垂的眼睛中透出坚毅的目光，他的双手自然握着刀柄——这些都是她父亲教诲过的用以区分敌人与盟友的信号。

不知道为什么，她想起部落中的两个男孩曾经对自己粗野、丑陋的外形的嘲笑——当然指的并不是她的脸。毫无疑问，他们嫉妒她的能力与声望，但……但在这之前她从来没有在意过他们的侮辱是否属实。

僧人凝视着她。

她不满地冲着少年发话了。"怎么了？"

一只小蜥蜴倏地从他们之间的石路上窜过。拉希德的目光追随着它，又收回了视线，径直盯着扎米亚，说："我一直想知道，扎米亚·巴努·莱思·巴达维，根据博士教我的知识，你的部落并不愿意向外界寻求帮助。我知道你的族人都死去了，但你为何不向巴达维的其他家族寻求帮助？不管是否接受了神的恩赐，你如果想要独自一人处理这些，那你还是太年轻了。"

"年轻！我已经十五岁了！你又比我大多少，小子？最多两岁吧！"扎米亚不满地咬着牙。但至少，他很直率，不像那个博士，一味地堆砌辞藻和微笑。僧人对上了她的目光，她感觉到一种从未有过的强烈感觉笼罩了全身。

"在我们最后一次部落盟会上，其他几支部落和我爸爸的部落划清了界限。"她说，"这是因为我。因为他竟然任命一个小女孩作为部落的守护者。而现在——"她不由露出一丝苦笑，"现在我甚至没法为我的族人们报仇，因为没有一个巴达维人会响应我的号召。所以，我就是一个失职的守护者。"扎米亚停了下来，不敢相信自己居然脱口说出了这一切。你为什么要对一个陌生人说这些？因为他的气息很干净？因为你会和他并肩作战？部落的事情就是部落的，族人的事情就是族人的，和别人无关！

僧人挠了挠头。"但你——"

"我们打住这个话题吧。"她生硬地说，"你又如何？拉希德·巴斯·拉希德？你的族人在哪儿？你为什么没有一个家族的姓氏？"她发现自己完全无法控制声音中的挑衅与轻蔑，"没有家人？没有家族？没有部落？"当她意识到这些问话恰恰也在嘲弄自己时，她的腹部一阵抽搐。

僧人叹了口气，接着像背书一般快速地说出那些早已烂熟于心的词句。"我名叫拉希德·巴斯·拉希德——在古老的语言中，意思是'拉希德，只有拉希德'。我是教会的僧人。我不需要父亲，我不需要兄弟，我不需要儿子。"他站直了身子，这让他看上去显得高大了一些，"真主就是我的父亲，这把教会授予我的叉形刀就是我的兄弟，道德就是我的儿子。"

简直都是些痴言妄语，扎米亚知道——一个人怎么可能没有家人？但她仍然被那些言辞深深地触动，也被那位严肃的发言者所吸引。她的内心又一次涌起了一阵羞愧，她想起了自己族人血淋淋的躯体。她没有权利如此评价这个人。她不是一个成功的部落守护者。她活着的意义只剩下了复仇。与成为人妻、相夫教子的人生早已分道扬镳。

但如果——愿真主能宽恕她做这样的假设——如果她走上这样的人生轨迹又会如何？她是巴努·莱思·巴达维仅存的血脉，她肩负着不让部落血脉消亡的重任。她需要与人结合，生儿育女，这样才能……

她被这样混乱又羞耻的思绪纠缠着，这时她察觉到博士走近了。不一会儿，她看到他穿着白袍的肥胖身躯从岩石的隐蔽处走出来。

"仁慈的真主啊！这个信徒已经开始对你喋喋不休地传教了吗？"他问，"太阳都还没出来呢！别误会——他短小精悍的发言初听起来字字珠玑，但次数多了就有点儿夸夸其谈了。"

拉希德的喉咙里发出了一声微弱而不满的声响。"博士，拜托了。"他的声音听上去就像一个被欺负了的男孩。

食尸鬼猎人安抚似的挥挥手，而当他说话时，扎米亚听出了他声音中的困扰和喜爱。"噢，毫无疑问，有拉希德在身边可帮了大忙了。这孩子可以一眨眼就走出老远——真主可以做证！我甚至眼见他干掉了一个独眼怪兽！"

一个独眼怪兽？真的？扎米亚和她的族人们长期栖居在沙漠中，很少听说过山里的独眼怪兽，但她听过它们怪力的传说。她偷偷地瞥了拉希德一眼。那位僧人仍然一动不动地站着，一句话也不说。

博士继续说下去。"不过，你也看到了，拉希德认为他具有'超越年龄的智慧'。我可以很确定地告诉你，小姑娘，从来就没有什么超越年龄的智慧。一个人只能理解他所经历过的东西，当然完全了解的可能比这还要少。这孩子很小的时候就加入了教会，开始了苦修的生活。他们中有多少人能像他这样，小小年纪就能用拳头劈开岩石？但不管能不能劈开岩石，他仍然是一个年幼的孩子，如果他能认识到这个事实，他会做得更好。"

她头脑中一阵混乱。她低头看着地面，说："我们该出发了。"

僧人静静地说："我是很年轻，但既然我们之间有年龄差距，至少得有人尊老爱幼。"他听上去并不针对谁。扎米亚抬头，看到他如鸟类一般精致的脸上露出浅浅的微笑。然后他走开了，去牵骡子的缰绳。

很显然，这是僧人的一贯作风——完全不会反驳。老猎人站在原地，因为震惊而不停地眨着眼，目送着僧人走远。接着他转向扎米亚，爆发出一阵大笑，笑得他宽阔的肩膀都不住地颤抖。"哈！'至少得有人！'嘻嘻！'规矩，正派！'。"他朝着拉希德的背影大喊，"没错，孩子，没错！孩子显然不是我，那就是你了！"博士挑起浓密的灰色眉毛朝扎米亚使了个眼色，"他最痛恨我喊他'孩子'了，你知道。"

"我也痛恨你喊我'小姑娘'，博士。"

老博士像受到冒犯一样哼了一声。"啊啊。我告诉你，我也是这么告诉他的——你们这帮小家伙，我爱怎么叫就怎么叫。毕竟，我的岁数都足够当你们的叔公了，亲爱的。"

说着，他们跟上拉希德的脚步。扎米亚觉得心中的怒火升腾起来。"我的叔公可是喊我部落的守护者，在他还没死的时候。"她眼前浮现出她头发花白的叔公马哈路德面容扭曲的样子。他年纪很大了，但是他寻找水源的技巧并没有衰退。他也被食尸鬼杀害了。

这些回忆又像锤子一般重重地击中了她的腹部。她为何无法摒除这些念头？她无法容忍被忧伤的记忆时不时攫住的状态。要是这样软弱，如何复仇。

老猎人似乎在对自己说着什么，正重复着问话。问第三遍时她听清了。"你还好吗，扎米亚？"

她发出一阵低沉又冗长的咆哮声。她把软弱的想法挥到一边。"我很好，博士。我们还站在这里闲聊干什么？我们还不出发吗？"

老人发出一阵疲惫的叹息，陷入沉默。扎米亚紧紧盯着他。

她曾眼见他打败了那些杀死自己部落战士的食尸鬼。她明白他拥有伟大的力量。但眼前的人，不过是个肥胖的老头子，在愈发炎热的阳光下变得汗涔涔，丝毫看不出她父亲曾告诉过她的所谓的战士气息。老实说，要不是那只巨型食尸鬼的注意力被博士吸引，她未必有自信能打败它。他吹着口哨凝视着怪物，看上去已经做好了与敌人同归于尽的准备，不论结果如何。有一个食尸鬼猎人在身边，应该能增加复仇的胜算——她还不至于刚愎自用到不需要队友。但这个老头子……

然后就是那个僧人。巴达维人并不像其他的村民一样避讳男女之事。虽然扎米亚是部落的守护者，那些年长的女人们已经教会她将要行使之事，就像教育其他的部落女孩一样。她知道面对一位男性时的感受，以及她若与人结婚将要做的事。然而，面对拉希德的时候她却很迷茫。僧人是一位得力的队友，却让她心乱如麻。她的大脑一片混乱。

一整个早晨他们都沿着一条灰土路走着，路越走越宽，越走越平坦。僧人把自己的骡子让给她骑。她觉得他并没有恶意。他怎么会知道巴达维人只骑纯种的马匹呢。光是在路上行走已经是足够妥协了。

扎米亚跟在她的两位新队友身后不远处，努力让自己的双脚适应坚硬的路面，努力让自己的大脑冷静下来。三人的小团队安静地走着，扎米亚几乎怀念起博士那疯狂到让人抽搐的玩笑话，即使那样也比让她独自回想那些痛苦要好得多。

他们走了几个小时，老人和拉希德不时简短地交谈几句。扎米亚几乎忽略了他们俩，伸进口袋里握住她的匕首。当然她永远也不会自己使用它，但它却莫名其妙地成为了这个神赐的世界上最重要的东西。

刚过中午，风向突然改变，将扎米亚从阴郁的思绪里拉了出来。他们前进的方向上有一大群人的气息。几分钟后，道路——这已经是扎米亚见过的最宽阔的道路了——从两块大石头中间穿过，与另一条两倍宽的路交会。他们仿佛走进了人群构成的沙暴中。扎米亚试图同时顾及四周，大量陌生的危险气息朝她袭来。她竭力不变成狮子的形态。你怎么了？当时那些商人的车辆驶进部落的时候你也是这么反应的吗？现在她没有父亲的引导了，但这不是借口。集中精神。对每一个经过的人你不可能都慌慌张张。

他们三人加入了一支庞大而行动快速的旅行者队列中，蜿蜒着朝达姆萨瓦城走去。扎米亚可以看到道路很长，延伸向上攀上一个树木丛生的小丘。树木越发茂密，不再是星星点点的了，这意味着水源也越来越近了。扎米亚从越来越浓密的棕绿色中推测出水量还不少。老虎河，她想，应该就在不远处。

又走了一会儿，她看到远处如缎带一般郁郁葱葱的树林。扎米亚很清楚，外界认为巴达维人沿着最小的溪流而居。那些愚蠢的人们不会知道那些美丽的溪涧与清泉滋养着虚幻王国大片的绿洲。但这条大河，以及其中捕鱼的渔船和渔民们……扎米亚确实被这情形打动了，即使她极力掩饰自己的情绪。

河对岸是大片的农田和果园，她父亲曾告诉她，那里年年向外输送着物资，有橄榄、枣子、小麦、光洁如蜡的洋姜以及小块的草皮，供给着达姆萨瓦城饥肠辘辘的游民们。这里是她到过的离达姆萨瓦城最近的地方了。巴努·莱思·巴达维是，曾经是（她痛苦地更正了）最独立的一支部落。她的族人们几乎不和城市里的人们来往。但即使是独立的部落，有时候也需要从其他人那里获得物资——工具、水果、种子以及牲畜的储备草料。部落的守护者应当为族人健康的方方面面做好打算，而她也曾数次陪同父亲来到这附近的市集上买卖货物。但这个离达姆萨瓦城这么近的地方却有些不同。有一种……生命的气息从城市里传来，扎米亚已经能够感觉到。

他们加快脚步。路的坡度已经很陡了，阳光也火辣辣的，博士的脸上淌满了汗水。扎米亚不禁好奇，与他并肩作战到底会怎么样。眼下，她告诉自己，你别无选择——这两人是你在世界上唯一的同伴。这想法让她非常不安，但随即消散了。道路延伸到了坡顶，达姆萨瓦城，城市之王，正坐落在她的面前。

扎米亚停下脚步，目瞪口呆。我知道为什么这里被称为阿巴森的明珠了，她望着鳞次栉比的房屋以及闪闪发光的绿色、金色、白色的穹顶，不禁感慨。我一直以为爸爸讲的故事是在夸大其词，但现在我知道了，他一点儿都不夸张。

这几乎让她晕厥。那么多的房子！她都不知道该从哪里数起——平顶的、尖顶的、穹顶的，石头的、瓦片的，数不清的形状，都像山峰一样高耸着！而在这大片房屋的丛林中央——如果有中央的话——矗立着最大的白色穹顶。扎米亚没有见过多少房子，无法估计它到底有多大，但她确信，不管怎样这都是她有生以来见过的最大的建筑了。

　　这应该就是传说中的弯月王宫了，哈里发和王室成员们神圣的居住地。扎米亚的族人并不了解也并不关心这所谓的阿巴森的统治者。巴达维人总是尽可能地避免与城里人的交流，不论是有幸成为双陆棋子上的标志还是不幸成为奴隶。但即使这样，这城市的宏伟还是让巴达维人多少有所耳闻，为数不多的人也亲眼证实了故事中的华丽描述，并没有夸张。即使从扎米亚这个距离看过去，也能相信人们说的都是事实。

　　在高大的城墙外侧，沿路是两列平房，散发出马匹的臭味。博士走过去，将骡子交给穿着奇怪服装的驼背男人。接着他们继续步行，穿过了高大的城门，来到更为密集的人群中间。扎米亚不断提醒自己这不是什么离奇的梦境。**有这么多的砖石！把空气都变得浓稠了！**她克制着自己不要像一个被阳光晃眼的孩子一样发呆。

　　比建筑更让扎米亚惊讶的是人群。如果她认为在来时的路上人已经够多了，那么现在，成百上千倍的人流正熙熙攘攘地走过她身边。比她在东北方的村庄和朝圣地见过的最密集的人群还要多。当时她就被成百座房屋震惊了。而现在——这不可能。各种颜色的衣服和各种颜色的皮肤交错在一起。这太可怕了。成千上万的男人和女人的气息杂糅在一起，数不清的人在她的视野范围内进进出出。

在这样嘈杂的地方她要如何嗅出敌人的气息？

"这里的人可真多。"她下意识地说。

"你还没见过我们出城时候的光景呢！"老人嚷道。他对拉希德说："我觉得我们回来的速度差不多快了一倍。"

扎米亚实在无法想象这街道塞下更多的人。年老的卢加尔巴妇女们沿街而坐，正用杵捣碎气味香甜的香料。穿得珠光宝气的年轻姑娘们和看上去温和且富有的年轻小伙们正手挽手前行。两个男孩领着一群小山羊在路边走着。她甚至还看到了两个穿着毛皮衣服的巴达维人。她避免引起他们的注意，但后者显然对这个城市更有兴趣，顾不上小女孩孤独却奇怪的眼神。扎米亚极力无视那些动物和人类的气息——光是看到的一切就已经够混乱的了。

一个其貌不扬的男人挡了她的路。扎米亚绷紧身子准备一战，一边估量着人生地不熟的劣势。男人看上去是个骗子，晃着一个皮革的杯子邀请她用三角骰子打赌。扎米亚还没来得及做出什么反应，博士一胳膊肘把他顶开了，一边痛斥他用这种不平均的概率来诈骗。男人讪笑着鞠了个躬，又去物色下一个目标了。

她又一次抑制着自己变成狮子狂奔回沙漠的冲动。但她想起了自己的父亲，他在年少时曾经来过达姆萨瓦城。这让她恢复了勇气——既然纳迪尔·巴努·莱思·巴达维曾经来过这个恐怖的地方并且能够活着回去讲述自己的经历，那么他的女儿毫无疑问也能像父亲一样有引以为豪的表现。想到父亲和他的命运，扎米亚越发有了决心。她提醒自己，复仇的对象——她活下去唯一的目标——就在这座人潮汹涌的城市中，就在这各色的……到底多少人？几千？她不知道该用什么数字来表示住在这城市中的人口。

他们继续沿着街道缓慢前行，密实的人群让他们无法加快脚步。她时不时朝身边看一眼，确保博士一直在那里。她曾经和敌对部落最残酷的敌人战斗。她也杀死过食尸鬼。但她现在感到前所未有的恐惧。如果她和老人走散了会怎么样？她怎样才能回到他身边？如果是在绵延的沙丘中，她能够跟上任何东西。但这里呢？这么多的房子、车辆，这么多人的声音和气息？这个城市可以把我一口吞下，而没有人会注意到。她凑近了阿杜拉·马哈斯陆，悄声问道："达姆萨瓦城里有多少人？"

老人露出了微笑，她觉得自己受到了愚弄，虽然他也许是无意识的。"亲爱的，"他说，"你的部落里有多少人？"

"大概五十人，大部分的时候。"

"你们的部落里又有多少分支？"

"大概一百支。我们每三年召开一次部落会议。"她想起她参加的最后一次部落会议仅仅是一年前，眼泪又涌了上来。尽管在最后那次会议上她的部落受到了不公正的对待，她仍然对于巴努·莱思一族聚集的规模感到无比自豪。她昂起头说："巴努·莱思·巴达维是一个伟大的部落。我们汇集到一起时，数量很可观。我们聚居的帐篷布满了那些沙丘，就像……"她的声音变小了，她意识到自己的话听起来多么可笑。

老人清清喉咙，装作没有注意到她的尴尬。"假设你的整个部落都聚集起来，然后再来九十九个同样规模的部落。然后呢，再来一百个。约两百个像你部落那么多的人在一起，就是这个城市的人口。"他毫不掩饰语气中的骄傲。

她一度认为老人只是在开玩笑。但他何必这么做？不过，为什么这么多人非得挤在一个地方不可？他们怎么呼吸？他们从一处走到另一处都不会发疯吗?

她向博士表达了自己的疑问,即使知道听上去很天真也顾不得了。老人笑着说:"怎么了,我的孩子,每次我走出自己的家门都觉得自己越来越疯狂。这是一个生机勃勃的城市对你的真正考验。回头记得让我给你讲我之前花了两天从死驴巷走到辽远花园的事情。"

博士和僧人带着她穿过两侧立着雕像的广场石路,人群略微让开了些空间。扎米亚专注于待在博士身边而没有太注意那些雕像,直到她来到一座雕像的面前。她意识到这是某个天使的雕像。当她看着雕像的眼睛,她停下脚步,被那份美丽深深地吸引住了。巴努·莱思·巴达维人和城市人多少也有一些贸易往来,所以有些族人的手中也有一些城市雕刻匠的作品,那些与部落人审美观不同的浮华与造作常常让扎米亚觉得很恼火。但在这里,这些作品让她感觉到生命的活力……

博士拽起她的胳膊。"我明白,孩子。即使过了这么多年,我仍然为它们的美惊叹不已。但我们得走了。"他又露出骄傲的微笑,就像一个酋长,而整座城市就是他的部落。

他们又往前走了一段路,两边的房屋明显是贫民区。街上的人们一边大声地向博士问候,一边好奇地打量着扎米亚,但谁都没有作声。他们来到一座高大的白石头房前,停下了脚步。门口有两丛无精打采的刺三叶草长在陶土罐中。博士用一把硕大的铁质钥匙打开了房门。他静静地站立了一会儿,向空中伸出双手,微笑着高声说:"感谢真主,我又安然回到了自己的家!"

他们走进房门,老人随即重重地坐在一块黑檀木长凳上,打了一个扎米亚听过的最大的哈欠。他给了她一块旧垫子,这东西在巴努·莱思·巴达维一族里会被当作奖赏，但显然对于博士这样的城里人来说并不算什么。僧人走进另一个房间，接着端出一壶凉水、一盘坚果和干果。他点起一盏小巧的橄榄油灯，温和的气味让扎米亚平静下来。他们三人吃着果子，喝着凉水，接着僧人发话了。

"恐怕我已经猜到你的答案了，博士，但我仍然建议，我们的下一步行动应该是将这个威胁通报给哈里发的手下。"

博士白了他一眼。"既然你知道了我的答案，孩子，那我想你也能猜到哈里发会把这消息当作个麻烦而不是帮助了。"

扎米亚确信自己的神态和博士一样充满了嘲弄。她低声说："连巴达维人也知道哈里发的手下不是好东西，僧人。达姆萨瓦城的走狗们才不会关心巴努·莱思·巴达维人发生了什么。"

"'达姆萨瓦城的走狗'，"博士重复道，"那是什么？野蛮人给城里人起的外号吗？你知道我也是达姆萨瓦城的走狗，对吧，小姑娘？但你还是接受了我的帮助！"

扎米亚努力克制自己不要朝着老人大吼。"你的帮助，博士？昨晚不是我把你从那个怪物手下救了出来吗？"

"她说得对，博士。"僧人插话了，显然他已经屈服于博士的权威，放弃了自己的提议。这是扎米亚第二次饶有兴致地打量着他的脸，那张脸神情严肃但轮廓精致。接着，她又痛苦地想到，她才刚遇见这个男人不久，她的感情似乎发展得太快了。她父亲一定会为他们而骄傲，并且能够接受这样不寻常的结合；她的族人也会因为他高超的战斗技巧而勉强认可他。但现在这些思绪毫无用处。部落——关于部落的记忆——只需要一只复仇的母狮。一个想着结婚的女孩只会辱没整个部落。

博士一边埋怨着孩子们的无礼，一边用手划过他层层叠叠的白袍。接着他站起身在房间里来回踱步。"听着。就像我昨晚说的，这把带血的小刀是炼金术士的职责范畴。我的炼金术士朋友们这会儿都不在家，但他们一回家我们就会去拜访。然后我要你们去见另一个年轻人，他也因为这些怪物失去了家人。你们俩是这一切事件仅剩的目击者，如果你们可以站在我这一方阐述事实，那就帮了大忙了。"

扎米亚无法遏制她的怒气。"还有什么要说的吗？我们已经浪费了一整天了，老——博士！这城里肯定还有别人具备这种能力！"

老人耸耸肩。"是有那么几个。不过他们要价都很高。而对于那些冲到他们的门店里大喊大叫地使唤他们的野孩子——我怀疑你就会这么做——恐怕他们并不会友善地对待你的。"

扎米亚大叫起来。

老人只是微笑着。"除此之外，他们中没有一个人会比莉塔兹更优秀。不管我们这会儿花多少时间等待，在她的能力面前都是值得的。试着平静下来。我们明天还有很多该做的事。一旦找到猎物的踪迹，我们就得开始行动。"

老人的笑容又凝固了。"你肯定认为我是一个又懒又老的白痴。而我则认为你是个粗鲁没教养的孩子。但以真主之名，我们在战斗中相遇，这让我想起《天堂之章》的一段话：'门徒们啊，一切偶然都是必然'。我们要并肩作战，打败那个嗜血的怪物，这是神明的旨意，扎米亚·巴努·莱思·巴达维。我们会做到的。"

食尸鬼猎人眼中的熠熠闪光让扎米亚这些天来第一次看到了

一丝希望。尽管恶毒而苦涩，但这是她仅有的希望。纳迪尔·巴努·莱思·巴达维一族的仇一定会报。

扎米亚躺在门厅的长椅上小憩了一个多小时，感觉很舒适，尽管那些阴暗的念头仍在咬噬着她的平静。接着博士招呼她吃饭了。

扎米亚无法理解城里人的想法。住在博士隔壁的一位老妇人送来了食物。尽管他们没有相似之处，扎米亚仍然猜测她是博士的姐妹或母亲——不然他们为什么住得这么近，她又为什么要送饭过来呢？但老妇人并没有留下来与他们一起进餐——而且她走的时候博士给了她一枚铜钱！这是扎米亚见过的最粗鲁、最无耻的事情了，但接下来，她便被告知城里人连做爱都得付钱。

博士往他的盘子里放上一片厚厚的肉，还有大堆绿色的坚果。"白葡萄酒还有开心果、羊肉！感谢万能的真主，并不总是令我发疯！"老人在杯子里倒满酒，一口喝下，又倒满。"吃吧，孩子！"他指着面前的盘子大声招呼着，开心果的碎屑从嘴里喷出来，"恐怕我们马上就要开始行动了。现在不吃一会儿别后悔！"他又一仰头灌下整整一杯的白葡萄酒。

扎米亚努力暗示自己并不饿——她的内心已经被复仇占据，再也没有多余的地方了，尽管她知道这是个谎言。食物的香味让她的肚子咕咕叫了起来，就好像她体内的母狮正在抗议。不等博士再次邀请，她抓过杯子喝下大半杯，飞快地在嘴里塞满了羊肉。不一会儿，她的肠胃痉挛起来。

"这城里的食物太腻了。"她说着，三口两口地喝光了杯里的酒。

僧人露出迷人的微笑。"我完全同意，扎米亚·巴努·莱思·巴达维。你会发现我只吃水果、面包和豆类。这是教徒的食谱。"

她不由自主地接话了。"你叫我扎米亚就行了，拉希德。"这是怎么回事？都是这该死的酒太烈了！僧人低语出一些令人羞赧的词句，垂下眼睛盯着他自己的盘子。他年纪比我大，可看上去仍然很年轻。

"好吧，"老人醉醺醺地嚷着，"对于这个小僧人来说，那些鸟吃的东西也许够填饱肚子。可是作为一个男人，像我这样……"他双手托起大腹便便的肚子说，"像我这样……重要的男人。"食尸鬼猎人转向扎米亚，用一种渴求的语调说，"你知道，几十年来我一直为真主效力。我走过无数条这毛头小子听都没听说过的路。我和叛逆天使足足斗争了四十年。那么我想这样度过我的夜晚又有什么错呢？"

老人喝下一大口酒，坏笑着看向拉希德。"有时候，你就和你崇拜的那些谦恭的教会学生一样糟糕！也许你真应该加入他们的白痴小团体！连喝点儿小酒跳个舞都能被指控！"他用食指指着拉希德，"别忘了《天堂之章》上面说：'真主是通过这些篇章传达教义，而不是通过那些僧人的嘴'。经文并不是写在纸莎草纸、羊皮纸或者牛皮纸上的那些文字，而是铭记在人们心中，镌刻在人们记忆里，在灵魂上打下的烙印。结果呢，你的教会还有那些毕恭毕敬的学生们却只把经文挂在嘴皮上。"

他又灌下一杯酒。"在食尸鬼猎人的光环从阿巴森消失之前，他们的道路就从没有变过。但至少他们从不口口声声地说自己是圣人！真主是最为仁慈的，孩子！当你忘记了这一点，你就会忘记我们战斗的理由！"在这片慷慨激昂的说辞进行到尾声时，猎人无比愤怒地将双手举向空中。

接着，一片安静，只剩下咀嚼食物的声音和老人沉重的呼吸声。用餐完毕，他们一声不吭地坐着，接着老人的叫嚷声又一次划破了平静。

"说到战斗，"他若无其事地接起了十分钟前的话茬，"有些事情我一直想弄明白，扎米亚。如果，真主愿意让我们找到那位该死的叛逆天使，我们也打败了他，接下来你打算做什么？"扎米亚猛然从葡萄酒的微醺中清醒过来。为什么他这会儿要提这件事？听上去，那位食尸鬼猎人已经对她将做出的回答了然于胸，并将无情地将其否定。

"不管是什么人或是什么东西造成了这一切，我都得把他杀死。大概我也会为此丢掉性命。事情本来就该这样。部落的血债必须血偿，而我愿为此陪葬。"

饱饮美酒带来的愉悦从老人的嗓音中消失了。"陪葬？你就这么想去送死吗，扎米亚？"

她站起来朝着老人怒吼。"我为什么还要活着？我认识的人都死了！我的族人们都死了！我只祈祷我能活到为他们报仇雪恨的那一刻！"

博士盯着她，神色凝重。"记住，即使是命运也会有岔路。你父亲看到了你神赐的天赋，即使你是女性，也选择了你作为部落的守护者。他很了解《天堂之章》上说的'每个人都有无数的命运，只是需要做出选择'。"

博士漫不经心地拨弄着盘子上的一颗豌豆——这是唯一幸存下来的食物。"这样不愉快的话题就此打住吧。我们得进行城里人所谓的安眠活动了——你们巴达维人称之为'沙尘中的随意补丁'。噢，抱歉姑娘，我只是在贫嘴。不过我们并不想因为你在丈夫或父亲以外的男人房间里过夜而受到侮辱。我相信我的邻居——就是刚才送饭来的那一位会很乐意收留你过夜的。像你这样的年轻姑娘——"

扎米亚吼着。"我不是小姑娘，博士！我爸爸已经任命我为部落的守护者，这就是我的身份。守护者只在需要的地方过夜。如果你好心，愿意在楼梯口帮我铺个床，就足够了。"

僧人在她身旁极力克制着。

扎米亚无视了他，因为她光是控制住自己的情绪就已经竭尽全力。"我想知道的是，"她问，"我们在这里是否能保证安全，博士。我可不想因为胸腔迸裂的感觉而惊醒。我们打败了那群食尸鬼——怎样才能阻止他们的主人袭击这里？"

博士打了个哈欠，露出了居高临下的微笑。"食尸鬼想要潜入城市可没那么容易，孩子。何况我的房子设了结界，食尸鬼是进不来的。"老人朝拉希德推过自己的盘子，从桌边站起身来。他懒散的表情又变得急迫起来。"听我说。巴努·莱思·巴达维还有一个幸存者。如果她死了，那么你的部落就灭亡了。在这之前，小姑娘，你的部落还活着。"他冲她摆摆手指，转身走出了房间。

她转身面向僧人，对于和他独处既恐慌又激动。但当她转过身来，那里已经空无一人。她的心中的纠葛，因为失望和释然而放松下来。

片刻之后，扎米亚躺在床板上试图入睡，她的脑海中掠过大片大片的景象。她看到了兄弟的心脏被撕开，眼睛闪烁着猩红。父亲的手里紧紧攥着匕首。食尸鬼的嘶吼不绝于耳。这个奇怪的城市的气息。还有拉希德淡淡的笑容。

还有博士的告诫：**你的部落还活着。**她都快忘了自己还活着。她一直认为巴努·莱思·巴达维部落已经从真主恩赐的世界上永远消失了。那个食尸鬼猎人，那个爱着这个城市并称呼这栋房子为家的人，并不了解她的族人们。他也不了解她到底失去了多么重要的东西。但他让她从不着边际的胡思乱想中解脱出来。

家，扎米亚心想。对于四处漂泊的巴达维人来说，这不仅仅是一个地方。她的脑海中想起了这样一首歌，那是维系她的族人们最重要的一首歌。是由男孩们起头唱的：

吾父所在即为家！吾乃真正巴达维！

接着轮到男人们唱：

吾子所在即为家！吾乃真正巴达维！

接着轮到所有人一起合唱：

吾族所在即为家！吾乃真正巴达维！

这首歌充满了自豪，意图向软弱的村民和城市居民夸耀自己的优越感。然而如今这成为了一个可悲的笑话。她的父母都死了。她也没有儿女。与部落的分离意味着没有别的部落愿意接纳她。她又怎样才能再次体会到家的含义呢？

复仇的欲念熊熊燃烧着，但她的身体却仿佛筋疲力尽了。今晚她什么也做不了。除了不断哀叹她失去的一切。她确信她的新伙伴们听不见她的动静，她也从未体会过如此强烈的疲惫。扎米亚·巴努·莱思·巴达维，出生以来第一次，默默地流着泪陷入了沉睡。

II

卫兵不知道在这红漆匣中度过了几天的时光。匣盖开启，那位枯瘦的男人无情地将一丝不挂、抽噎不止的他从匣中拖出来。男人将他扔在肮脏的地板上。卫兵躺着，喉咙干渴得冒烟，正努力记起自己的名字。然而他只能想起自己是一名卫兵，出生在弯月王宫并宣誓为其效忠。还有其他的卫兵接受他的指挥。枯瘦的男人和他创造的黑暗生物不会让他忘记这一点的。

接着他想起了街上的小偷与乞丐。枯瘦的男人已经将他们慢慢折磨而死，任凭鲜血溅上那早已污秽不堪的长袍。卫兵被迫听着他们的哀号，呼吸着他们因恐惧而失禁后散发的恶臭。

他不知道如今自己身处何处。在一个房间里。上方有几根橡柱，有老鼠窸窣作响。这是一个地窖？还是一间地牢？

然后他又听见了脑海中的啸声，那个豺狗一般的生物的声音又充斥了他的意识。

牟·阿瓦，曾名为哈度·纳瓦斯，为其神圣之友代言。汝乃荣耀卫士，业生于弯月神殿。汝以真主之名发誓为其效忠，用尽汝之每一寸血肉，每一分呼吸。

牟·阿瓦，不可见不可闻，唯有击中时方为人所察！刀刃与箭镞不堪一笑！豺狼之神重塑其身，其神圣之友解其于囹圄。

牟·阿瓦，其声置汝于绝望。无可救赎。牟·阿瓦之力渗透入微，斩尽神圣之友的仇敌。斩尽肥胖之躯，斩尽高洁之躯，斩尽猫形之躯。

黑暗生物的低语不绝于耳，占据了每一滴血液，胸腔仿佛也要爆裂开来。他感觉到那双冷硬的手又架起他的双臂。枯瘦的男人将他拖到幽暗房间的另一侧，那里有一口黑色的大锅里正咕嘟作响，散发出硫黄的气味，尽管锅下方并没有火在加热。锅中的液体就像熔化的红宝石，红色的光辉照亮了枯瘦男人胡子拉碴的面庞。

他感到自己被托了起来，扔进了大锅里。他的皮肤烧灼起来。他听到一个原本刚强的男人发出了可耻的尖叫与哀号。

第七章

扎米亚·巴努·莱思·巴达维又一次嗅到了家族死亡的气息。她猛然惊醒，厉声尖叫，那一晚找到族人时可怕的一幕又一次在她脑海中闪过。

没事，只是个梦。这是新的一夜。她并不在沙漠里。她正躺在阿杜拉·马哈斯陆博士城里的家中。

但那残酷的腐臭味依然挥之不去。

不是梦！扎米亚眼角的余光瞥到了些许动静。有什么东西正朝着她扑来。要不是她神赐的反应速度和她父亲常年来对她的训练，她早就没救了。有什么东西——接近人形的什么东西——一掌击碎了她一秒钟以前还躺着的床板。

不可能！牟·阿瓦，不可见不可闻，唯有击中时方为人所察！但这只小猫居然察觉到了他！

她的面前是一个黑糊糊的生物，只有眼睛闪着红光。她的耳边和脑海中莫名响起了它的话语。这个生物的外形并不清晰——就像一只豺狼，但和人一样双腿直立行走。但它的外轮廓飘动拍打着，就像风中的帆布帐篷一样。

族人死亡时的秽气从这生物的身上散发出来，就像豺狗皮毛烧焦的气味，以及死去很久的孩子的血腥味。它的眼睛在她看来比死去族人们的眼睛更为刺眼。看着这令人恶心的生物，扎米亚明白，就是这东西吞噬了她族人的灵魂——还有他父亲的灵魂。

　　她恐惧地尖叫起来。那个生物又一次朝她扑过来，这一次她几乎没法避开那个黑暗生物的利牙。她厉声吼道：

　　"拉希德！博士！有敌人！"这一声母狮般的咆哮比一般女孩的喊声更为响亮，她已经换上了狮子的形态。在她年幼些的时候，她需要不停地尝试，有时候要尝试许多遍才能成功变身。但现在不需要多想，片刻间就能完成。上一秒她是一名女性，下一秒她就变成了一头母狮。前一秒还是满心恐惧的少女，下一秒她的周身就散发出太阳般的光芒。

　　当利爪尖齿和金色的皮毛显出形态，她又拾回了自信。她避开了怪物的又一次猛扑，咆哮起来。"不管你是谁，只要你杀害了巴努·莱思·巴达维人，我就要把你的喉咙撕烂！"

　　面前的生物发出让人毛骨悚然的呜咽声，既不像豺狼也不像人类。牟·阿瓦不再孑然一身。神圣之友已寻得他的踪迹。他将为神圣之友斩尽肥胖之躯，斩尽高洁之躯，斩尽猫形之躯。深知小猫之双重灵魂是多么香甜，牟·阿瓦为此战栗！

　　这生物的声音盘踞在脑海令人困扰，但她的父亲几年前就教过她注意敌人的身形而不是他们的话语。扎米亚又咆哮起来，想要唤醒她的同伴。接着她跃向面前的怪物。

　　与此同时，她试图弄明白这个怪物究竟是什么。她的利爪能否撕开黑暗？

　　扎米亚左爪掠过，得到了她的答案。这个怪物——它称自己为牟·阿瓦——发出一阵哀号，因为疼痛后退了一大步。

这只小猫居然伤到了牟·阿瓦！她和她的父亲一样野蛮，她是能伤害牟·阿瓦神圣之友的刽子手！

怪物趁着扎米亚分神的一瞬全速冲了过去。扎米亚勉强躲过了怪物一次又一次的攻击。但她渐渐力不从心，而怪物看上去丝毫没有半点儿疲惫的样子。除此之外，她也非常不适应在这样狭小的空间里作战。

她挣扎着往后避让，碰翻了一个小书架，撞疼了后腿。**真主啊，帮帮我！**怪物逼近了，令人不安的气息笼罩了她。

一道蓝色的影子闪向那个自称牟·阿瓦的东西。**拉希德！**

僧人的刀已出鞘，他挥刀冲向怪物，将它的注意力从扎米亚身上引开了。一次，两次，三次，拉希德的叉形刀刺进了怪物体内，但没有留下任何伤痕。

"小心点儿！这个东西——他散发着我父亲伤口的味道！"扎米亚吼着。接着她收回后腿，书架的木头散落了一地。碎片扎进了她的皮肉，但她没有在意。

她盯着怪物和僧人，等待破绽的出现。拉希德的刀又一次刺向了牟·阿瓦的身体，但那怪物只是呜呜地叫着，躲过了一次又一次的攻击。怪物的前爪抓过僧人的胸前。拉希德像被马踢中了一般被击飞了出去。扎米亚的心猛地一沉。

从眼角的余光中，扎米亚看到老人出现在楼梯上，正在大声喊叫。不过她并没有理会博士的话语，又纵身冲向牟·阿瓦。

无论是刀刃抑或祷词都不能伤牟·阿瓦丝毫。他集咒语而生。神圣之友之造物，舐狮女之滋味，斩尽肥胖之躯，斩尽高洁之躯。

怪物避开了她的攻击，朝地面掷下什么东西。接着传出一阵风暴般的轰鸣声，房间中央出现了两人高的滚滚沙尘，接着现出了形态——有上肢，有腿，有利齿。

仁慈的真主！如果沙漠中的沙丘都变成怪物，大概就是这样的形态！人形的怪物将下颌骨咬得咯咯作响，锋利的牙齿展露无遗。其中一张嘴突出前端分叉的舌头。不，不是舌头。是一条粉红色的岩蛇，那是沙漠里最致命的毒蛇。

扎米亚看着这些怪物蹿到自己和同伴们中间，但她无暇顾及更多。她面前那只疯狂残暴的怪物已经让生灵涂炭了，而她活在这世上的唯一目标就是杀了它。

她一次又一次地出击，但牟·阿瓦似乎总能看穿她的行动。那笼罩于暗影中的鼻子仿佛在嘲笑她的无力。牟·阿瓦，曾名为哈度·纳瓦斯，虚张声势的小猫终将葬身于此。

她身后同样也进行着别的战斗。她听到背后传来拉希德喊出的经文，以及炸雷般的施术声。她竭尽全力克制自己不要从敌人面前逃开。有什么东西着火了，烟尘和怪物难闻的气味令她窒息。

她大声地吼叫。部落遇到过的敌人听到这样的吼叫都像受惊的孩童一样逃散，但牟·阿瓦只是不断地攻击，不断地逼近，扎米亚已经能够感到怪物嘴里发出的奇怪热浪。

怪物又猛然扑来，再次扑了个空。她瞅准了这次机会。她高高跃起，抓住了怪物这一次轻敌的机会。

受死吧！

太晚了。扎米亚意识到轻敌的是她自己。牟·阿瓦并没有失去平衡。怪物佯装露出破绽，诱使她落入陷阱。她挥出爪子，深深地嵌进它黝黑的皮肉中。但怪物换了个位置，黑色的爪子咔的一声扎进了她的肋骨。扎米亚发出凄厉的尖叫，猛抓着怪物。怪物受了重创，踉跄着退开了。

但它对扎米亚已经造成了足够的伤害。疼痛分散了她的注意力。她因为伤口烧灼般的疼痛而喘息着，接着眼前一黑。

仁慈的真主，请帮助我！ 阿杜拉看着两只沙系食尸鬼出现在自己的图书室里，几乎不相信自己的眼睛。扎米亚在与怪物的战斗中被逼入绝境，那怪物就像豺狼的阴影一般突然获得了生命——他从未见过这般光景。拉希德正努力支撑着。

阿杜拉注意到了这些，但被沙系食尸鬼困住了。有一股巨大到难以置信的力量在遥远的地方召唤出这些生物，在看不到的地方操控着它们，还避开了阿杜拉在这里设下的结界。而实施这些魔法需要伤害和杀害的人数是……看来，他们面对着前所未有的威胁。

一只食尸鬼缠上了阿杜拉，那是一只接近人形的奇怪生物，发出诡异的尖叫。阿杜拉双手插在长袍的口袋里。他掏出一个小瓶子，大拇指顶开瓶盖。沙系食尸鬼的利爪离阿杜拉的双眼近在咫尺，但他镇定地站着，向空中撒出红宝石碎屑，一边念念有词：

"真主就是灵魂荒漠中的一抹绿洲！"半空中的红宝石碎屑化为灰烬。食尸鬼的身躯崩坏成了一堆松散的砂石和虫豸。魔法生效时，阿杜拉感到砂粒和一些让人不快的东西飘过脸颊。当他回过神来的时候，他觉得消耗魔法给自己带来了沉重的负担——他的心口揪紧着，胸腔里一阵刺痛。前一夜的作战后，他体内的气力已经所剩无几了。

我太老了，他想。但与此同时，他看到狮子女孩正与黑暗生物背水一战，他看到拉希德绝望地用刀尖刺向一只沙系食尸鬼。

不，我还不老，他对自己说。不然这些孩子就会死的。他振作起精神——他也不知道那些精神从何而来——一边在背包里摸索着寻找应对怪物的物品。

当他的手指接触到那些葡萄大小的光滑卵石时，不禁大声地感谢上苍。他集起这些念珠——每个都是一颗珍珠母——抬起头来看到拉希德又一次被打倒在地上。僧人重新站稳了脚跟，但那只食尸鬼却朝着阿杜拉扑来。

那只怪物一边尖啸着一边逼近时，阿杜拉一阵痉挛。他总算没有被岩石一般的爪子开膛破肚。但那巨大的前爪仍然像铁棍一样重重地击中了他的前胸。他向后倒下去，发出一阵闷响，差点儿没断了气。

他准备扔出那些珠子，但犹豫了。毫无疑问，这将会燃起大火。那么他的家……

但他别无选择。他把珠子扔了出去。

小石子击中了沙系食尸鬼，嵌进腹部，让怪物发出剧烈的惨叫。砂石崩落下来，露出了大量翻滚扭动的蝎子以及闪光的黑色甲虫。阿杜拉念起咒语。

"我主如闪电，三番痛击！"发音因疼痛与悔恨而变得含混不清，但这已足够。一声巨大而沉闷的轰鸣声响起，就像羊毛毯中响起的一串炸雷，沙系食尸鬼瞬间无法动弹。珠子一颗一颗在食尸鬼体内爆裂，发出了一声又一声沉闷的巨响。一道刺目的火光从沙系食尸鬼的腹部迸出，阿杜拉赶紧用胳膊挡住脸，免得被灼伤。火星飞溅到房间各个角落，以令人瞠目的速度蔓延开来。阿杜拉闻到纸张燃烧的味道，无比痛心地估算着他多少藏书和卷轴将要付之一炬。他看到他的家具着火了，他的家中已火烧四壁。咒语耗尽了他的体力，他无力地瘫倒下来，任凭疼痛和浓烟侵蚀自己的意识。

拉希德看到一只沙系食尸鬼因为博士的咒语而化为碎片，他一边感谢真主一边转向第二只怪物。他从来没有和沙系食尸鬼交过手，虽然博士曾经谈起过。与骨系食尸鬼或水系食尸鬼不同，不管拉希德挥刀多少次，都无法砍伤沙系食尸鬼分毫。每一次都陷进松散的砂粒中，而每次他抽刀都不得不全力躲避敌人的反击。

万能的真主啊，我该怎样对付这样一个怪物？他正想着，怪物用它那巨大粗糙的拳头将他重重地摔到地面。他迅速站起来，看到博士向食尸鬼扔出什么东西，一边念出咒语，接着便筋疲力尽失去了知觉。一声炸雷般的声响传来，拉希德用一只手臂护住脸，免得被那一道火光灼伤。他转过身去，看到扎米亚正在和那个黑暗的生物战斗。

拉希德的皮肤和外衣都烧了起来，但他忍住疼痛。他再次面向沙系食尸鬼，看到博士的咒语已经生效了。随着一阵阵微小的爆炸声，怪物丧失了行动力。爆炸带来的灼热让沙系食尸鬼如棕榈树皮一般的腹部融化成了红热的玻璃！其中蝎子和蜈蚣的残肢断体让玻璃变得暗淡发黑。沙系食尸鬼再也不动了。

房间里到处着了火，火势以惊人的速度蔓延。但拉希德的注意力完全放在他的对手身上。他知道他的机会来了。玻璃是可以被打碎的。

他将弯刀收入鞘中，挥起右臂瞄准了沙系食尸鬼。他用尽全力大吼一声，朝前冲去，一拳重重地打在怪物的肚子上。如果它有肚子的话！

一阵震耳欲聋的破碎声传来，就像一千盏小铃铛一起摇响。拉希德感到无数红热的玻璃碎片扎进他的皮肤，从手指关节沿着手臂一直到前额。但他毫不松懈，他受过的训练让他能够承受这样的痛苦。**赞美真主！**

他吃力地从怪物的腹部收回拳头。沙系食尸鬼崩溃了，变成了大把大把沙子、碎玻璃和死蜈蚣落下来。拉希德从面前齐腰高的砂石堆移开视线，环视着整个房间。

四处蔓延的火苗和浓烟充斥了整个房子，墙壁也被熏得漆黑。博士躺在地上疼痛得呻吟起来，但似乎没有受什么重伤。一只金色的狮子——扎米亚！——正蜷缩在墙角低声地呜咽，伤口流着血。拉希德的呼吸急促起来。

豺狼一般的怪物显然受了伤，它正挣扎着站起来朝窗户走去。它呻吟着，双腿已经残缺不堪。拉希德朝它走去，这时他听到脑海中响起了它的声音。

不！牟·阿瓦身受重创！是否死亡将至？不！神圣之友将为其疗伤。牟·阿瓦的怒吼振聋发聩，神圣之友正高坐于眼镜蛇王座之上。

那个怪物攫住了窗棂，将乌黑的木头击成了碎片，它因疼痛而嘶鸣起来。拉希德没来得及赶来，它就从二楼的窗户跳到冷硬的马路上。它会摔死的，拉希德抱着一丝希望。但这东西一接触到地面，就……就消融得无影无踪。拉希德很擅长潜行，但这情况似乎不太一样。牟·阿瓦并没有藏起来……它和光影融为了一体。那东西受伤了，但并没有毙命——拉希德只能获知这些。

拉希德本该追击它，但他无法放着虚弱的扎米亚和博士不管。他们俩现在需要他的帮助。那个部落女人已经变换了形态。拉希德看到这个十五岁的女孩体侧骇人的伤口，心脏狂跳起来。博士呻吟着坐起身子，被弥漫的浓烟呛得咳嗽不止。火焰越烧越旺，长椅和书架的木头噼里啪啦地碎裂。

扎米亚发出一阵呜咽。她嘴唇一张一合地动着，发出痛苦的声音。他从窗口俯视着马路。**真主啊，为了拯救朋友而放任这样的怪物逃逸是否是个罪过？**他的灵魂寻求着万能真主的指引，他的躯体因为浓烟而窒息。他朝扎米亚走去。

突然一束绿色的光充满了整个房间。当他来到扎米亚身边，他看到几百只海蓝色的小手拍打着火焰，驱走了浓烟。**奇迹！**但这不是博士的法术。但拉希德并不管它们到底是什么。他只关心扎米亚的伤势，她的伤口可怕地翻腾着，就像泼上了炼金术士的酸液。拉希德感到眼里盈满泪水，并不仅仅是因为浓烟的熏烤。

他感受到博士宽阔的手掌抚上自己的肩膀，耳边响起熟悉的低沉嗓音。"来吧，孩子。救兵到了。"

拉希德朝他的导师怒吼道："我们本不该把她带到这儿来，博士！她还只是个孩子！"他语无伦次地宣泄着，"我们不应该带她来！"如此冲动地对着博士发脾气，连他自己都吓了一跳。

博士因为浓烟和伤口的疼痛而抽搐着。"振作点儿，孩子！我说过了！救兵到了！"

拉希德看到——而不是感觉到——一只瘦骨嶙峋的红黑色手掌扶上他的胳膊。达乌德。莉塔兹。博士的朋友。浓烟充斥了他的双眼和大脑。他陷入了半昏迷状态，任凭自己被别人带离了着火的房屋。

当他再次清醒过来时，发现自己站在已被烧得焦黑的残垣断壁前。魔法点燃的火已经熄灭，但损失已无法挽回。博士坐在马路上，双手抱着脑袋。他的苏共和国朋友——光头魔术师达乌德和他短小精悍的妻子莉塔兹——站在他身边，小心翼翼地将扎米亚动弹不得的身体抬上担架。

"火势已经得到了控制。"达乌德对黯然失神的博士说。"我们在火蔓延到周边房子之前赶到了。我施了魔法，其他人看不见也闻不到这里发生了什么。但以真主之名，阿杜拉，这里发生过什么？这个女孩又是谁？"

博士嗫嚅着，努力想要恢复理性。拉希德也在做着同样的努力。

"问题一会儿再问吧，"他听到莉塔兹的声音从某处飘来，"不管她是谁，她现在生命垂危，我们现在必须把她带到我们家去。拉希德！"

他意识到他只能眼睁睁地看着扎米亚一动不动的身体，被烟熏黑的脸庞，紧闭着的长睫毛的眼睛，而无能为力。他又尝试着说些什么，但他被浓烟和泪水哽咽得说不出话来。他的丝质长袍也因为灰烬结上了硬块。"伯母？"他终于挤出两个字。

小个子炼金术士的声音又高又尖，蓝黑相间的外衣显得一丝不苟。"我们带来了一个担架，"她冲着那个木头和皮革制成的担架点头示意，弯曲盘起的发圈咔嗒作响，"帮我一起抬。"

拉希德照做了，手脚不自觉地动起来。他们抬起担架，扎米亚疼得尖叫起来。拉希德感到自己的脏腑都被撕开了。扎米亚做出痛苦的表情，接着便是一阵沉默。

"还有希望。"莉塔兹说，"走吧，孩子！"

拉希德擦掉眼泪，向前走。

第八章

　　在黎明破晓前，伟大的达姆萨瓦城的学院区一片寂静。最不知疲倦的无家可归者也终于回到榻上，即使他们的床笫只是一条肮脏的街道。还要再过一个小时左右，第一波马夫、轿夫和店主才会起床开张。利卡米的女儿莉塔兹从雪松木的窗框往外眺望，一边揉着太阳穴一边感谢真主的小小恩泽——这片令人安心的宁静将使她第一步的工作能够更顺利地进行。

　　通常情况下，学院区总是一片嘈杂，所以它的名字——阿杜拉曾告诉她，它是沿用着以前的旧名——听起来就像是个刻意的讽刺。但莉塔兹、她的丈夫还有他们的老朋友阿杜拉的存在使得这个书香气的称呼不至于名存实亡，这让她觉得很自豪。多少年过去了，圣贤的书院变成了商铺与花街，但他们三个人仍然在街区里做着学问。他们一如既往地研究着人为造成的伤口以及坟墓中甲虫做成的生物。

　　莉塔兹从床边离开，开始检视那个奄奄一息的女孩。女孩躺在面前那张低矮的长椅上，粗硬的头发四处伸展。房间里一片安静，只有这个部落女孩沉重的呼吸声。数小时前，他们都以为她没救了的时候，天使的恩泽洒向了这位担架上的女孩。

莉塔兹从没有见过这样的伤口。这个部落女孩被咬伤了，虽然伤口并不严重，不致威胁生命，但从伤口的内部看来，受到毒害的并不是女孩的身体，而是她的灵魂。这和莉塔兹见过的所有病例都不一样。赞美真主，达乌德——他过去接触过不少类似的案例——凭直觉做出了正确的判断。她的恢复药和创伤膏让女孩的病情稳定下来，而正是达乌德的力量——他娴熟地将发出神奇的绿色光芒的双手在女孩的心脏前后游弋——把这个女孩从死亡边缘拉了回来。

发酵过的小豆蔻茶香气将她从思绪中唤回。她听到达乌德正在隔壁房间里给她沏茶的叮当声。他们为对方沏茶，他们婚姻幸福大概有这一半是因为这个。这是炼金术中最重要的课程，早年她刚抛开苏共和国贵妇的沉闷生活开始接受炼金术训练时，就深深地体会到这一点：越是简单的事情就越不能想当然地敷衍了事。她曾经眼见长着角的异界怪兽杀死一个人，仅仅因为召唤阵法时出了一点儿小差错。她也眼见一对夫妻仅仅因为忘记了对方的命名日而渐生隔阂直至反目。

从窗口传来大街上的一声喊叫：大概是个迟归的醉汉，或者是个赶早的车夫。就像回应一般，那个巴达维女孩——阿杜拉称呼她为扎米亚——发出了痛苦的声音。莉塔兹为女孩默念着祷词，担心凭她身体的自愈能力无法熬过这一劫。她从会客室的矮架上拿下一个黏土罐，从里面舀了一勺金黄色的甘薯糖喂给她。她的口中充满了甘甜、朴实的香味，这让她平静下来。这些糖果价值不菲，是她故乡的象征，但此时没有别的东西能起到这样的作用了。

"吃掉一整罐也没问题，过去的几个小时你辛苦了，完全可以犒劳一下自己。托它的福，你会活下去的。"她的丈夫走进房间，瘦骨嶙峋的双手托着茶盘。他红黑色的瘦削脸庞上写满了对她的关切。

"阿杜拉和拉希德在哪儿？"她问。

他用染红了的胡茬儿指了指楼梯口。"都在楼上。那孩子似乎正在做自责的冥想，阿杜拉正在为他的房子扼腕痛惜以及试图理清这场变故的头绪。"

自阿杜拉慌张地介绍了这个受天使恩泽的女孩以及描述了袭击他们的怪物以来，莉塔兹也在试图理清一切。这简直疯狂透顶，她心中的那一部分冷酷想到，阿杜拉给我们带来了一个巴达维女孩，她甚至还能改变形态。仿佛被她老朋友感染了一般，她发出一阵苦笑。她从达乌德手中接过一杯茶喝了一小口，然后坐到女孩的身边。

部落姑娘沉睡中露出了痛苦的表情。莉塔兹又一次对这个女孩奇怪的恶疮产生了担忧。几十年来她一直和她丈夫还有各种各样的人一起四处奔走，解决了大部分人都束手无策的怪物与诅咒。莉塔兹知道，这世界上的所有事物都是有章可循的，不论是食尸鬼、杰恩、火球，还是月光桥。所有的一切都可以理解，只要掌握了规律。她在几年前就放弃寻找长生不老药以及点石成金的方法。她再也不像城市雇佣的其他炼金术士一样在这些愚蠢的事物上浪费自己的才华。花费几周的时间分离合金中的各种金属或者鼓舞军队的士气——并且让富者更富——不论这会创造多少财富，但这并不是我想要的人生。

但帮助受伤的人不一样。莉塔兹又看了看女孩的伤口，再一次开始了思考。她只在书上读到过吞噬灵魂的事情。尽管她知道这是一种古老的魔法，但这还是她第一次亲眼见到。更重要的是，这女孩在他们最亲近的朋友家中差点儿被杀害。这同样是个大问题。

她放下茶杯，用木雕发钗固定好她弯弯曲曲的盘发。达乌德和她在许多方面都大相径庭，常年来，他一直取笑她这种苏共和国东部过于繁复的发型。几年前，他曾经建议她把头发剪了，就像他们苏共和国西部肤色红黑的乡村妇女一样。想起这些，她仍然非常不愉快。

她丈夫默默地来到她身边将手抚上她的后背。她感到他修长有力的指尖传来的力量。她不止一次地感谢真主，迥异的一个人居然会成为她生命中不可分割的一部分。

莉塔兹听到楼梯上传来动静。她转过身，看到阿杜拉正气喘吁吁地朝他们走来。达乌德松开手，上前拥住他们的朋友。她一直没有从阿杜拉阴翳的眼中看出多少痛苦，直到她听见他说话的声音不同于以往——那是一个虚弱的人发出的微小声音。

"我的家。达乌德，我的家。它……它……"

他的声音消失了，眼中闪着泪光，宽阔的肩膀也耷拉下来。看到阿杜拉这样，莉塔兹很难受——他并不是轻易就动摇的人。她的丈夫松开双臂，摇着食尸鬼猎人的肩膀。

"听我说。**看着我，阿杜拉！**真主是最仁慈的，你听见我说的吗？修缮房屋需要时间和金钱，但六个月后一切就会恢复原样，只是少了一些旧书和古卷轴罢了。"

阿杜拉咽下一口唾沫，摇摇头。"六个月后。也许那时候我已经变成一具献祭给真主的双眼血红的尸体了。"

他们的主要伤员还在沉睡，莉塔兹和达乌德开始为阿杜拉治疗瘀伤以及肋骨的挫伤。他们的朋友失神地坐着，不时因为疼痛而抽搐，但始终一言不发。接着他在客厅角落的一堆软垫上打起呼噜，陷入熟睡。接着，在阿杜拉那位眼神锐利的年轻助手的密切警备下，莉塔兹和达乌德也入睡了。

几小时后，他们醒来了，莉塔兹又沏了一些茶，阿杜拉向她表达了谢意，就像她救了他母亲一般。经过一番休息，他不像之前那么心灰意冷了，为糟糕的现状做计划显然给了他一些动力。

"那个自称牟·阿瓦的豺狼一般的东西，还有他神秘的'神圣之友'——我们必须阻止他们。一定有一个超级强大的食尸鬼制造者。我很担心我们的城市。"阿杜拉说。他吸了一大口茶，接着擦掉了胡子上沾上的茶水。

是你的城市，我的朋友，不是我们的。莉塔兹心中隐隐抗拒着这个说法。她已经在达姆萨瓦城居住了几十年，也爱上了这个城市，但随着年纪的增长，她越来越想回到苏共和国。这个城市给了她富有意义的工作和最为激动人心的经历。但同样在这个肮脏的城市里，她的孩子死去了。也是这个过于喧嚣的城市让她的丈夫比他实际年龄显得更加苍老。如果不能再看一眼自己的故乡——她是不会为了拯救这个地方而牺牲性命的。

当然，她并没有说出口。她自顾自地坐着，达乌德开口了："只要能帮上忙的，无须客气，我的兄弟。不管你要面对的是什么，我们都一起面对。"

接下来的一段时间里，他们只是无声地喝着茶。接着达乌德脸上露出了坚毅的微笑，他指着阿杜拉说："你知道，即便遭遇着这样的危险，你仍然应该感谢仁慈的真主。感谢他让我们不过两墙之隔。感谢他让我们连夜回到家里而不是次日清晨。感谢他让我们步行回家时看到你房子冒出的浓烟。"

听到"房子"这个词，阿杜拉叹了口气，眼睛又湿润了。他对莉塔兹的茶再次表达了感谢，便站起身，可怜兮兮地走出了大门。

达乌德嘟哝着站了起来，跟上阿杜拉的脚步。莉塔兹听见两个男人慢慢地走远，以普通男人之间惯有的方式聊着天。

莉塔兹把伤感的思绪拂到一边，去查看了一下扎米亚的情况。女孩紧咬的牙关已经松开，睡眠也变得安稳。现在应该给她用第二种药了。莉塔兹把一个装满各种草药的小壶放到炉子上。

几分钟后药汤沸腾了，蒸干后留下了黏稠的残留物。她解下女孩的绷带，又一次清洗了她的伤口。然后她用一把木制小勺从壶里舀出仍然温热的药泥。她看着药泥吸收了女孩伤口的疼痛，魔术般地燃尽。缕缕青烟在空气中缭绕，留下了渐渐痊愈的皮肉。莉塔兹用另一只手按压着女孩手掌上的穴位。

就像触电了一般，扎米亚坐起来发出了一声尖叫，直到气息用尽。然后她深吸一口气又开始了叫喊。莉塔兹对她的邻居感到很抱歉，不过他们大概也已经习惯了她治疗的病人因疼痛而发出的喊声。

拉希德从躺着的垫子上跳起身来。"伯母！怎……怎么了？"他的眼里还残留着睡意，一边伸手去拿刀。

"回去睡吧，拉希德。没什么事——那声喊叫可是个好消息，证明了那女孩的灵魂仍然很强韧。"莉塔兹说话时，扎米亚又躺了回去，再一次陷入沉睡。

达乌德和阿杜拉听见喊声也走进房间。正好。现在该轮到达乌德来治疗这个姑娘的灵魂创伤了。

他用询问的目光看着莉塔兹，她点点头，他便在扎米亚的床前跪坐下来，双手悬在这个男孩般的身体上方一英寸[1]处，划着蛇一般的弯曲轨迹。他闭上眼，皱着眉，仿佛自己也正在经历痛苦。他的双手发出浅绿色光辉。他仍然双眼紧闭，舞动着双手，直到光辉暗淡消失。莉塔兹的丈夫跌坐在一张小凳上，手紧紧按着胸口。

他已经很久没有耗费这么多的力量了。我几乎眼睁睁地看着他衰老下去！莉塔兹又一次想起她的故乡，祈祷着她的丈夫能够在这些法术耗尽他的生命力之前再看一眼故乡。她跑上前抱住他瘦骨嶙峋的双肩。

他从牙缝里艰难地吐出几个字，显然已经累坏了。"该叫醒她了。"

"叫醒她？"僧人怒目而视，"对不起，伯母，伯父——但她伤得很重。我们应该让她好好休息，不是吗？"

这个少年插手了他本不该管的事，这其中一定有原因。他知道自己爱上她了吗？莉塔兹不禁想。"这个女孩正在鬼门关附近徘徊，拉希德。我们必须唤醒她——只要她还能被唤醒——为了让她想起自己还活着。之后会有时间让她休息的。"

她走向自己的杜松木箱，拿出一个装满大颗桃红色盐粒的小瓶子。她把瓶子放到巴达维女孩的鼻子底下，打开瓶盖并扭过头。

扎米亚猛地坐起来。她开始剧烈咳嗽并因为疼痛而呻吟。咳嗽时，血从她的口、鼻滴下来。

感谢万能的真主。虽然拉希德看起来吓坏了，但莉塔兹知道这些血是进一步康复的标志。**她成功地闯过了难关。**

1　1英寸等于2.54厘米。

拉希德挨着女孩坐下，显然很想做什么但又不知道该做什么。"她怎么了？"他大吼着。

莉塔兹揉揉太阳穴强迫自己耐心一些。她把男孩推到身后，轻轻擦去女孩的血迹。"这并不好解释，拉希德。我们一度催眠了她的灵魂让她以为这是一个健全的身体。她的灵魂会被迫在其上附身。她会醒来，虽然受到了冲击但是会恢复意识并能开口说话。然后她需要好好休息以便我们完成治疗。只要真主愿意，她维系与肉体与灵魂之间的纽带就能重新连接上。"

莉塔兹向后站了一步，过了一会儿，女孩睁开了她亮绿色的眼睛。

"我……我打败它了吗？"这是她的第一句话。大家都明白她想说什么。

令莉塔兹惊讶的是——她发誓拉希德也一样——拉希德上前一步回答道："你给了我一个机会，但是我失败了，扎米亚·巴努·莱思·巴达维。"他深深地鞠躬，脸上挂着歉意，"我恳请你，接受我的道歉。但请记住是你的勇猛驱走了那个怪物。"男孩闭上嘴，后退一步，看上去为自己贸然开口感到非常羞赧。

啊，莉塔兹想到年轻人美丽而笨拙的表达方式，他还不知道自己已经爱上她了。他担心自己会爱上她！

"不然，你以为会怎么样？"女孩大声地回答着僧人的话，就好像她这半天来一直清醒着，未曾在生死边缘游走——这是另一个好现象。"我可是被我父亲训练出来的。"然后她双眼一闭，又睡着了。

黄昏来临时，莉塔兹、达乌德还有阿杜拉正坐在厨房里每人端着一碗羊奶和一碗樱桃，讨论着下一步行动。拉希德仍和平常一样，站在那里。

"那么现在该做什么？"她丈夫问道。

阿杜拉的胡子染上了点点红色。他用袖子擦了擦脸开口说话，那些斑点神奇地不见了。"在过去的一天半里，我和骨系食尸鬼、沙系食尸鬼还有其他我不知道名字的疯狂生物作战。我们必须找出这些怪物的主人。我从这个女孩那里得到了这个——这是她父亲的东西。"阿杜拉说着，拿出一把装饰得极其华丽的匕首放在面前。"之前，其实，我们原本打算拜访你们的……"他停下来清清嗓子，继续说，"在这些怪物袭击我们之前。我原本希望你们的预知法术可以……"

一阵含混不清的哭喊——是扎米亚——从起居室那边传来。

他们赶紧来到她身边。部落少女已经醒了，但毫不理会他们的问候。她用力扭头斜睨着，好像在专注着什么。啊，她想变成狮子形态，莉塔兹想到。而显然她这会儿做不到。

扎米亚怒目圆睁，开始乱砸东西。最终，达乌德走上前，用一只手安抚着女孩的额头。

"冷静，孩子，我说了冷静！感谢仁慈的真主你仍然活着。我们刚把你从死神的魔爪下救出来。但我的妻子现在很累了，你不知道这些魔法的消耗多么巨大。安静躺好，别让我们的努力白费。"他就像对待以前的病人一样安抚她。

但女孩回嘴道："魔法？你们对我用了什么邪恶的魔法？噢！真主请保护我！我的狮子形被夺走了！我还不如死了更好！"一阵狮子般的吼声从她身体内部传出。

不到半天前，这孩子还奄奄一息，而现在看来她已经恢复得不错，有力气粗暴地表露巴达维人的偏见了。这并不全是莉塔兹的功劳。这女孩神赐的恢复力真是一个奇迹。

阿杜拉抓着他的胡子朝着病床上的女孩发火了。"还不如让你死了，嗯？该死！我的朋友毫无怨言不求回报，竭尽他们全力来拯救你。对你施用那些神奇的咒语治疗要花费普通人一年的收入！还不算上其他的花费。而你就用这些愚昧的迷信来回报他们？"

阿杜拉愤怒地吼着，脸色越来越难看。莉塔兹不禁想阿杜拉知不知道自己在做什么——像这样适当的激怒女孩有助于她在长久的康复性沉睡后振作精神——或者他只是单纯地对一个刚逃过一劫的孩子发泄怒气。她朝他走去，抓住他的胳膊，但他仍然没有停下。

"如果达乌德放任你死去，孩子，就没人为你的族人报仇了。复仇不是你活下去的理由吗？杀戮、恢复名誉，仅此而已？"他转向拉希德，"恳请真主别再让我为这些忘恩负义的小毛孩们费神了。你看着她的时候眼睛都发直了，孩子！你已经找到你的灵魂伴侣了！"

扎米亚对着阿杜拉怒目而视，拉希德则愤怒地为自己辩白。阿杜拉继续说道："他不曾对漂亮的城里姑娘微笑。但这个相貌平平的野丫头以天使之名在他面前斩杀怪物，这让他的灵魂狂热起来！噢，省省你啰里啰唆的抗议吧。你为什么要执意否定一个显而易见的事实呢！你愿意丢掉脑袋，却不愿意亲吻一个你喜欢的人！"他看着天空，"以真主之名，我怎么会生活在这样一个世界中？"

他转身对扎米亚说："听我说！这是救你的唯一方法。你欠达乌德和他妻子一个大人情。实际上，如果他们按照你们巴达维的规矩来生活的话，你这条命就算是欠他们的，不是吗？"

扎米亚发出一阵低沉的狮吼。这女孩的喉咙是怎么发出狮子的叫声的？莉塔兹的好奇心蠢蠢欲动。

女孩朝达乌德点点头，艰难地说出每一个字，仿佛每一下都能刺伤她："博士说得没错。你们救了我的命，而我……我欠你们一个人情。"达乌德用黝黑、消瘦的手拍拍女孩的肩膀，但扎米亚的反应就像一条岩蛇掉到她身上一样。

莉塔兹的丈夫不解地问："年轻人，你为什么这么害怕？是因为在篝火边听到的故事吗？故事中魔术师都穿着红色长袍，在成堆的骸骨中间念着不明所以的咒语？他用酒杯饮着鲜血，用新生婴儿来献祭？哼！一个长着金色皮毛茹毛饮血的女孩居然会有这么黑暗的想象。"

扎米亚抬起头，干枯的头发耷拉到背上。"那是天使赐给我的形态！而你们的力量又从哪里来？"

莉塔兹很庆幸她的丈夫对着孩子有足够的耐心——他可以对所有人都严厉，唯有对莉塔兹除外。然而他再次开口说话时还是带上了一丝苦笑："真主给了我能力。孩子，早在过去，我的血脉就继承了这样的力量。现在，你仍然需要向我妻子表示感谢，对吧？"说完，他转身离开了房间。

扎米亚半晌没有说话，然后垂下了她的脑袋。"我刚才态度不对，伯母。我感谢您的帮助，我恳求真主保佑您。"

这样看来，他们部落的自负与多疑也并不是冥顽不化的。很好。"'助人为乐就会受到主的祝福。'"莉塔兹引用道，"下一次你处于这样的立场时，请记住这句话。"

部落女孩想要提问，但莉塔兹打断了她。"你已经说了太多话了，孩子，现在你还没有完全恢复。只要万能的真主愿意，你的变身能力会及时恢复的。但现在你需要休息。"莉塔兹从炉子上一个煮着铁杉叶的铁壶中倒出一杯药汤递给女孩。"你最好每几个小时醒来一次，——这样你的身体就不会忘记你还活着。你每次醒来时，必须强迫自己观察四周并做一些交谈。然后喝一口药再睡觉——别做多余的事情，除非你不想再醒来！明白了吗？"

女孩显然已经疲倦了，她昏昏沉沉地点点头。

"好的，那么先吸第一口。"

女孩照做了，没过一会儿她就活力满满地在床上坐起来，并不安分地动来动去。很好。还需要另一种草药来刺激她一下，这样就能让她安静地入睡了。

正在此时，阿杜拉连滚带爬地从楼梯上走下来，大喊着："'哈度·纳瓦斯'——那个怪物是这么称呼自己的。我知道这个名字，莉塔兹！我好像在哪里读到过！历史书？还是老故事里的？"他恳切地看着她，但她不确定自己读过阿杜拉临时想起来的那本书。

她的朋友激动地把粗大的骨节捏得格格作响，接着又耷拉下肩膀。"当然，不管是哪本书，现在肯定变成一堆灰烬了。"

莉塔兹看到扎米亚想要站起来，伸手按住她瘦削的身子制止了她。扎米亚恼怒地咕哝着。"你知道这个杀人怪物，结果你却不记得了？"女孩的声音透出轻蔑但在药效作用下变得微弱。很好。她很快就会睡着了。

阿杜拉表现出了对于受伤小孩的宽容。"好吧，如果我能记住我的每一本藏书，我也就不需要一间图书室了！"

"城里人和他们的书！"尽管药物和伤口令她昏昏欲睡，但桀骜不驯的个性驱使下她仍然强打精神，"如果我的族人知道这些，"女孩以令人惊讶的气力尖叫着，"就会用歌谣和故事口传心授，这样至少有十个人会知道——"

莉塔兹看到她朋友的忍耐到了极限。"那么，告诉我，那些知识现在又在何方，扎米亚·巴努·莱思·巴达维？"

从部落女孩的脸上可以看出，她又想起了族人们的死亡。阿杜拉的词句残忍无情。但莉塔兹太了解她的朋友了，他的刻薄是情有可原的。他哀叹他的藏书，就像那女孩哀叹她的族人们一样，而毫无疑问他无法容忍那个女孩对于自己毕生收藏的无心侮辱。

但是，她受到太多的刺激了，甚至会影响她的康复。莉塔兹抓住阿杜拉的胳膊。这就足够了。食尸鬼猎人扬起手，看上去很自责。"啊啊。我得冷静下来思考。我需要一些新鲜空气。"他迸出几句话，接着逃出房间，重重地带上门。

女孩眯起绿宝石般的眼睛，表现出强烈的自我厌恶。看起来她很希望自己身体里的母狮能够杀死那个弱小的女孩。她喃喃地说着关于复仇的话，接着闭上眼睛睡着了。

拉希德想要去追阿杜拉，但被莉塔兹拦住了。食尸鬼猎人需要独处来理清他的思绪，而不是一个年轻人生涩的说教。

莉塔兹看着扎米亚，为她自己的妙手回春而开心。因为她的努力，扎米亚将可以活下去。然后她看着房门，阿杜拉刚刚摔门而出。他也会活下去的，尽管经受了这么多痛苦。

她深吸一口气。猎鹰王子和新哈里发之间剑拔弩张，达姆萨瓦城已经人心惶惶。现在又多了这样的威胁。她痛恨被拉回这充斥着残忍魔法和怪物狩猎的蛮荒世界。但总会有解决办法的，她告诉自己。真主总会指引他们走过难关，也许她和达乌德终将启程返乡，离开这座无比美丽又无比残酷的城市。

第九章

　　阿杜拉走出他朋友家，重重关上身后那扇木门。他居然对一个奄奄一息的小孩大喊大叫，真是太卑劣了。虽然他称她为"孩子"，他已经开始当她是一只母狮，或者一块坚石。他提醒自己，虽然她仍然只是个孩子，但是她远不仅仅如此。

　　达乌德站在离店门几码远的地方，双臂交叉，看着外面的大街。这位男术士听见阿杜拉弄出的巨大声响，转过身来，朝他挑起雪白的眉毛。阿杜拉没有心情再多说话。他试图径直走过他朋友身边，但达乌德伸出如爪子一般的手抓住了阿杜拉的手臂。

　　"你还好吗？"

　　阿杜拉苦笑。"还好？！我的心上人对我毫不挂心，除了使唤我为她死去的侄女报仇。我还得为一个快死的野姑娘操心。我岁数很大了，离死不远了，真主还在用越来越可怕的怪物来试练我。我的家——"说到这里，阿杜拉知道自己声音哽咽了，"——我的家被烧得一片焦黑，所有的藏书都化成了灰烬。最关键的是，我总是梦见大街上血流成河。"

　　达乌德捏着他的山羊胡子皱起眉头。"血流成河？我也梦见过差不多的情形。但却是在苏共和国。"

这消息对于缓解阿杜拉的心情毫无帮助。"好吧，看来我们的预言之梦是个无稽之谈。误导我们也许会让真主觉得很开心呢。"

达乌德严肃地点点头。"跟我一起走吧。"他说，接着他们便慢吞吞地在街区间前行。

阿杜拉深深地吸气吐气，让自己平静下来。"够了，我的兄弟。真主给我的考验太多了，我无法承受更多了。"

一个牵着骆驼的人从他们身边缓缓走过，快乐地和他的牲畜低语着。男术士将自己枯瘦的手放到阿杜拉肩上，捏着他的脂肪和肌肉。"你不是一个人，明白吗？你不需要独自承受。"

达乌德说他们会与他一起面对这些怪物，就像过去几年那样。阿杜拉无法让这样的事再发生。"我没法让你们俩做这样的事。以真主之名，我把你们卷进这些事情中我非常抱歉。"

"那东西想要杀死你的狮子姑娘，阿杜拉。这让我感到恐惧。你知道能让我感到恐惧该有多难。我们共同经历了这件事，你知道我在说什么。但那样的伤口会腐蚀灵魂！咬伤扎米亚的那个生物残忍……怯懦……背叛了被赋予的形态。我能感觉到。但在体内把那些东西扭曲、混合在一起更糟糕……那是一种可怕的忠诚。对于无上力量的忠诚。有一股邪恶的力量从中作祟，我无法视而不见。只要这股力量存在一天，我们夫妇俩就一天不得安眠。我知道你也有同样的感受。"

一群小孩子高声喊叫着沿着街道奔跑，玩着抓人游戏。阿杜拉一手捋着胡子，虽然还是下午，他已经觉得有些累了。"是的。我实在不愿意去想怎样的一个人才会被那种东西称为'朋友'。"他晃晃身子，偷偷瞥了达乌德一眼。也许他终于愿意开口说话了，"你还好吗？你用的那些治疗法术……啊，我们俩都不再年轻了。"

达乌德伤感地笑笑。"而且，你认为，我们中的某一个人会比其他人更快地老去，对吧？我还好吗？筋疲力尽啦，阿杜拉。大半截身子入土了，就和你这个死胖子一样，也许更糟吧。相比之下，我的妻子看起来是不是越来越年轻，但这根本不重要。"

他们以前也就这个话题讨论过很多次。达乌德比他妻子年长不过十五岁，但她的活力让她显得更为年轻，而达乌德实施法术消耗的精力让他看上去比实际苍老。大多数人都以为他们之间相差了三十岁。几十年来，阿杜拉的朋友们经历了各种各样的痼疾与伤病。这样的变故几乎成了日常生活的一部分，比如娶了个小老婆或者多生了一个孩子。对于达乌德来说，就是他的法术一点点地榨干了他的生命力。

一阵怡人的微风穿巷而过，达乌德深吸一口气。"有几次，"男术士悲伤地轻笑道，"我曾经想过娶一个更加年轻的妻子。哪个男人不这么想呢？而现在……我不知道。我心中有一部分只是想让她离开……让她回到共和国的家中。"

"我们之间进行过多少次这样的谈话了，我的兄弟？我们都知道你没法离开她。何况，你表现得好像这是你的选择！好像莉塔兹会乐意让你离开一样！'让她离开'？哈！我倒想看看。"

阿杜拉感到一丝似曾相识的嫉妒。他一直很爱慕莉塔兹。她如此开朗、无私，也是阿杜拉见过的最漂亮的女人之一。他不止一次梦见与她交欢，在半睡半醒之间希望自己拥有她。几年内会有一次，他们共同进餐时达乌德正好不在场，阿杜拉就会企盼能有一夜春宵。但他也只是想想罢了。阿杜拉为他的朋友们感到高兴。他们俩的人生早已合二为一——这是毫无疑问的。

阿杜拉从来不知道还有这样的爱情。他拥抱米莉，毫不逊于达乌德拥抱莉塔兹，但他并没有娶米莉，二十年过去，米莉悲伤而愤怒地告诉他，最初的激情已经冷淡，之后她便再也不想见到他了。

他甩开阴郁的心绪。还有工作等着他去完成。但他能做的实在太有限。如果他能知道食尸鬼制造者的名字——被牟·阿瓦称为"神圣之友"的人——他就可以实施追踪法术了。遗憾的是，那只豺狼一般的怪物对自己的称呼——牟·阿瓦也好，哈度·纳瓦斯也好——对于这种法术毫无帮助。但这应该多少也能帮上忙——只要阿杜拉能想起他在什么地方听过这个名字。

他又一次试图打开记忆仓库。又一次徒劳无获。他的脑海深处潜藏着能拯救这个城市的线索。但他不知从何处挖掘。他向他最好的朋友告别，祝愿他平安，接着又陷入了沉思。

尽管已经过了一夜，阿杜拉仍然嗅到了空气中的焦臭，他不知道这是他的幻觉还是事实。他转身朝自己家走去——让自己去面对那一具冒烟的外壳。但他发现无法迫使自己前行。立刻就面对那样的情景……他想那会让自己崩溃的。

正好，即使到了家里他也做不了什么，而怯懦地逃避现实也无法阻止怪物们潜入这个城市。

他转身向潦倒巷走去。他一边走，一边小心翼翼地伸手碰了碰被沙系食尸鬼铁杵一般的胳膊砸伤的胸部。那里的伤口已经结痂。和女孩受的伤比起来，他的伤好治疗得多。阿杜拉摇摇头，哀叹自己仍然无法摆脱可悲的命运。他细细思索着，不管他杰出的朋友们怎样成功治愈他，他总是会带着一身的伤口再次出现。

他朝公园走去，找到一处小土坡坐了下来，雪白色的长袍散在四周。他喜欢这个在黄昏时分变得生机勃勃的地方。它和哈里发精雕细琢的御花园不同，这里四处鸟语啾啾，花香怡人。而在哈里发的花园里，潺潺溪流奇迹般地向上流淌，人们不敢大声说话。

这原本让人心情宁静——适合王子、诗人们游览，适合哲学家思考问题。阿杜拉曾经多次受召见而得以进入这个原本会将他拒之门外的地方，他却觉得那里令人窒息。一方面，那地方是用武力拒民众于外才换来了宁静。但原因不止如此：他没法在哈里发的花园里思考。他会觉得碍手碍脚的。

而位于学院区的这座公共花园则相反，聚集了达姆萨瓦城最放荡不羁的气息与声响。主要是尿的骚臭味，以及没有洗澡的脚夫们的汗臭味，还有各种各样垃圾散发的臭味。但对阿杜拉来说，这其中蕴藏着所谓"家"的气息——如果这令人绝望的世界上还有能称之为家的地方的话。

他从一个孤儿，变成了食尸鬼猎人的学徒，接着变成了混混，偶尔也是个英雄，而现在，作为区区一个老头子，他需要呼吸这些气息。算命先生那褪色的肉桂油彩，赌徒们分享的劣酒，逃脱追捕的盗贼，串着滋滋作响的烤肉的铁钎子，还有，一些星星点点的花朵挣扎着想要证明这是个公园而不是破烂的小酒馆……阿杜拉将一切尽收眼底。家。

然后是声音。他曾被召去许多地方，但没有哪里像他居住的街区这样人声鼎沸。孩童和训斥他们的家长。徜徉流连的说书人和为他们鼓掌或与他们争执的看客。为人提供一夜温存的娼妓和毫无顾忌地讨价还价的嫖客们。所有的一切汇集起来，形成了最为汹涌的声浪。从他们历经的严酷人生来看，阿杜拉心想，他和他们是一样的。他在他们中间降生，他也希望能安静地在他们中间死去。

唉。老家伙。就凭你有过的这些好运气，你应该在某个冰冷的地窖里被怪物杀死，孑然一身，无人凭吊。

他强压下这些消极的想法，这一星期来他已经重复了几百次了。他集中精神思考眼前的问题。他静坐着，呼吸着，冥想着。

"哈度·纳瓦斯。"怪物曾这么说过。这个单词的含义呼之欲出，但他越是努力地想要抓住答案，就越力不从心，就像用油腻的手指抓一块滑溜溜的肥皂一样。

巴希姆，一个二十年前抢劫了阿杜拉又在十年前将他从一次抢劫中救出的强盗，从他身边走过。他向阿杜拉投来友善一笑，拨弄了一下他的胡荏儿，知道阿杜拉正在冥思，就没有开口打扰他。阿杜拉在这一带很有名，这也是城市那么大，他却非要在这里思考的原因——熟悉感。这让他放松下来，他只有放松下来才具备了敏锐的洞察力，才能够理清事情的来龙去脉。

阿杜拉向巴希姆招招手，示意他在身边一块平坦的草地上坐下来。他的思绪仍然不受自己控制，强迫它们安分下来反而让他更头痛。按照以往的经验，他决定散个心或者无目的地闲谈，也许会有帮助。

巴希姆与他互致了问候后坐了下来。这个粗脖子男人很快掏出了一块打火石和一条细细的水烟管。"您不介意吧，大叔？"

阿杜拉随意地笑笑，背诵出伊斯米·希哈布的一句诗："适度吸烟、喝酒或奏乐，若剥夺他人的快乐，连真主都不容。"

辛辣刺鼻的烟雾很快笼罩了二人，他们有一搭没一搭地闲扯着——天气、邻里八卦、路过的身材性感的姑娘。巴希姆好几次把水烟递给阿杜拉，阿杜拉当然都拒绝了，但每次他都感到那条线索在记忆角落里微微地探出头来。

这感觉不错，阿杜拉听任巴希姆的抱怨冲走了若隐若现的思路。他暂时将生活中的那些阴霾都抛在了脑后。

"我听说在一次伏击中发现了猎鹰王子手下的尸体。"巴希姆说，"据说，他们的心脏从胸腔里被挖出来了！这肯定是哈里发的卫兵们干的，虽然估计在你看来，他们更热衷于砍头示众。"

阿杜拉的闲情逸致瞬间无影无踪。心脏从胸腔里挖出来？他努力思考着这个二手情报。听上去猎鹰王子和阿杜拉及朋友们遭遇了同样的怪物。而法拉德·阿兹·哈马斯毫无疑问是一个有力的盟友。阿杜拉开始思考着这个可能性，但巴希姆正说到兴头上，容不得别人插嘴。

"还有天杀的卫兵以及暴虐的新哈里发！"强盗坚定地轻声说道，每个词都拉扯了一下胡子以示强调，"看看他们的这些规矩！有一次，我想替我生病的老伯母把货物从贸易门那里运出去，"他恬不知耻地笑着，"两个卫兵拦下了我，要我出示税费证明。现在，当然，我有！基本是合法的。但那些狗娘养的开始喋喋不休地说新税法还包括这个门、那个门的过路税，这个税率那个税率，很快我就昏头了，接着一个铜板也不剩了。那些规矩法规对我来说都像隐文一样，大叔，但我知道当有人让我的孩子饿死，我就——"

隐文和死去的孩子！就是这个！愿真主宽恕我，我为什么没有更早一点想到？阿杜拉意识到仁慈的真主终于抛下了一根蛛丝，他不再胡思乱想了。"当然！我真是个该死的白痴！当然！就是这个！"阿杜拉弹起身子，大声嚷着。巴希姆被他这突如其来的举动吓得一句话也说不出来。

尽管刚刚腾云驾雾，巴希姆很快恢复了冷静，准备大干一场。"怎么了，大叔？"

"巴希姆，我的朋友，我这会儿正在进行一次狩猎，很可能丢掉性命。如果事情发生了，我们城里的很多人就会死。但如果事情没有发生，我就招待你去白银楼好好快活一晚上！"

巴希姆很快从阿杜拉的话中找到了与自己关系最密切的一部分。"白银楼！我宁可你帮我付一个月的房租！如果我早知道我能提供那么有用的情报，大叔，我早该把它卖掉的！"

"并不是什么情报，巴希姆，只是感谢你陪了我一晚上。愿真主赐汝平安。"

"愿真主赐汝平安，大叔。"

阿杜拉吻了强盗的脸颊，离开公园，不抱希望地去寻找他的安身之所。

第十章

拉希德·巴斯·拉希德看着博士气冲冲地摔门而出。他早已习惯了导师喜怒无常的脾气，但还从没有见过他这般大发雷霆。博士竟然如此责骂扎米亚·巴努·莱思·巴达维，他气得脸都涨红了。博士的损失并不是她造成的，为什么她要接受这样的羞辱。但拉希德猜想，可能是扎米亚的言辞成为压垮骆驼的最后一根稻草。博士年事已高，随着日子一天天流逝，他越发心力交瘁。

对于疲惫的人，道德约束是最有效的强心剂，拉希德想起了这一句训条。他知道，博士只不过是需要别人提醒他为真主的荣光做事。他朝大门走去，想要安慰他的导师。

但莉塔兹的小手抓住了他的胳膊，把他拽了回来。"阿杜拉需要一个人静一静，拉希德。相信我，我很了解这个老家伙。他会没事的。"

拉希德想要争辩，但沉下心来想想，他自己也知道自己古板教条的发言对于博士来说几乎一无用处。他叹着气点点头，在黑檀木的凳子上坐下。他努力迫使自己紧盯着地面，而不要去搜寻扎米亚·巴努·莱思·巴达维熟睡的身影。

"你可以看看她，拉希德。"莉塔兹说，"她并不会因为你的目光而受到侵犯，你知道的。"然而，拉希德却看向了炼金术士。

她从架子上取下一个几乎空了的小瓶子，举到半空，用怀疑的目光打量着蓝色的瓶身，接着啧啧地说道："这可不太妙了。"她更像是在自言自语，而不是对拉希德发话。

"怎么了，伯母？"

她仍然紧盯着塞着塞子的小瓶，摇摇头，发圈叮当作响。她看着拉希德说："一点儿小麻烦。部落女孩恢复得很顺利，非常顺利，多亏了她神赐的力量。但我们遇到了个问题。我的红汞用光了。那是让血液循环的强效溶液，有两个作用：它是我们对女孩实施治疗术的必要物品，同样也能帮我们分离出女孩的匕首上沾的血液，这样我们可以用它获得敌人的更多信息。我需要你帮我再取一瓶来。"

他觉得有些不耐烦——他是个圣战士，而不是个跑腿的！但他克制了自己的不满，他知道自己的那点儿尊严不值一提。

"当然可以，伯母。哪里可以得到红汞？"

莉塔兹放下瓶子，黝黑的心形脸上露出严峻的神色。"在卢加尔巴的丛林里。那里有一只被称为红色凯米拉的怪物，必须先砍下它的角——"

拉希德的血流速度开始加快，但当他听到莉塔兹严肃的话语变成一阵窃笑时，立刻明白自己被愚弄了。

"嘻嘻！喔，很抱歉，拉希德！我只是在开玩笑。不不，别生气。我只是觉得最近的日子有些太沉闷了。但说真的，我从你的表情看出了你的决心，再加上你的勇猛简直如虎添翼。"

拉希德无言地接受了这些夸赞，不再为被愚弄而气恼了。

"实际上，"莉塔兹一边说着，一边拿起炭笔和纸开始写字，"你需要穿过六条街到集市区。只要穿过巡检台，你就会看到左边扎库莱亚利博士的门店。你很容易就能认出那扇绿漆大门的。把这个给他，他会给你我要的东西，事后我再付报酬给他。"炼金术士给了他一张便条，然后把他送出大门，走进午后的温暖空气中。

拉希德走在路上，他觉得自己听到了身后不远处传来了博士和达乌德的声音。但他又想到他们应该不希望别人打扰，便径直朝前走去。黄昏的夕阳令他目眩。他走过一个对着墙解手的男子，又走过一个身体健壮的乞讨者。他对这些人投以轻蔑的目光，继续前行。

一阵炸土豆的香气告诉他，集市区到了。拉希德穿过一排排卖食物的货摊，无视了肚子的阵阵鸣叫。片刻之后，他来到莉塔兹描述的绿漆大门前。

门虚掩着，拉希德敲敲门向店主通报了自己的到来，便走进门内。房间空荡荡的，除了靠着房屋尽头那面墙壁有一个架子，上面整齐有序地摆满了各色瓶罐与盒子，还有一张和达乌德与莉塔兹店里样式不同的工作台。

一个穿着合身长袍的中年卢加尔巴男子——毫无疑问他就是扎库莱亚利博士——从工作台前抬起头来，因工作被打断，看上去很不满。然而当他的目光接触到拉希德的蓝色丝质外衣时，他露出了惊讶的神色，接着站起身，郑重地向他鞠了一躬。

"愿真主赐汝平安，僧人大人。阁下的到来，令我十分荣幸。这城市里很少见到教会的人。我……不知敝店有何事能为阁下效劳？"

尽管这名男子的谦恭或嘲弄也许并无深意，拉希德还是因被隆重对待而激动。与懒散的阿巴森人相比，卢加尔巴人在这些事务上毫不怠慢。拉希德不止一次地认为自己出生在错误的国度。

你降生在真主指引的地方——现在专注好你的事情，他听到了内心的谴责。

"愿真主赐汝平安，先生。"拉希德说，"是利卡米的女儿莉塔兹女士让我到这儿来的。"他说着递上了莉塔兹的纸条。

店主人一言不发地慢慢看完字条，接着带着愧疚的神色抬起头来。"啊，是的，莉塔兹女士。一个好女人，也是我最好的顾客之一，虽然她有时会拖欠付款。不过恐怕这次我得让你们俩失望了，僧人大人。"

拉希德挑起眉毛不解地看着他。

扎库莱亚利博士又一次露出了愧疚的神色。他紧张地拉扯着他的山羊胡。"无论何时，人们都在做着最坏的打算，而最近这阵子红汞更加供不应求。我这里只剩下一瓶了。而最近又通告说将以美德的卫道士之名征收物品税，巡检大人明天早上就会过来征收赋税，我必须为他预留好这一瓶。"

拉希德半晌说不出话。找出并打倒邪恶的食尸鬼制造者。拯救扎米亚·巴努·莱思·巴达维的性命。毫无疑问在真主眼里这都是至关重要的事情。而这些居然会被如此简单粗暴、不可理喻的权物交易所阻碍，简直荒谬至极。

"但……但我们需要它！"他好不容易挤出一句话，"它关系到人们的生命！"

店主人无能为力地摊开双手。"我真的很抱歉，僧人大人。发自内心的。但我这里也有人命悬一线。如果我没能按照哈里发的要求为他留好需要的物品，我就会被扔进地牢。我的一家人就要挨饿。我能怎么办呢？"

但没有红汞的话，扎米亚就会死的。我们也就无法继续搜寻那个邪恶的凶手了。拉希德想象着自己两手空空回到达乌德和莉塔兹家的情形，觉得心中有什么东西猛然被挣断了。

也许我只要拿走我们需要的就好了。这想法如箭毒一般噬咬着他的内心，让他觉得很难受。我们的需求很迫切，我们的动机也很正义。真主会——

在他身后，店门重重地关上了，震得架子和桌上的瓶瓶罐罐嗡嗡作响。拉希德还没有动，就察觉到了其他人出现的气息。他转过身，看到三个看上去很野蛮的人赫然出现在房间里。

一个看上去贼眉鼠眼的小个子男人挥舞着一把长刀。他的身边是一个戴着黄铜眼罩的彪形大汉和一个带着器械的高个红脸苏共和国人。"啊，又来向你问好啦，扎博士！"鼠脸男人说，"你知道我们为什么——嗯？这家伙是谁？"

店主人哆哆嗦嗦地说："这些该死的强盗！这个月他们已经第二次来索要我的东西了。拜托了，僧人大人，帮帮我！"

拉希德感到心一软。这是一次抢劫，而他也知道自己该做什么。他站直身子面向那三个人。"如果你们是来索要真主没有赐予你们的东西，那么你们便不配得到。我建议你们赶紧离开吧，丑恶的人们。"

独眼男人说话了，声音就像铁匠打铁的号子一般："'僧人大人'，嗯？告诉你，我们可没兴趣和教会扯上关系，小子。这是我们的王子和这个贪得无厌的狗娘养之间的事情。所以趁着没被大人打屁股，赶紧夹着尾巴逃跑吧，知道吗？"

苏共和国人吐了口痰，笑了，接着用他的家伙重重地砸了一下地板。

好吧，我明白了，我知道该做什么了。"保护好你们自己吧。"拉希德轻声说。

接着他猛然跃向前方。

小商店的四壁间过于狭窄，他的刀伸展不开。所以拉希德首先朝鼠脸男人挥出一拳，打断了他的鼻梁。与此同时，他抓住他的喉咙，朝着独眼男人猛地扔过去，将两人结结实实地甩向墙角。

接着拉希德及时躲开了第三个男人挥来的钢械，但显然在这个狭小的空间里，对方的武器显得碍手碍脚。拉希德一掌把男人的武器劈成两半，接着一个回旋踢将目瞪口呆的他牢牢嵌进墙里。

独眼男人终于站稳了脚跟，他警觉地后退了一步，寻找空隙。他挥出一拳，但扑了个空。拉希德一拳打断他的眉骨，又一拳打碎他的下颌骨，他立刻瘫倒在地。

鼠脸男人仍然躺在地上捂着鼻梁，试图刺向拉希德的腿。拉希德闪开了，接着绕回来猛地踩断了他的手腕，发出了一阵令人心满意足的脆响。小个男人扔下刀，痛苦地扭成一团，神志不清地呻吟起来。

苏共和国人将他的半截武器朝拉希德扔来，接着夺门而出。拉希德想要追上去，但他先扭头确认了店主人是否安全。

店主人的嘴张得大大的，涨红的脸上露出了敬畏神色。"噢，谢谢你，僧人大人，谢谢你！愿真主保佑你！这些人是——"

拉希德听见一声响动。他的双脚被什么东西猛然扫开，他重重地朝后摔了下去。一阵强光照得他睁不开眼睛，他一阵晕眩，失去了方向感。

应该是某种魔法。店门外面有这些恶棍的同伙。他立刻反应过来，痛恨自己如此轻易就中了常见的伎俩。

接着，突然一把剑指向他的喉咙。

拉希德从晃眼的光线中认出了猎鹰王子那件山羊皮和丝绸制成的外衣，他一手拿着一面小镜子，一手握着佩剑。剑尖轻轻掠过拉希德的脖颈。

"我们又见面了，阿杜拉·马哈斯陆的朋友！你差点儿杀掉了我的两个手下！"

拉希德静静地等着晕眩感消退，寻求着避开剑刃的时机。

"伙计们！"这位块头大得不可思议的盗贼招呼着他的同伙，而视线和剑尖仍然没有从拉希德身上移开，"被这个人打倒没有什么可羞耻的——他是我见过的最好的战士，也许跟我一样强。停止你们的呻吟和叫唤吧。拿起那罐蓝色的粉末，离开这里！尊贵的店老板，我向您表示万分的歉意，但以达姆萨瓦城的优秀子民之名，我们必须没收你的夜之花精华。当然，请别担心——我以真主之名向你发誓，它会在我手下的杰出炼金术士那里找到好的归宿，发挥它的最大价值的。"

盗窃、愚弄，以他如簧的巧舌夸夸其谈！这一切都令人作呕。拉希德感到血液沸腾着，但他动弹不得。

"噢，打起精神来。"众人四散而逃的时候，法拉德·阿兹·哈马斯对拉希德说道，"别这么沮丧，年轻人。我只是要了个肮脏的伎俩才放倒了你。我见识过你的勇武，所以还不至于愚蠢到与你正面交锋。我得用一些鬼把戏以及我的撒手锏——这块玻璃。"他把小镜子扔到地上，摔了个粉碎。

"一个小时后你的视力和肠胃就会恢复正常。只要安静地躺着休息就好了。至于我，好吧，我得离开了。但也许有朝一日还能重逢。"大盗仍然用剑尖指着拉希德，一边敏捷地朝后退去，直到他的身影在大门外消失。

威胁自己的剑尖消失了，拉希德立刻想要站起来。他仍然被大盗的镜子魔法弄得晕头转向，也抑制不住阵阵恶心。

大盗曾说过要过一小时才会好，拉希德毫不怀疑对于普通人而言是这样的。但拉希德是真主的武器，而不是那些倒霉的卫兵。他顾不得仍然震惊得喃喃自语的店主人，强拖着身体，一步一步，努力走出那扇绿漆大门，追赶那位大盗。

拉希德来到大街上，扫视着人群，看到一小群看客正朝着一栋房屋的方向指指点点。他循着那方向看到法拉德·阿兹·哈马斯正爬上屋顶，显然是使用了和在巡检广场阻碍行刑后逃脱一样的跳跃魔法。

拉希德咬紧牙关忍受着肠胃的翻江倒海，深呼吸集中精神，一边拨开人群，跳上了二层楼的窗台。他的双脚和手指在窗格之间寻找借力点，尽可能快地向上攀爬。他一度头晕目眩，觉得自己就要掉下去了。但他用尽全力努力攀爬着，终于奋力让自己登上了屋顶。

他站起来，看到猎鹰王子在房顶的另一端，肌肉发达的双臂交叉着，留着小胡子的脸上露出放肆无礼的微笑。

"太令人惊讶了！年轻人！"大盗大声说道，"太扯淡了，我从来没见过有人能那么迅速地从眩晕镜魔法中恢复过来！"他猛然拔出剑。

尽管头昏脑涨，拉希德还是挥刀全速冲向大盗。法拉德·阿兹·哈马斯招架着他一次又一次的攻击。

两人的武器每次咬在一起，都发出响亮的钢铁碰撞声，强烈的冲击令拉希德几度作呕。但他咬紧牙关继续战斗，一次一次地搜寻着大盗的破绽发起进攻。

但防守滴水不漏。猎鹰王子已经大汗淋漓了，但脸上始终挂着微笑。"你知道吗，要不是你现在状态不佳，估计早就取了我的脑袋了，"他大声喊着，"但很可惜，你就是不在状态，所以——"

大盗后退一步，再次躲过了一次进攻，接着，以拉希德无法想象的速度飞起一脚踢中了他的腹部。拉希德的脏腑几乎都要被踢出来，他向后倒下，弯刀也从手中飞了出去。

就这样了。他内心鄙夷道，阴沟里翻船，命丧于小蟊贼之手。就凭这样你也敢号称是真主的武器！

但法拉德·阿兹·哈马斯并没有给他致命一击，而是伸进衣服中拿出了一个小东西抛向拉希德。

"我没时间陪你玩了，"大盗喊着，"但我有个礼物送你。接着！"

拉希德下意识地接下了大盗抛来的小瓶子。这又是什么把戏？他一边想，一边看着瓶中红色的液体正在西沉的夕阳余晖中发出粼粼的闪光。

"扎库莱亚利博士最后一瓶红汞，年轻人！现在这是你的了——请连同我的祝福一起收下吧。我的手下还没有出场的时候，我就听到你对店老板的恳求了。猎鹰王子以救人为己任。比你和你所期许的残暴哈里发更好。"

大盗一边说着，拉希德一边寻找着飞出去的弯刀。

"不过瓶口的封盖已经破损了，"大盗说着朝另一侧的屋顶边缘走去，"外面的空气正在渗漏进去，这意味着你最好在一小时之内把它交给莉塔兹。只要你乐意，我们可以在这里起舞弄剑一整天。或者你仍然像你来时那样想要救活某个人。"大盗边说边往后撤。

拉希德站起身，看着自己的弯刀。

"你不用急着谢我！"大盗嘲弄地喊着，一边毫不费力地跃向——当然，是用魔法——另一个屋顶，留下拉希德怔怔地看着手中的小瓶子。

他的肠胃疯狂地痉挛起来，喉咙也灼热发苦。他仍然梦游一般，呆呆地站了一会儿。他正在拼命地权衡这被偷来的物品和那位神赐女孩的性命。

接着拉希德抚平心绪，向着学院区的方向飞奔而去。

第十一章

扎米亚·巴努·莱思·巴达维发现自己身处应接不暇的声响、景象和气息之中。虚幻王国呜咽的寒风、露天干燥粪便燃烧的甜腻气味、星星点点分布着的族人帐篷。那些她明知早已死去的人们的快乐呼号。

是个梦。

她在帐篷的上空飘浮，坐在一棵无形的大树上，看着巴努·莱思·巴达维人忙碌——烹煮食物、清理兽皮、喂骆驼、修补衣物。她试图对他们叫喊。她嗓子都喊疼了，但什么声音都发不出来。她咆哮着，想要接近他们，却徒劳无功。

她的父亲走入视野，与她看不见的人好像说着什么。

我是巴达维部落的首领，不是什么低贱的城民！莱思·巴努·莱思·巴达维为他的部落做出最好的决定！真主带走了你的母亲，守护者，而他用同样的那只手将你交付于我。天使将这天赋赐予你。我不会像愚蠢的巴努·卡德或巴努·费可·巴达维那样，拒绝真主、救死扶伤天使以及我挚爱的女人赠予部落的一切。他们的部落外强中干，虚伪透顶。我坚持我对于部落守护者的选择，随他们在真主诅咒的帐篷里说去吧。但在大会上，他们会对你表达出足够的敬意，就像我们尊敬他们的守护者一样，否则，将会发生流血冲突。

那些话。扎米亚知道那些话。她的父亲不到一年前亲口对她说了这些。最后并没有发生流血冲突，她的部落都被刻意回避了。接着巴努·莱思·巴达维受到了沉重的打击，比任何冲突都更加残暴。当她穿过族人们被掏空心脏的尸体时，她知道，这并不是巴努·卡德或巴努·费可一族干的。

突然她的父亲消失了，连同脚下的荒原。扎米亚醒来又睡去，醒来又睡去，循环往复。有一次，她觉得笼罩视线与心绪的乌云散开了片刻，她能看清自己躺在苏共和国夫妇的店中。接着，沉睡的乌云又笼罩了她。

她又回到了沙漠中，在沙丘身处，远离那些帐篷。她看到一个比自己小一点儿的绿眼睛姑娘正在沙海中疾驰。女孩穿着巴达维的兽皮外衣，但她孤身一人，视野中寻不到任何族人的踪迹。突然，女孩停下脚步，转身看着扎米亚，接着在她的注视下长高，嘴角变得冷酷，视线也变得阴沉。她长大了。

当扎米亚看出那女孩就是自己的时候，尖叫起来。她眼睁睁地看着自己一个人，没有族人，没有部落，渐渐老去，干枯成一具骸骨。接着骨头化为沙尘，被一阵风呼啸着吹得无影无踪。

她倒抽一口冷气，尖叫着惊醒。接着开始呕吐起来，眼里盈满泪水。她感到自己软弱无力，就像梦中她自己变成的老妇人一样。突然传来一声巨响，她听到有人喊出那个让她又怕又恨的名字：

"牟·阿瓦！牟·阿瓦！"

是博士的声音。

扎米亚迷糊了好一会儿才意识到这是现实中的声音,而不是梦中的回响。怪物又来袭击了!恐惧充斥了她的内心。她想要变形。她竭力让自己的身体沸腾起来,就像在沙暴中努力地呼吸一样。但狮子形态并没有出现。她感到很无助。她绝望地再一次积蓄起全身的力量。

过了一会儿她才知道并没有什么袭击,感谢真主。她正躺在苏共和国夫妇的店里。博士正在店里面重重地踱步叫嚷。而那巨大的响声不过是他走进来的时候门被摔上的声音。

"牟·阿瓦!牟·阿瓦!"食尸鬼猎人又嚷了起来。"是克米提的隐文!——以真主之名,我为什么没有立刻想起来?是'孩童之镰'——现在我知道我在哪里看到过那个名字了!莉塔兹!利卡米的女儿莉塔兹!你在哪里,女士?达乌德?你的妻子在哪里?"

博士的两个朋友出现在楼梯上。莉塔兹看起来非常不高兴。"以真主之名,阿杜拉,我告诉过你那个女孩需要静养。你疯了吗?为什么在这里大喊大叫?"

扎米亚现在完全清醒了,她从垫了软垫的长椅上坐起来,很高兴地看到原先烧灼般疼痛的伤口现在只剩下微微的刺痛了。

她的左边,拉希德正倚靠着白墙站着,看起来比平时还要紧张。他的丝绸外衣脏兮兮的,面色苍白,就好像生病了一样。

她并不想一直盯着僧人,便扭头看向博士。博士开心地笑着,朝莉塔兹一股脑儿地说:

"莉塔兹!亲爱的,你一定记得我曾经借给过你一本书——"

"你借给我好多书,阿杜拉。是哪一本?"

"是宫廷诗人伊斯米·希哈布写的。是内战前他根据自己的经历写的很稀有的一本书——想起来了吗？哈菲花了五年才为我弄到这本书！想起来了吗？"

莉塔兹转了转眼睛。"是的。我记得你硬塞给我这本书。能找到它，你非常激动。不过这书很无聊，和他的诗集不一样。我读了几页毫无意义的皇家阴谋论就把它扔在一边了。现在应该还在楼上的某个角落里吧。"

"感谢无私的真主，你借了东西不爱还，亲爱的！赞美真主！"博士两眼放光地快步跑上楼梯，苏共和国夫妇紧随其后。扎米亚听见楼上传来一阵稀里哗啦翻找东西的声音，以及博士与莉塔兹关于书本更为激烈的争执声。

扎米亚很想找人打一架。明知道博士似乎有了必要的线索而自己却只能四处张望，这让她很难受。她迫切地想要离开这些散漫的老家伙，然而又不得不面对冷冰冰的现实。一个巴达维的战士总是能找到应对敌人的有效方法。而试图孤军奋战以卵击石显然不是最有效的方式。她找不到可以寻求帮助的人。即使要与这样的怪物作战，她也没有族人可以求助。实际上，扎米亚知道，甚至会有人将那些怪物的出现归咎于自己部落莫须有的堕落。

她又一次想起自己失去的一切，被这可怕的感觉攫住了。她想起自己的家——家里有加了香料的乳酪和新鲜的烤饼。她含着眼泪祈望能够再一次看见她的父亲，她的兄弟，或族里的任何一个人。

与我的父亲一起对抗整个家族！与我的家族一起对抗整个部落！与我的部落一起对抗整个世界！古老的巴达维谚语在她的脑海中回响。她是巴努·莱思·巴达维仅存的血脉，而她无儿无女。谈什么家族？谈什么部落？

她的思绪被楼上博士的叫喊打断了。"啊哈！它在这里，赞美真主！"食尸鬼猎人跑下楼梯，后面跟着其他人。他在她床边的矮桌前坐下，打开了这本黑色的小书。

"你比任何人都更有权利知道这个，扎米亚。"

尽管身体仍然很虚弱，她仍然满怀感激地点点头。

当所有人都到齐后，博士用一根粗壮的手指了指着面前的这本书，一边嚷着："这本书！我就是从这里知道了哈度·纳瓦斯和牟·阿瓦的名字。这是伊斯米·希哈布的回忆录。所有人都听好了。

> 哈度·纳瓦斯来自某个一度显赫的世家，他是唯一幸存于世的人。他很富有，在城郊辽远花园那里有一栋豪华的别墅。那附近的穷人中流传着许多谣言，说孩子在哈度·纳瓦斯的别墅中失踪了。哈里发知道那个人的恶劣行径，但哈度·纳瓦斯是他政治上的同盟，所以哈里发也就睁一只眼闭一只眼了。
>
> 当然，政坛总是风云莫测。一系列的事件——像拼图一样错综复杂，像闪电一样令人措手不及，使得哈度·纳瓦斯成为了当庭的死对头。所以虔诚的哈里发对哈度·纳瓦斯的杀戮儿童事件勃然大怒。

读到这里，食尸鬼猎人抬起头看着莉塔兹。"而你却觉得这本书很无聊，亲爱的？"

莉塔兹耸耸肩。"我没读这么多。"

博士又低头朗读起来：

当时我就在那里——是作为书记员被派到那里的——当卫兵们破门而入，遭遇那个披着人皮的怪物的时候。他在公寓的地下为自己建造了一条隐蔽的暗道。墙上画着各种不堪入目的涂鸦，还有一些能容一个孩子大小的笼子。我们找到了哈度·纳瓦斯，他手里拿着一把小斧头，脸上带着心满意足的表情，正站在一个小女孩的尸体边上。

我无法对真主说谎，所以必须将这些事实记录在案。我们将那个男人五花大绑，痛殴一顿，拔掉他的指甲，刺穿他的睾丸，在审判之前持续不停地折磨他。有些人希望能够将这个恶魔公示于众，但哈里发禁止将他的滔天罪行透露给普通民众。

事情造成了如此恶劣的影响，哈里发想要将这个已经灭亡的纳瓦斯家族的名号从这个疯狂的末裔身上彻底消除干净。于是纳瓦斯之名被剥夺了。同时还发布了一条命令，将他囚禁于克米提的某一个肮脏的墓穴之中——以期他在沙漠深处的废墟中因饥渴和发狂而死去。

这个惩罚的另一个内容，就是给予这个杀人犯一个新的名字，一个来自堕落的古老克米提的低贱称呼，来昭示他的囹圄人生。于是，被封印于那墓穴中的不再是哈度·纳瓦斯，而是牟·阿瓦，孩童之镰。

博士合上书，抓抓他的大鼻子。"诗人就说了这么多。"扎米亚浑身发抖，不仅仅是因为她身体虚弱。她的族人不止一次地指认出古老克米提王国的金字塔或方尖碑的遗址。但没有一个有常识的巴达维人会靠近那些地方，他们知道那里被最为邪恶的魔法污染了。被囚禁于这样的地方⋯⋯

"贸然前往那些金字塔无异于送死，"老男术士说，"好吧，显然有东西在那里发现了他，能让他免于一死的东西。这个儿童杀手的灵魂一定为其有所用。"

"是死亡之神。"莉塔兹说，声音出奇的平静。

博士挠了挠他头发日渐稀疏的脑袋。"好吧，亲爱的，你们苏共和国人比我们阿巴森人更了解古老的邪恶宗教，但也有文献上说克米提的法老用他们神灵的噬魂魔法来进行统治。"

拉希德，一直默不作声，眯起了他下垂的眼睛。他拔出他的弯刀开始小心擦拭。"很抱歉，书本和历史都不是我们所关心的。怪物牟·阿瓦正在杀害人民。更糟糕的是，如果博士所说的都是真的，它还将他们的灵魂囚禁于远离真主的地方。它——以及派它进行杀戮的幕后人——都必须被立刻找出来处死。"

僧人站立和说话的方式都让扎米亚想要靠近他。要不是她这会儿还在床上，她恐怕已经不由自主地朝他走去了。

"那么我们有希望杀死这个邪恶的怪物吗？"拉希德继续说，"我的弯刀丝毫伤不了它。我再猛烈地挥刀也毫无用处。"

达乌德皱着眉头沉思起来。他捋着他染成红色的山羊胡。"对此我并不意外，"他说，"牟·阿瓦显然是由古老的克米提魔法创造出来的——那些扭曲的咒语使得你的钢刀，甚至我的力量以及阿杜拉的法术都无法奏效。你觉得呢，我的爱人？"达乌德不太抱希望地转向他的妻子。

女炼金术士摇摇头，她的发圈又叮叮当当地响起来。"如果能给我真主的帮助和几个月的研究时间，也许我能试着合成出一些能与之对抗的东西来，但我们没有那么多时间。"

扎米亚不经思索脱口而出"它从我的爪下逃走。我伤它伤得很重。凭直觉，我是唯一能杀死它的。"她强忍着不适，斟酌着将要说出的词句，"可是我，我自己，也伤得快要死掉了。我现在没法变形。"

莉塔兹对她冷笑一声。"别侮辱我们的手艺，孩子。你并不会死掉。按照你的康复速度，没几天你就会完全恢复原样。"

扎米亚转过头，发现博士正严肃地盯着她，她觉得自己的心思完全被他看穿了。

"确实如此。"食尸鬼猎人说，"向真主祈祷，事情能如此发展。希望孩子的爪子能恢复原样。"他移开视线，目光茫然。"你知道吗，我曾经读过战地蛮族牧师写的译本。布拉克索尼的土地曾经饱受半人半狼的怪物之害。那片土地的英雄们用银质剑——他们声称这些剑被天使触碰过——击退了怪物，我没记错的话。当然，那些不过是书本和历史，都不是我们所关心的。"他一边说着，一边揶揄地看着拉希德。

拉希德不满地抗议道："天使才不会降临并施恩于那片异教徒的土地！他们的恩泽不是为强盗以及那些亵渎之人所准备的！他们——"他沉默了下来，低头看着地板。从见到他的第一面起，扎米亚就感到这位僧人的身体里游荡着一丝不洁、类似于欺骗的东西。不可能。她告诉自己。也许她的感知力被伤口和治疗的药物影响了吧。

博士朝着他的助手耸了耸宽大的肩膀。"我并不知道那些。但你们的族人也是这么说狮子形的，对吧，扎米亚？既然你使不出家伙来，那你又为什么要虚张声势呢？"

扎米亚原本以为自己已经渐渐习惯并无视博士对自己族人的侮辱了，但此时她恼怒了。"我是个巴达维人，不是胆小的城里人。对于一个真正的部落人来说，虚张声势并不是一种侮辱。"

"好的，好的。那句谚语，孩子，是怎么说的？"

"吾之利爪，吾之尖齿，替救死扶伤天使行道，挥动银刃。"

接着毫无准备地，她觉得眼中又涌上了泪水。她擦去眼泪。"我是巴努·莱思·巴达维唯一能复仇的人了，但我没法变形了！"

"你会为你的族人报仇的，扎米亚。别太担心这个。"博士说道。扎米亚感谢真主，他的眼中和气息里充满了自信。

食尸鬼猎人继续说着，声音变柔和了。"孩子……你应该知道……嗯，你是我们之中最近遭遇不幸的人，扎米亚，但你并不是唯一的一个。实话跟你说吧，孩子，这里其实是个货真价实的孤儿院！这位少年的家人不管不顾地将他留在教会。我的朋友早在二十年前就背井离乡来到这个千里之外的地方。他们都失去了……"博士克制住自己不要说得太多，"他们为这场对抗叛逆天使的战争失去了比你想象的要更多的东西。"

扎米亚打量着莉塔兹。女炼金术士一贯的温暖微笑悄然无踪。她悲伤地望了望阿杜拉，站起身来。女术士青紫色的小手中握着扎米亚父亲的匕首。

扎米亚虚弱地伸出手，想要抓住那把小武器。"那把匕首。我家族的……"她开口说着。

"别担心，"莉塔兹说，"我会还给你的。但——多亏了拉希德——我们现在有了一种溶液可以分离出这种奇怪的血液，这样就能分析它的成分了。当然，我需要花上一点时间来准备。"

炼金术士又向阿杜拉偷偷一瞥——看上去与其说是悲伤，不如说是恼火。"阿杜拉，既然你今天那么有欲望揭众人的伤疤，也许你可以和那姑娘聊聊你自己的家人。"说完她走出房间。达乌德跟着她走了出去，一边向博士投去了抱歉的目光。

"什么，博士，发生了什么？"扎米亚问。

"有空，你可以问问莉塔兹吧，她会告诉你的，孩子。当然，她说得没错，我欠你一些我自己的情报——作为同盟需要公平，我们应该了解彼此的痛苦。"

拉希德——他看上去仍然在自我厌恶，并散发出典型的欺诈气息——走出房间，留给她和博士一些私人空间。她迷惑不解地看着僧人离去，接着强迫自己把注意力转回食尸鬼猎人身上。

"莉塔兹提到了你的家人。"她说。

"对。实际上她指的是我的双亲。对于他们生前的记忆我已经模糊不堪了。我只能想起找到他们尸体的情景了。小时候，我每天都给自己讲他们的故事：他们被杀是因为他们假扮了哈里发和王后，而我，就像故事中的英雄一样，是一个不被人所知的王子。"

"但实际上我根本没有什么王室血统，"博士说，"他们不过是一个脚夫和他的妻子，是学院区的普通人，别无选择地丢下了我一个人面对无亲无故、身无分文的残酷命运罢了。"

博士停下来给扎米亚倒了一杯凉水。她喝下一大口，才察觉到自己早已口干舌燥。她不知道该怎样接博士的话。"他们是怎么死的？"她脱口而出，随即意识到这样的问题对于纤细、敏感的城里人来说也许非常无礼。

但博士只是长叹一口气。"毫无理由，亲爱的。他们毫无理由地死去了。既不是什么伟大的预言，也不是叛逆天使随从的黑暗任务。而是一个绝望的可怜虫，喝醉了酒，愚蠢到以为能从我那穷得叮当响的父亲的兜里搜出一个半个铜子儿。"食尸鬼猎人神情茫然地从身边的缝纫盘里拿过一块褐色的布。当他再次开口的时候，他毫无意识地将那块布攥紧。

"当我快要成年的时候，我终于成功地找到了那个杀人凶手。他是个低贱卑鄙的瘸腿人，喝得醉醺醺的。那时候我已经开始学手艺了，但实际上仍然是个街头恶棍，是死驴巷那群小混混的头领。但当我找到那个人的时候，我表现得比以往任何一次打架斗殴都要凶残。我狠狠地捅了他不下十刀。用短刃刀杀人不会立刻毙命。但那段时间足够我从狂暴中清醒过来，足够让我意识到自己握着一把血淋淋的刀站着，脚边趴着一个不断哀声求饶的瘸子。"

博士摇摇头。"我仍然说不清那时候的感受。但我们至少有一样的东西是相同的。一直到今天为止我一直让自己的双手远离那些杀人凶器。我见过无数的刀和剑。而现在，我竭尽所能阻止人们死去，而不是杀戮。"

"我们刚碰面的时候，我就好奇你为什么赤手空拳进行这样危险的旅行。"

"是的。我并不是温和的人，扎米亚。我与那些心存杀戮的人同行。我安慰自己说，我仍然可以像比我年轻一半的人一样挥出有力的一拳。但……冷血的杀戮与时不时给冷酷的人一点儿教训还是有区别的。"

达乌德冷笑着出现在门廊里。"'时不时地'？别听信他的，姑娘。阿杜拉·马哈斯陆把别人弄得肋骨折断、鼻青脸肿的频率可比'时不时'要高多啦！"男术士走过来拍了拍食尸鬼猎人的肩膀说，"这家伙和任何巴达维人一样野蛮，绝无戏言！"

扎米亚原本想让男术士为如此描述她的族人付出代价，但一阵突如其来的恶臭——如此强烈以至于扎米亚敏锐的嗅觉差点儿以为是某个实际存在的物体发出的——弥漫了整个房间。一开始她很确信是某个老家伙放了个屁。他们像小孩子一样互相指着对方窃笑。但这股臭味并不同，是一种她从来没闻过的气味。从小店的雪松木窗缝间不断往里渗漏。"这是什么味道？"她强行打断他们的话。

博士停止打趣，掩饰不住满心的不屑。"那是染房和皮革的味道。无比智慧的新哈里发去年用流转法术将臭气改排到学院区。从此每周有一天晚上，这种该死的臭气就会笼罩上一个小时。除此之外，我敢打赌哈里发的双手肯定不干净。"

达乌德嘟哝着什么，一边走到墙边解下一个很大的编织袋，从里面拿出两块折叠着的布片。他把布递给扎米亚和博士说："令人难过的是，我几乎快要习惯了。但莉塔兹还一直准备着这些。"

"为你妻子的智慧赞美真主，我的兄弟。"博士用那块布捂住口鼻。扎米亚也照做了，随即惊异于这辛辣而芳香的气味，混合了薄荷油和小豆蔻，还有醋的刺鼻酸味。

男术士眯起眼睛，声音变得坚定起来。"我不会让她受伤的。"当扎米亚不在场一样，他对博士说，"我们和你在一起，我的老朋友，你知道的。但这次和过去不一样。我不会让莉塔兹受到伤害。这是一切事情的前提。"

扎米亚觉得如鲠在喉不吐不快，但她极力忍住了。

博士放下了熏过香的布片。他把一只棕褐色的大手放在他朋友肩上。"我也不会让她受到伤害的，我的兄弟。"

扎米亚相信他。此时此刻的博士在她看来，散发出令人畏惧的气息。他的脸看起来不那么圆了，而是严肃且憔悴。她很希望自己能一个人待着，好好治疗伤口，恢复自己的力量。干躺在病床上，眼睁睁地看着勇敢的人们——是的，阿杜拉·马哈斯陆博士很勇敢，扎米亚得承认——完成为她部落复仇的工作……这让她腹部又一阵痉挛。

她探出床沿呕吐起来。淡黄色的胆汁溅到博士的长袍上，接着悄然滑落。

扎米亚感到很窘迫。她的肠胃痉挛得更厉害了，不仅仅因为疼痛和药物，更因为胆汁苦涩的、尴尬的气味。她又一次呕吐起来，这一次她吐进了莉塔兹放在床边的金属桶里。

这会儿，女炼金术士冲进房间朝着两个男人怒吼："出去，你们俩！出去！这孩子是部落首领的女儿，她刚刚当着你们的面吐了个干净。你们觉得她会乐意你们两个山羊胡的大男人在面前晃来晃去的吗？不会！离开这个房间让我们女人清净一下。我说了快走！以真主之名，你们大男人就不能在别的地方派上点儿用场吗？"

扎米亚对炼金术士的出现非常感激，就和被带着武器的队友救了一样。她的肚子已经空空如也，这让她觉得好了些，当两位男人走出房间，她虚弱地朝莉塔兹笑笑。但当这个小个子女人在她身边坐下的时候，却显得很伤心。

"你知道吗？不过一天前，我还在担心月半节之后算账的麻烦事。我原以为这就是我这一周中最头疼的事情了。而现在？我有一屋子的痛苦和损失。"

羞赧像洪水一样淹没了扎米亚的内心。"我很抱歉，伯母，把你也牵扯进了我的麻烦里。"

莉塔兹挥挥手打断她："我并不只是说你的事情。阿杜拉·马哈斯陆在那次火灾里损失了毕生的积蓄和收藏，扎米亚。而他现在用和普通年轻人一样的方式来重新武装自己：牺牲睡眠时间，自我伤害，诸如此类。我们并肩作战了很多年，亲爱的，而我想我从没有见过他这么坚定。"

扎米亚对这些话感到安心。她真切地感到自己对阿杜拉·马哈斯陆博士的敬意越发加深了。莉塔兹一边清理扎米亚的呕吐物，一边继续说："你必须理解他的损失，扎米亚。那栋房子……那是某些东西的象征。是这个无妻无儿女也没有多高地位的男人在这世界上仍然拥有一些东西的象征。"炼金术士摇摇头，"但我想在一个部落人看来这些并不算什么，特别是对于你这样的年轻人来说。'与我的父亲一起对抗整个家族！与我的家族一起对抗整个部落！与我的部落一起对抗整个世界！'你认为我们这群人奇怪——这个毫无血缘关系的小家庭——对吗？"

扎米亚想了一会儿，开口说："奇怪吗？也许吧。但也令人羡慕。彼此不同，但彼此全心全意。实话实说，我从来没有见过这样一种方式。我自己的部落很畏惧我，即使他们很乐意称呼我为守护者。"她停下来。她怎么敢将对族人的微词——她死去的族人！——还说给这个素昧平生的女人！

她换了个话题。"伯母，你和你的丈夫。你们结婚很久了，对吧？即使他拥有这样不洁的力量，你也愿意和他睡在一起么？"说完她才意识到，对于一个城里人来说，这样的论调也很不合适。

但莉塔兹只是大笑起来。"哈！你认为他是什么异样的东西吗？他也是由组成人类的那些元素组成的。我们现在已经不是当时热血激情的夫妇，但是，当然我是和他睡在一起的。"

"你们至今还没有孩子？"

莉塔兹露出一丝悲伤的微笑，没有说什么。

"对不起伯母，我不该——"

"不不，不需要道歉，孩子。达乌德和我，我们有过一个儿子。那是很久很久以前了。他是一个漂亮的男孩，他光彩夺目的小脸上让人想起红河苏共和国和蓝河苏共和国的一切美好。"

随着这女人的话语，空气变得凝重起来。"他……他离开你们投入真主的怀抱了吗，伯母？"

一阵轻微优雅的颔首。"是的，已经去世二十年了。如果他还活着的话，比你还要年长些。"她看着扎米亚，好像在努力想着该说些什么。"达乌德和我年轻时都吃过苦头，扎米亚·巴努·莱思·巴达维。我们因为触怒了叛逆天使而付出了代价，以及……软弱。"接着，炼金术士怔怔地望着远方，望了好久。

"好吧，"莉塔兹终于发话了，她站起来。"我的占卜剂这会儿应该沸腾了。我得去照看一下。你也该吃点东西然后再多睡一会儿。喝下这杯茶，这样你的治疗就完成了。"她在干粮饼里塞上鹰嘴豆倒进橄榄油，接着给了扎米亚一杯过于甜腻的药茶。扎米亚刚放下茶杯，眼皮就耷拉了下来，陷入了无梦的沉睡。

她从发着烧的康复睡眠中醒了好几次。每次她察觉到博士的气息，就会醒来并打起精神。有好几次她打量四周，看到他在起居室里，用力杵着一些草叶，或者在一个小瓶内壁覆上金属箔，一边口中念念有词。又一次她看到他猛割自己的上臂将血滴在一张牛皮纸上。莉塔兹刚说过的关于博士的决心的那些话语回响在扎米亚脑海中，她就这样一次次睡着，又醒来。

当她最终彻底苏醒的时候，发现只有自己一个人。体侧的伤口仍然在作痛，但恶心的感觉已经消失了，她觉得四肢又充满了力量。从城市的太阳和月光很难判断出时间——建筑物们扭曲了它们的轨迹——但窗外一片黑暗，扎米亚猜测现在正是深夜。

她又尝试了一次变形，又一次觉得就像在呼吸沙子一样。但她忍住眼泪，摇摇晃晃地站了起来。接着她听到另一个房间传来的声音——是博士，莉塔兹和达乌德。扎米亚慢慢地、小心翼翼地走着，她循着声音来到了与起居室一墙之隔的房间。

那间房子挤满了人和各种东西。一架子书，一排排的瓶罐，还有奇怪的玻璃管。也只有一张由某种奇怪的金属做成的大桌子是个相对整齐点的地方了。博士穿着白色长袍正坐在一张矮凳上，拉希德在他身边靠着墙。莉塔兹坐在桌前的一张高脚椅子上，她的丈夫俯身站在她身边，两人都盯着面前一本打开的木制封面的大书。书边是一套很奇怪的黄铜和玻璃制成的装置。其中一部分像一个小爪子，扎米亚看到这个爪子抓着她父亲的匕首。莉塔兹正观察着装置的另一部分——看起来就像一只巨大的眼睛——显然正在比对现象与书中的描述。

学习、识记各种植物和复杂的形象。几年来，她父亲一直在教导她作为部落守护者应该具备的知识。"耐心是一名战士的品格，小月亮。"他会说，"你一个人的力量并不够。你还必须掌握知识，小玫瑰。还有判断力。以及，就像我说的耐心，小绿宝石。"虽然有他人在场的时候她总是'守护者'，但当她和父亲独处的时候，总有无数的'小'字开头的昵称来称呼她。她很喜欢父亲在谈话中添加这样的点缀，即使他是将自己作为战士来培养。

他父亲最大的担忧是扎米亚太像狮子了。"如果你能花更多时间学习城里人的文字而减少捕猎沙狐的时间的话，将会更好！守护者保护自己的部落有很多种方式。"半个月前他刚刚对她这么说，看上去很失望，也让扎米亚感到很伤心。为了让父亲开心，他教她认字时，她一直在努力辨认书上那些毫无意义的符号。但尽管她竭尽全力，仍然没有学习的天赋。

听到她走了进来，她的同伴们全都抬起头来。拉希德从墙边站直身子朝她走了一步，接着他克制自己停下脚步。博士的眼睛睁得大大的，也许是惊讶她居然能自己站起来了。莉塔兹也用同样迷惑的眼神看着她。

男术士首先开口说话了。"以真主之名，孩子，你应该休息！你怎么起来了呢？混蛋，你怎么就醒了呢？你应该再睡上两三天来慢慢恢复健康！"

莉塔兹咬紧嘴唇，看上去她也试图弄清事态。"天使的恩泽，"炼金术士说，"太令人惊讶了。显然，神对你的恩赐远不止狮子形态。即使有我们的治疗法术帮助，你原本也该至少一周无法下地。"

扎米亚略微扬起脸。"也许我们'野蛮人'比你们以往治疗的软弱的城里人的恢复力要强一些。伯母。"

博士噗的一声大笑起来。"是的是的，毫无疑问是巴达维人天生的勇猛发挥了作用，孩子。"

扎米亚还没有来得及回答，拉希德已经来到了她身边。"'真主的仁慈能胜过任何残酷。'"他引用《天堂之章》的一句话，"你曾经伤得如此之重，扎米亚。赞美真主，你已经康复了，但现在你仍然需要休息——"

莉塔兹不耐烦地打断他。"拜托。"她对拉希德说，"别在你不该插嘴的事情上乱给建议。现在扎米亚最该做的事情不是去睡觉。红汞已经再次唤醒了她的血液，就像这把小刀上的血液一样。如果她能走了，就随她走。说到血，她有权知道我们在这里获知的一点点进展。"苏共和国女人转向扎米亚，示意她在房间里仅剩的一张空凳子上坐下，"坐吧。我正在对我的占卜剂做最后的调整。我问了那些男人，但你应该比他们知道得更清楚——当你弄伤这只叫牟·阿瓦的怪物的时候，它流血了吗？"

扎米亚迫使自己回想那些几乎让自己丧命的片段。她的利齿咬进了那只怪物的体侧。和撕扯血肉的感觉说像又不太像。虽然有黑暗和疼痛，但……"不，伯母，它没有流血。"

"就像我之前告诉你的，"博士摸着他的胡子若有所思地说，"这女孩凭着她敏锐的感知，说这把刀上的血迹闻起来既不像人也不像动物，然而这个牟·阿瓦两者兼有。所以我猜测，这血一定是制造食尸鬼的那个人的。那个被怪物称为'神圣之友'的人。"

"好吧，不管来源于谁，这是我见过的最奇怪的血液。充满生命又毫无生气。八大元素都汇聚于此，但又好像……都不存在。沙和电，水和风，木和金，橙火与蓝火！它们是怎样凝结在一滴血当中，却又不在其中？"小个子女人转向她的丈夫，"更奇怪的是，在这凝固的血迹中有什么东西在缓缓地蠕动、蔓延。

就好像这血是由人类和食尸鬼的混合而成。这毫无道理。还有，我的爱人，你应该在这里使用你的魔法了。以真主之愿，它们应该能给出更好的答案。"

炼金术士用一把小银匙从一个罐子里舀出一些白色的粉末，倒进一个装满红色液体的玻璃小瓶中。液体开始冒出气泡，接着变成了亮绿色。接着她把这种液体倾倒在扎米亚父亲那把沾血的匕首上。

匕首上发出了亮绿色的微光。光线越来越强，渐渐充满了整个房间。

"你可以开始了。"苏共和国女人对她丈夫说，"往后退。"她一边提醒其他人，一边自己朝后退了几步。

男术士走上前。将他粗糙的手置于匕首上方毫厘之处。一阵怪异的绿光从他指间射出，游弋与带血的刀刃周围。苏共和国老人垂下眼皮，开始用一种奇怪回响的声音吟诵出无词的咒文。邪恶的魔法，扎米亚心想。她本能地想要变形……

当然，她只是白费力气。她又一次陷入恐慌——她能够感觉到那形态就在她伸手恰巧不及之处，而伤口妨碍了自己变成那只母狮子。万能的真主啊，求求你了，帮帮我！

但紧接着男术士开始说话了，她无法不留心他的话，因为那关系到巴努·莱思·巴达维的复仇之路。眼泪灼得她的眼眶发痛，但她将变形的想法放到一边，聆听着。

"这血就像……就像生命的消亡。"达乌德边说，边用瘦长黝黑的手指在那把匕首周围摸索，"不仅如此，也是存在的消亡。就像食尸鬼的存在，它们罪恶的灵魂是由虫豸做成的，但其中倾注了愿望，残酷而强大的愿望。"

博士不顾扎米亚和拉希德在场，对莉塔兹说："我一想到这里，就有一种可怕的感觉。有一个古老的传说，讲的是食尸鬼之食尸鬼——一个被叛逆天使亲手培养的食尸鬼一般的男人。那个人愿意割断自己的舌头，只为了更好地为叛逆天使代言。那个人清空了自己的灵魂，好承载叛逆天使的全部愿望。传说他常年穿着一件污秽的长袍并且——"

看到达乌德露出极端痛苦的表情向后仰头，博士停止了交谈。苏共和国老人用手指触碰着那把刀，尖叫起来。

一开始是毫无意义的高声号叫，接着那痛苦的声音转化成了可分辨的语言："奥沙度之血！奥沙度之血！"男术士的身体夸张地扭曲着，但他的手指始终没有离开刀刃，"奥沙度之血！"

莉塔兹冲上前把她丈夫的手指掰开。达乌德跌跌撞撞地来到角落里，痛苦地呻吟着瘫坐在一块垫子上。他双手抱头，瑟瑟发抖。

博士的脸上露出了对他朋友的担忧。"你的魔法会消耗你的身体。因此，我的兄弟，这个世界亏欠你。"他一手扶上男术士的肩膀，"但魔法同样也会吞噬心灵。赞美真主，这个女孩还不至于被复仇的欲望冲昏头脑。显然，这个奥沙度就是怪物所谓的'神圣之友'之一。我早就说我一开始就跑偏了方向。我一直在追击的原来是人类，而不是食尸鬼。现在既然我们有目标了，就用追踪法术和他的名字——"

扎米亚觉得博士的眼睛闪闪发光，就像噙着泪。

"我忘了，"他轻声说，"我已经没有刻着经文的银针了。它们都在大火里付之一炬，和所有其他东西一样。就算没有被毁掉，也已经被玷污得没法用了。"

扎米亚想要说明肯定还有别的方法，但她发觉想要理清自己的思绪和语言太难了。她比从前更加软弱。当她听到拉希德说出自己内心所想时，心怦怦跳了起来。

"你没有别的可用的法术了吗，博士？还有什么地方可以买到这些银针吗？"

博士摇摇头。"事情没这么简单，孩子。制作那些针要花费几周时间。如果我们地处偏远的地方，面对的又是个半吊子巫术士，我可以试着用一些简单粗暴的法术。但这城市充满了生命的能量，会干扰追踪法术的，而且毫无疑问，这个奥沙度能使用强大的显影魔法。只有每一步都滴水不漏，才有希望找到我们的敌人。"

博士环视着在场的每一个人，挤出一个微笑。"别这么垂头丧气的，嗯？现在我们至少有了一些眉目了。以万能的真主之愿，我们会找到这个该死的怪物和它的'神圣之友'的。"

在房间的角落里，拉希德不安地动动身子。他精致的五官因为皱眉而阴沉起来。"这话让我很困扰，博士。这样的一种生物怎么可能有朋友？"

博士挑起浓厚的眉毛。"你知道吗，孩子，我可听过人们关于拉希德·巴斯·拉希德有同样的议论！'他看起来迂腐透了'，他们是这么说的！"

他总是在嘲笑别人，即使生死攸关的时候也不例外，扎米亚看着博士指着僧人胸口一边傻笑，不禁想。

就像看穿了她的心思，拉希德皱起眉头。"很抱歉，博士，"僧人说，"但现在不是开玩笑的时候。"

食尸鬼猎人露出疲惫不堪的笑容。"在真主恩泽的世界上，如果一个人不想老老实实地面对麻烦，只要寄希望于该死的圣人张张嘴来阻止坏事就行了！我原本以为这个人——"他用胖乎乎的手指指着拉希德，"——已经稍微学会放松了。"

扎米亚不知道为什么，拉希德看起来就像受到了打击。"放松？真主不会容许的。如果无事可做的话，就应该提高自己的道德与洞察力。叛逆天使的罪恶随从潜入了这个城市，"僧人坚定地说，"愿仁慈的真主能保佑我们所有人。"

"愿真主保佑。"在场的所有人稀稀拉拉地说着。扎米亚回头看着博士，发现他脸上的笑容已经消失了。

第十二章

"愿真主保佑，"瓦纪德之子达乌德说着，众人也附和他的话语，"现在我们既然知道了将要面对的事情，那么该怎么做呢？"

长久的沉默。他的余音回荡在空气中，人们都神色严峻，足以看出事态的严重。达乌德扫视了在场的所有人。他的妻子眼中表现出见怪不怪的态度，阿杜拉的脸上显出疲惫不堪的表情，达乌德知道自己的表情也一样。年轻战士们的表情则不同，达乌德想到。绿眼睛姑娘和一丝不苟的少年看上去并没有听天由命，而是心意已决。三位老人疲态尽显，但拉希德和扎米亚却充满了动力。

阿杜拉的助手率先开口说话了，语气非常热切。"我们**必须**向卫兵报告，博士。或者也许可以上报给哈里发。需要有一些掌权的人——"

食尸鬼猎人怀疑地哼了一声。"你还认为这是对付我们的敌人的方式，孩子？即使是像你这样的名义上的奴仆，在城里待了两年也该意识到哈里发根本不会相信我们这样的人。就算他**真**的相信达姆萨瓦城面临着威胁，他也只会关心他的钱包会受到的影响。试图让一个自私的人去关心眼皮底下的事情就是浪费时间。没用的。哈里发能发挥的作用就和桶底的洞一样。但我知道猎鹰王子也许能为我们分忧。他可以——"

他不是在开玩笑吧！达乌德把一只手放在阿杜拉的宽肩膀上，一边用手指戳戳他的脸颊，打断了他的话。"一个人怎么会既天真无邪又愤世嫉俗呢，我的兄弟？就算我们能找到法拉德·阿兹·哈马斯，把我们的命运和他扯上联系只会带来更多的麻烦。半个城市都在追捕他！何况，还是有一些不错的卫兵的，你知道。尤其是他们的头头。"

他转身面对看上去迫不及待想要大开杀戒的拉希德。"你的意见很正确，拉希德。卫队长劳恩·赫达德是我的一个熟人。莉塔兹和我曾经救过他一命。明天早上我就去弯月王宫找他，谈谈我们掌握的情报。虽然我的警告消息并不翔实，但他终归会很受用。作为一个守卫，了解临近的威胁并没有坏处。也许能帮上忙。"

阿杜拉摩挲着他的胡子。"嗯。劳恩·赫达德作为一个卫兵是一个好人。一个非常好的人。但所有人都知道他古板、守旧，近年来也渐渐失势。不过就算这样，这仍然是个不错的主意，我想。如果王宫中还有谁乐意从一己私欲中分出一点儿心来关注一下大众的疾苦，这个人毫无疑问就是赫达德队长。所以也许有人应该去找他谈谈。"阿杜拉转向拉希德说，"这样你满意了吗，孩子？"

僧人感激地低下扎着围巾的头，接着对达乌德说："谢谢你，大叔。"

莉塔兹站在他身旁轻声发话了。"劳恩·赫达德会成为一个得力的伙伴。我希望陪你一起去，我亲爱的。但这女孩的治疗还没有完成。明天早上她会需要红汞，而我需要留在这里为她治疗。说起来，"她用美丽的眼睛看着部落女孩，"差不多该用助眠药了。跟我来，扎米亚。这是女人之间的私事——我们别和这群白痴凑在一起。"

在达乌德看来，女孩似乎想要反抗——毫无疑问她对于被排除在作战会议之外非常不满——但她的脑袋耷拉下来，尽管极力顽抗，她的身体却显然不太争气。她迈着虚弱的步伐跟着莉塔兹走出了房间。

达乌德冲着阿杜拉和拉希德耸耸肩。"那么我就一个人去了。莉塔兹必须留在这里，而哈里发对于你的所为又不当一回事，阿杜拉。"

阿杜拉白了他一眼。"是的。我们彼此彼此。但不管怎样，我们在各自的行当中都是顶呱呱的。对于我自己来说——"他欲言又止，看上去对于他将要说出的话感到非常尴尬。

他想说什么？达乌德很好奇。他的老朋友可没那么容易觉得羞耻。

"对于我自己来说，"食尸鬼猎人继续说道，"明天早上我会去歌手区，再去找那个家人被杀害的男孩，费萨尔，找他谈谈。"

就是这个了。阿杜拉对自己的弱点感到很羞耻。他担心自己作出决定是出于自私。他很担心达乌德会对此武断地下结论。好吧，达乌德可从没有对这个多年至交妄加评论。但他也不会让阿杜拉撒谎。

他微笑着开口了。"是的，再次和那个男孩谈谈。而与此同时——在你询问他所了解的事情的同时——你也会身处这世界上你唯一真正爱的女人家中。无私的真主会作出这样的安排真是太有趣了，对吧？"

他只是想捉弄他的朋友，但阿杜拉的脸色暗淡下来，显得忧心忡忡。"米莉·阿尔穆沙很了解这个城市的历史——对于我们的敌人她也许有更多的情报。"

听到这里，僧人——达乌德差点儿忘了他还在场——尖声说道："很抱歉，博士，我希望你会容许我明天陪你一同前往，因为——"

"因为一个圣人不应该在青楼附近游荡，嗯？也不应该和里边的人有联系，嗯？"阿杜拉的语气中透露出对于老调重弹的不耐烦，"我已经真的不想再听到这种论调了，孩子。你可不能把一个人称为'搭档'又侮辱他。"

男孩下垂的双眼睁大了，达乌德想他自己应该也一样。阿杜拉似乎对他发言的惊世骇俗毫无察觉。

"我……我从来不敢自称是您的搭档，博士。我只是您的助手。"

阿杜拉耸耸肩。"没错，在猎杀食尸鬼的时候你是我的助手。但你和你的那把叉形刀几乎同我年轻时那会儿一样出色。"

少年看上去非常窘迫，黄色的脸颊上露出绯红的颜色。"非常感谢，博士。我不请求你能原谅我。但相比之下，我更想请求留在这里，作为女士们的护卫。"现在轮到少年看起来尴尬得结巴了，"怪物也许会回来。我已经……我已经在保护部落女人扎米——亚上失败过一次了。因为我不够警惕，她受到了袭击，而如果我能——"

达乌德听不下这些话。阿杜拉虽然取笑这个僧人，但实际上却溺爱着他的呆板与冒失。达乌德却不会。如果这名僧人喜欢无中生有地自责愧疚，那就随他好了。但达乌德和他的妻子已经被重新卷入了多年不遇的严重事态中。他们几乎没有选择——像他们最好的朋友所面对的威胁一样，他们毫无回旋余地。但如果他将和这种稀里糊涂的年轻战士一起上战场，那可真糟糕透了。

他走向拉希德。"你有豺狼的獠牙吗，孩子？就我看来目前还没有。所以以仁慈的真主之名，这姑娘受伤为什么要归咎于你呢？你选择了战斗作为自己的人生，年轻的僧人。对抗叛逆天使的战斗。教会所有的训条和经文中都述说的战斗。这个女孩应该赞美真主，因为她还活着。人们——我们所关心的人们——在战斗中死去，而你似乎还没有做好心理准备。也许对教会应尽的职责你也没有做好准备。"

拉希德低下头，蓝色的头巾轻轻摆动。"当然，你说得对，大叔。"男孩的表情显示出这一字一句就像剑刃刺穿身体一样令他痛苦不堪，"我应该将'真主美德的朝阳置于人们的生命火苗之前'。我只是……我……是因为我的错才——"

莉塔兹再一次出现在门口，看上去她已经安顿部落女孩睡下了。"考虑到那个盯上阿杜拉的敌人，如果我能安心工作，免遭一群食尸鬼突然登门拜访，我会感觉好些。让这个男孩留在这里当个护卫吧。"

达乌德点点头。"没问题，只要能保证你安全就好，我的爱人。"

他和莉塔兹并肩躺了好几个小时，想要入睡，又没有足够的隐私空间彼此爱抚。达乌德握着莉塔兹的小手，但他们都沉默无言。终于，他们进入了梦乡。

第二天清晨，达乌德醒过来，并没有叫醒莉塔兹，而是在心中默默地对她和鼾声震天的阿杜拉道了再见，轻手轻脚地走出门，踏进破晓前的薄暮中。

很快夜晚就要变短了。天意节，一年中白昼最短一天的前夜就要来临——虽然在这个奥沙度和他的随从被打倒之前，他无意欢庆节日。

达乌德迈步向前，很快学院区被远远地抛在了身后。他深呼吸着清晨的空气，想要从昨晚魔法占卜时受到的污秽中摆脱出来……这比杀戮带来的损伤还要严重，达乌德很确信。这种力量指向深不可测的真相。

当时他和莉塔兹刚看到阿杜拉的住处冒出的浓烟时，达乌德确实考虑了各种事态。他很恼怒被卷进这样的事情中。几十年来，他和他妻子的工作已经让他们远离了平凡和幸福。达乌德的身体被魔法榨干了。他们的孩子被怪物杀死了。当他们与阿杜拉以及其他人并肩旅行战斗时，他们在所谓责任心的催眠下，义无反顾地走上了充满危险与疯狂的道路，就像沙漠中的旅行者被长着蛇尾巴的沙丘女妖迷惑着陷入悲惨的境地。但他们已将这些抛于身后了。近年来，达乌德最担忧的事情也不过是如何援助穷人又不至于破产，以及遵从他妻子日渐强烈的愿望，离开这个他已当作家的城市。而现在……

他走过一爿又一爿店面，接着胸口突然揪紧，他因为这突然的剧痛不得不停下脚步。在他的生涯中，达乌德经历了各种伤痛与中毒，而这次他觉得二者皆有。他开始剧烈咳嗽，几乎要倒下。

几分钟后，咳嗽平复下来。他呆立在大街上，痛苦地喘息，觉得自己的身体比以往老化得更加厉害。他在过去一天里使用了太多的治疗和占卜法术——他已经好几个月没有这么大量地施用法力了。每一次艰难的呼吸他都觉得在消耗着自己的生命。聒噪的阿杜拉喜欢抱怨上了年纪后的各种痼疾，但他对于真正的痛苦一无所知。当达乌德使用魔法时——以真主之名，即使他只是快步走过达姆萨瓦城尘土弥漫的街道——他都觉得真主的手指扼住了自己的咽喉。

对于这位奥沙度和他邪恶的随从们，达乌德、他的妻子还有他的老朋友需要作出比以往更为充分的准备，但他不知道自己的生命还能支撑多久。他的脑海中已经不止一次地浮现出自己变得苍老残废、连吃饭穿衣都需要妻子服侍的情景。

当脚夫和车夫经过时，他努力想要忍住疼痛，但扭曲的表情将一切彰显无疑。他知道自己只是多虑了——达姆萨瓦城的忙碌的人们才没空理会奄奄一息的老头子的痛苦。他只收到了厌恶的几眼。过了一会儿他的呼吸逐渐平和下来，达乌德用同样厌恶的眼神回敬了周遭这些自以为是的人们。也许莉塔兹是对的。也许我们是时候离开这个冷漠的城市了。

他艰难地靠着一堵石头墙，听任自己剧烈地颤抖，接着强打精神站了起来。他还有任务要去完成，只要是为了莉塔兹，就必须坚强起来。他一边努力不去理会后背的疼痛，一边握紧拳头，迫使自己往前走。

他走过沿街叫卖的小贩，踏上了主干道。有一瞬间他想雇一台轿椅，但也只是想想而已。在达姆萨瓦城的这么多年间，达乌德坐过轿椅的次数屈指可数，因为有其他方式可以让他的妻子更方便地从苏共和国来到阿巴森。但当她不和他同行时经常雇轿椅。身为一个富有的蓝河苏共和国的女人，让男人扛着走是很平常的事情，他轻蔑地猜测，一边绕过一个卖坚果的罗圈腿。

对于一个像他这样诚实的红河苏共和国人而言，乘轿这种出行方式并不得当。但不这么做就意味着长途跋涉。好吧，至少今天天气还挺凉爽的。

他沿着宽阔的道路走了一个半小时，然后拐上禽贩街，那里聚集着筹备天意节的人们。当然，这城里每一片区域都有卖家禽的，但在禽贩街这里人们可以从最充足的商品里精挑细选：紫鹇鸪、太阳鸽、塞满了苍鹭肉的天鹅等。这也是达姆萨瓦城唯一一处可以买到苏共和国腌制鸵鸟蛋的地方。空气中充斥着羽毛和死家禽的气味，达乌德感到一阵恶心。他坐了一会儿，给了水贩一个铜板，让他往自己身上浇了一杯水，顿时觉得好受多了，他大声地感谢真主。

他穿着草鞋，沿着尘埃遍布的石板路朝前又走了一个小时，来到了弯月王宫的西门。他已经好几年没来这里了，就像第一次见到金碧辉煌的建筑一样感到目眩。高耸入云的巨大白色穹顶的黄金塔尖上矗立着一座手持长矛的骑兵雕像。骑兵的头像按照历任哈里发的长相而更换。达乌德意识到，新哈里发登基以来，他还没有来过弯月王宫。

雕像闪闪发光，彰显着这位外貌丑陋的哈里发在对抗真主的敌人时如何的骁勇善战。当然，达姆萨瓦城的所有人都知道，新哈里发就和他的父亲一样，在奢靡无度的一生中连武器也没摸过。阿杜拉在早饭时会对这种讽刺津津乐道，但达乌德对此并不太在意。这座雕像是讽刺也好还是别的什么东西也好，苏共和国人会认为这只是一个简单的事实，无需责难——就是再简单不过的一件东西。

达乌德朝着门边的卫兵岗走去。要想找到劳恩·赫达德，就得先找一个能帮上忙的卫兵。达乌德并不像阿杜拉那样对哈里发的士兵心存不满，但他也知道他们中的大多数并不顶事儿。两个穿着铆钉短皮衣拿着细长权杖执勤的卫兵走了过来。他们看了达乌德一眼，就像看着他们经过的每个人一样——眼神里透出飘忽不定的威胁，随时或者说迫切地想要找茬儿。达乌德朝他们俩恭敬温顺地点了一下头，发现这是他见过的最无敌意的卫兵：一个瘦瘦高高、眼神温和的少年。

"愿真主赐汝平安，年轻人。我有非常紧急的事情要汇报，需要立刻联系上赫达德队长。"

少年开口了，比达乌德想象的还要礼貌："如果你想要投诉的话，大叔，我恐怕你得去东门的办公处。他们会让副队长接待你，几天后也许——"

"很抱歉，年轻人，但这事情刻不容缓。我是瓦纪德的儿子达乌德，我是劳恩的老熟人。我保证只要你把我的名字通报给他，他立刻就愿意来见我。"

少年用温和的眼睛盯着达乌德，想要看出他是否图谋不轨。他把一只手放在权杖上，另一只手抓了抓鼻子。"老熟人，嗯？"接着又打量了许久，"好吧。但你最好别要什么花招，大叔。"

达乌德感激地低下头。

半小时后，另一名卫兵领着达乌德走进宫殿里的一间小房间。房间里堆满了谷物袋和链条，但角落里有一个小小的座椅。卫兵粗鲁地朝那里指了指便离开了。达乌德在那张乌木椅上坐下没多久，劳恩·赫达德魁梧的身形就在门口出现了。

达乌德想要站起来，但卫队长制止了他。他俯下身子拥抱达乌德并互致了问候。接着劳恩在达乌德身边坐了下来。

在达乌德看来，这个男人就像是从一大块棕色的石头上切出来的。现在他浓密的胡须里夹进了一些银丝，眼角也出现了一些细纹。但他看起来仍和从前一样硬朗，就像他身边那柄做工精湛的四棱权杖一样。

"感谢您百忙之中抽时间来见我，队长。"

男人抓了抓他蒜瓣一样的鼻子。"对我的救命恩人，我怎样都要抽出时间的。"

达乌德摆摆手。"别在意，只是我妻子的药草发挥了该发挥的效用而已。何况，我们也收到了丰厚的报酬。"

"那是你们应得的。那么你这次过来是有什么事吗，大叔？"

如果在这里的是莉塔兹的话，她一定已经整理好要使用的词汇了。但这并不是他的做事方式。"你应该有所了解，我和我妻子曾经全力与某种奇怪而残忍的魔法斗争。"他对卫队长说，"我来找你，因为这样的威胁已经潜入了达姆萨瓦城。"

他告知了一些关于牟·阿瓦和他的主人奥沙度的情报：相关人的名字、杀戮的情形。达乌德一边讲述，一边轻易地从队长的脸上读出了他的心思——从不相信的愠怒变成了慎重的思考，接着变成了将信将疑的恐惧。但队长一直很有礼貌地没有打断他。

"我想要请求的是——"达乌德说到一半，一个衣冠楚楚的男侍突然闯了进来，打断了他的话。男侍没有理会达乌德，径自对队长耳语了些什么。达乌德的老耳只能模糊地听见"他想要""轮到你"等等词汇和劳恩的抱怨声，然后那人便离开了房间。

劳恩冲他做了个鬼脸。"好吧，大叔，你运气不错——陛下偶尔会让我到王宫里去汇报我这段时间里处理的安全事务。他的财务大臣和下属执政官也一样需要定期汇报。他这么做是为了表现自己关心朝政，并且让自己的左膀右臂从他的智慧中受益。"劳恩的话音中并没有丝毫讽刺——实际上，卫队长正极力让自己的话充满诚意，但达乌德不需要魔法就能猜出这男人的真实想法。

不管怎样，这应该是最好的结果了。也许哈里发能听进去。

达乌德并没有被带到弯月王宫里，却被引到了一间小接见室中。当然，"小"只是相对于弯月王宫而言的，它比达乌德的整个家都要大，但它和达乌德见过的以及其他公众见过的宫殿有所不同。在这里，财富与权力的气息并没有减弱，但显得内敛了一些。这只是一个有权力的男人做出倾听姿态的地方。**以万能真主之愿，希望他能听进真相。**

一个不冷不热的声音通报了达乌德的到来。通报官浑厚的男低音让来访者不禁为能来到"真主在这世界的摄政王，美德的卫道士，人中至尊，贾巴里·阿赫·卡达里陛下，阿巴森与整个弯月王国的哈里发"面前而备感荣耀。接着，与劳恩一起，达乌德跪下来，深深地伏下身，直到他虚弱的躯体再也弯不下去为止。

高高的窗玻璃上用绿宝石和猫眼石镶嵌出真主之名。华丽织锦的厚重幔帐将外界喧嚣隔在宫殿门外。大殿一侧，宫廷乐师们正在演奏着白金装饰的簧管乐器和二弦提琴。地上厚实的拼织地毯，将踩在上面的脚步声都变得悄然。大殿最深处的天花板下有一个奇怪的金制斜方格吊顶，有小马车厢那么大，人站在下面差不多正好顶到头。这是哈里发的朝会室。这是为了阿巴森的统治者在主持朝政时可以不受到臣民们世俗目光的侵扰而建造的。里面正坐着美德的卫道士。

吊顶下是一条狭窄的玫瑰色大理石拱廊，两侧分立着身穿黑斗篷的人，达乌德凭着术士的直觉推测他们都法术高强。**皇家术士**。从法律上说，在达姆萨瓦城没人能不经过哈里发的皇家术士允许就使用魔法。而实际上，仍然有一些小众法术、咒语以及食尸鬼制造在悄悄地进行，这群人并没有办法阻止。设立皇家术士的真正目的是防止哈里发本人以及他的财富受到任何魔法的威胁。虽然达乌德不太清楚他们的方式——他们常年隐居于宫殿后面的塔楼里。在那高耸的银色石塔楼里发生了什么，只有真主才知道。达乌德只知道他们这群人对于自己这样的坊间魔法师不屑一顾。

达乌德看到朝会室的金色窗格间有模模糊糊的人影移动。**他总是在那个让人喘不过气来的笼子里主持朝政么**？这想法让达乌德觉得很不舒服，但他突然理解了哈里发的一些更为无情的行径。在这样一个囚牢中统治会把人逼疯的。这就是阿杜拉——以及他崇拜的猎鹰王子——看不到的：每个人都在为这个世界的运作方式付出代价，即使是所谓的权力者。权力同样也是牢笼。他自己的身体一直在为常年使用的魔法付出代价，这让他——虽然听上去很无情——对这类事实更为敏感。

阳光从镶嵌着宝石的玻璃中透射进来，哈里发的朝会室看起来就像被彩虹笼罩。不管是不是牢笼，那一刻达乌德几乎要相信**那人就是真主在这个世界上的摄政王**。

宫廷乐师们停止了演奏。一个穿着厚重丝质外衣的长脸男人，显然是重要大臣之类的人，询问劳恩有什么安全护卫方面的事务需要呈报的。

直到这时，劳恩看上去才想起自己掌握着的那一丝线索。他的脸上掠过一丝困惑，但语调很沉稳。"美德的卫道士啊，我身边的这个男人，是瓦纪德的儿子达乌德。他是真主的真正随从，在您父亲当政的时候，一个囚犯曾经想杀了我，他救了我一命。更重要的是，尊敬的陛下，这个人数年来一直在追击叛逆天使的走狗们。当您召见我的时候，陛下，他正向我通报您的城市正受到潜在的威胁。也许，最好让他亲自在这里告诉您。"

"尊敬的人中至尊啊，我在这里恳请您——"达乌德开口了，他努力地用自己的红河苏共和国口音组织起莉塔兹很久以前教过他的宫廷用语。

长脸大臣惊得双眼圆睁。"你不是朝臣也不是队长！你只能对朝廷说话，先生！你不能直接对陛下说话！"

他失算了。尽管莉塔兹已经遗忘了她的家族，她终究是帕夏的侄女。她曾教过他面对比自己地位高的人时应尽的礼仪。当然，几年前她训练他的时候也警告过这一点。为什么偏偏在冒犯了之后才回想起这些警告呢？达乌德听到金色匣室里传出一个人清嗓子的声音。整个大殿瞬间鸦雀无声。

"他不过一介市民，卓迪。不能指望他和我们的朝官一样发言。继续说吧，脆弱的人啊，我们正在听着。"

也许他不像传说的那么糟糕。达乌德不否认，哈里发只是表达了对他的轻蔑。达乌德知道，向轻视自己的人表达出礼貌和尊敬能体现出一个人的教养。他深吸一口气，一边谨慎地斟酌着用词。

"能在您的面前发言我感到无上荣光，美德的卫道士啊。正如赫达德卫队长所说，我毕生都在和叛逆天使的党羽斗争。队长可以告诉陛下您，我并不是疯子。我拯救过的那些生命……"他停顿了下来，挑选着合适的词句。

长脸的大臣插话了。"先生，我希望你来到美德的卫道士的荣耀处所并不仅仅是鼓吹你那微不足道的成绩。陛下宝贵的每一分每一秒你都得用黄金来衡量。浪费陛下的时间是比谋杀更为恶劣的犯罪！说吧，先生，如果你还有什么重要的事情的话！"

"当然，尊贵的长官。"男人的神色看起来缓和了一些。很好，他吃这一套。毫无疑问，对于这些人来说，看到达乌德这样的普通人努力让自己的言谈举止符合上流社会的做法能够取悦他们——即使他做得并不太好。他们没必要担心这个。

"我会开门见山的。一股奇怪的危险气息正徘徊于陛下的城市。很显然，尊贵的陛下比我更了解，在火海灭世之前，克米提人统治着这片土地。我们知道真主惩罚了他们，将他们驱逐出了这个世界的版图。那个时代的部分遗址——一些雕塑，或者城墙废墟——留存下来，也许是真主用来警示我们不要重蹈覆辙。但仍然有其他邪恶的东西逃过了真主对克米提人的肃清，幸存到了现在，美德的卫道士啊。至少，他们残酷魔法的影响仍然没有消退。"

"你说的是死亡之神？"一位皇家术士轻蔑地问道，这是从那群黑斗篷的人群中传来的第一句话。从他的语气中可以听出他并没有把危险当回事。达乌德满脑子都是那个他用占卜法术接触到的邪恶灵魂。他必须使这些人认真地对待自己所说的事情。

"是的，尊贵的阁下。克米提的死亡之神——或者是它们魔力的强大余波——已经控制了一个人，并将他变成了一个邪恶的杀手。它给予他力量，让他不再畏惧刀剑和火焰。它们的魔法中混杂了这个黑暗的灵魂，由此结合诞生的生物称自己为人狼牟·阿瓦。这东西已潜入了陛下的城市，并且已经杀害了十几个人。更糟糕的是，他的主人是——"

"怎么了，老家伙，我们这些朝臣怎么会没听说过这些凶杀案，嗯？"长脸大臣轻蔑地打断了他的话，"在哪里——"

第二个皇家术士举起一只手制止了他。看来这里的等级的高低排位是这样的。"这个人的废话实在不适合玷污卫道士的圣耳。事情不过是他那些会点儿法术的同伙们谋杀了其他一些人而已。"那个戴着黑色斗篷的人转向达乌德，"朝廷命令你返回家中。把事情告诉你看到的第一个卫兵，他会按照尊贵陛下签署的法律流程来处理的。"

达乌德斗胆在这个需要三缄其口的时候开口发言，还会再有一次让哈里发亲耳听他说话的机会吗？"万分抱歉，尊贵的长官。但牟·阿瓦和他的主人——他名叫奥沙度，不过我们对他还知之甚少— —并不是普通市民。他们一定会再次造成伤害。而且他们不会满足于杀戮部落人民和普通市民。这些强大恶棍的目标是强大的人们。对于这个宫殿来说，危险就是——"太晚了，达乌德意识到了自己的失误，默默停止了发言。**白痴！居然对这个世界上最有力量的人谈威胁！**

突然从华丽匣室中传来一声巨响，金色的栅栏震动不止。达乌德觉得自己的老迈心脏都要停止跳动了。**恳求真主，别让他生我的气，我还想再见到我的妻子。**一个人竟能支配如此强大的权力，阿杜拉绝对不会理解，就算他再怎么蔑视哈里发，也无法抵抗这种力量。达乌德仍然不知道匣室中发生了什么——那里充斥着不正常的黑暗，除非是他猜错了——但是，一只消瘦苍白的手从黑暗中突然出现。哈里发愤怒地用戴着大颗红宝石的手指猛然指向达乌德。朝臣与侍从等人都噤声垂目。

"以赫达德队长的介绍，我们原打算友善接待我们脆弱的市民。但我们并不喜欢这样的无稽之谈。你应该感谢万能的真主，还没有被我们扔进地窖里。"

达乌德早已面对过无数次死亡了。他活到现在并不是为了死于统治者的喜怒无常。他忍住抱怨，强迫自己苍老僵硬的躯体更深地鞠躬。"真主会因为您的仁慈保佑您万福的，陛下。"

真主在这世界上的摄政王一定听出了达乌德话语中的言不由衷，他的官腔也变得不可一世。"闭嘴，你这个老白痴！你来到这里，就是要宣称我们的城市和我们的王宫面临危险？！你讲了这些老掉牙的幽灵杀手的故事，你当我们是平民的孩子，而你是靠恐吓来管教我们的保姆？以及，毫无疑问，要想从我们的城市除去这威胁的阴影，除非我们买一些你的符咒或者什么别的小玩意儿，嗯？啊啊！如果是我父亲的话，他早就要了你的脑袋了，老家伙！"

你父亲会把他的脑袋扳正，认真对待这样的威胁的。达乌德忍着没有说出来。

劳恩在达乌德身边深深地鞠了个躬。"尊敬的陛下，我恳请您原谅这个老糊涂打扰了您。我向真主发誓，瓦纪德之子达乌德从没有妄想给各位阁下带来任何伤害或伤害的威胁。他只是一个神经过敏的苏共和国老家伙，老是妄想着有危险，仅此而已。"

哈里发沉默了一会儿，整个大殿似乎都屏气凝神。当他再次开口时，毫不掩饰语气中的粗鲁。"呸！队长，我们该狠狠地抽你，这个白痴浪费了我们宝贵的时间。以真主之名，你也够幸运的了，我们可是出了名的仁慈。如果你再让我们看到你的丑脸，术士，我们就把你的脑袋从肩膀上分开。你也一样，队长，如果下次召见你不带来些真正的紧急事务的话。现在滚吧，你们两个！"

达乌德深深地鞠了三次躬，一边向后退去。愚蠢的人！以真主之名，如果仅仅因为苏共和国老头的不懂规矩就让一个人丑态毕露的话，也许阿杜拉是对的。

劳恩静静地和达乌德一起来到王宫门口。他把达乌德带到一个挂着小窗帘的隐蔽小院子里，挥手让唯一在场的卫兵回避了。当只剩他俩时，这个方脸男人松了一口气，举起双手。

"你知道事情是怎么样的了，大叔。"队长说，"老实说，这种昏庸武断的事情已经司空见惯了。督查们……"他的声音弱了下去，很显然他既想一吐为快又有所顾虑。

达乌德鼓励他说下去。"很抱歉我多事了，队长，我听说……卫兵和督查的关系似乎有点儿紧张。"

劳恩半是自言自语地说道："看，每个城市里，都有一些督查骚扰良家妇女，或者只是为了钱或找乐子就殴打老人。但残酷之人终尝残酷，腐朽之处终将腐朽。人们已经无法支付我们征收的赋税了。太多人被投进了地牢。还有更多的人也等着步其后尘。而每一个欠税的囚犯，即使只被关押了半个月，都极有可能转而追随叛国者法拉德·阿兹·哈马斯。"

"确实。"达乌德表示同意。

"还有肃清盗贼。在王宫里我负责法律和军事方面的事务。但到了街上就是督查队长的天下，而他被任命是因为他从未放弃任何一个机会欺凌他人。这将会疯狂地清除盗窃现象。还没等彻底执行，达姆萨瓦城的街上就会出现大批只剩一只手的人了。我最近刚看到一个十岁的男孩被砍去一只手。但他至少只是丢了一只手！多少人不得不跪在刽子手的行刑垫上，一切都无可挽回。"

"是啊。"达乌德说，"我听说一个男孩执行死刑的时候被猎鹰王子看到了——"

劳恩的神态变得危险起来。"那个狗娘养的法拉德·阿兹·哈马斯，大叔！他不是王子！不管怎样，那样的变故让好市民们渐渐疏远了卫兵和督查。半个月前，我的副官，哈米·萨马德——一个在王宫里出生并培养起来的人，是我见过的最坚强的人——不辞而别了。"劳恩轻敲着自己的胡茬儿，叹了口气，神态中满是疲惫。

"啊，我很抱歉给你带来了更多的麻烦。哈里发对于你把我带到他面前很不高兴。"

劳恩摆摆手表示并不介意，但眼中透露出切实的担忧。他皱起眉头，两条眉毛靠得更拢了。"发生了什么，达乌德？不管那些阿谀奉承的大臣们怎么想，我知道没有大事你是不会来的。"

"是的，我的朋友。叛逆天使的随从们开始行动了。但除了告诉你的那些，我也没有更多的情报了。一旦我有新的消息我会通知你的，队长，我保证。"

劳恩直直地盯着他。"很好，大叔。请务必这么做。我会让我的线人去打探你提到的那些名字和罪犯的线索的。我一直都在王宫里，所以如果你想和我谈谈，只要让一个卫兵通报我就行。"

达乌德与队长互致了贴面礼，接着回到了大街上。他的肌肉和骨骼中疼痛肆虐。他走了太多路，弯了太多次腰。他需要休息，还需要再看他妻子一眼，这是世界上最重要的事。我可不能因为一个白痴的头脑发热就死掉。

达乌德高声感谢万能的真主让他活了下来。接着他痛苦不堪地朝家走去。

第十三章

沿着烤面包店边上的小路往前，阿杜拉走过一座早已泛黄的大理石喷泉。孩子们在水池里玩耍，尖锐的叫喊声直刺他的耳膜。"小毛孩。"他愤愤地想着，虽然当他还是个孩子的时候可比他们吵闹顽劣两倍。

从食尸鬼手下救出一个小孩就是拯救整个世界。这条职业箴言已经无数次地掠过他的脑海。但想要拯救整个世界，又要付出怎样的代价？他的生命？真主啊，一个胖老头的幸福就无关紧要了吗？

这场战斗已经把他的房子搭进去了。他一直深爱着的地方毁于一旦。那些装着银粉的小瓶子，那些黑檀木块，从苏共和国买来的沙画，还有那张完美贴合他身形的卢加尔巴长椅。但最重要的是，那么多的藏书！卷轴典藏、对开本还有古老的手稿。还有一些关于他想要学的方言书——那一卷卷方方正正、来自遥远西方战场的皮封书。他只能看懂一点点奇怪无稽的那些文字。而现在他再也学不到了。

他在熙攘的人群中逆行，踏着主干道那被踩磨光滑的铺路石徒步行走。他很喜欢逆人潮而行。有多少次，当敏感的民众面对邪恶的怪物仓皇逃窜时，阿杜拉和他的朋友们却迎头上前？他很恼怒自己又想起了这些事情，不满地将自己肥胖的身子挤过汹涌而来的人群。

又一群孩子互相追逐着从行人和驮畜之间跑过。这群小家伙差点儿撞上阿杜拉，但他们就像波浪一样在他面前分成两股，从他两边跑过。他告诉自己，如果不行使自己的职责，更多像这样的小脸将很快溅上鲜血，眼睛闪烁着红光，灵魂被偷走。他很熟练地控制自己不要因为想到这些不可见的威胁而恐慌起来。

阿杜拉走过一群穿着合身长袍、赶着剪过毛的山羊群的卢加尔巴人。他看到红河苏共和国人和蓝河苏共和国人。他听到一大群小贩在夸夸其谈，流浪音乐家拉着他的独弦提琴，一个眼神阴暗的扭曲男人正在和自己争论。和死驴巷的大部分人不同，阿杜拉见过很多城镇。在他出生的那个地方，很多人一生只有屈指可数的几次机会走出这座城市——对他们中的一些人来说，去往另一个街区都是很少有的事情了。而阿杜拉却不一样，他见过苏共和国的村庄，见过他们外观低矮里面却富丽堂皇的白黏土房。他见过落雨成冰的遥远北方那些奇怪的山洞房。他去过卢加尔巴的边境，在那里，食尸鬼猎人不会被当成是使用下贱邪恶法术的人，反而会被尊为有力量的人，是真主在这世界上的代表，并被认为是卢加尔巴大苏丹的奴隶——如果有如此富有而有能力的奴隶的话。

但他的这座城市——他生活了差不多六十年的这座城市——好吧，它的街市可没什么好说的。他一生都为喧嚣不胜烦扰。但在弯月王国他去过的所有的地方里，只有达姆萨瓦城是他的。而在他的城市中某处，穷凶极恶的怪物正在残害人们。

所以，老家伙，达姆萨瓦城需要你。阿杜拉反复默念着这样的事实，这让他稍微不那么疲惫了。但随着他的凉鞋将他不断地带往米莉·阿尔穆沙的住处，他的疲惫更为猛烈地卷土重来。

阿杜拉忠实地执行着食尸鬼猎人的守则，终身未婚。当一个人和食尸鬼猎人结婚，他已经有了三个老婆了。这是猎人行业的另一条箴言。他对于老的教条并不太了解——他从他的老师——布贾里博士那里还有一些古书中获知了一些流传下来的箴言和咒语。食尸鬼猎人并不像僧人那样有一个紧密联系的教会——谁都可以穿着白衣，并为追捕怪物索取报酬。即使这几年来，阿杜拉一直努力追随着古老的猎人协会，遵循着协会的规矩。他大部分时候是个不羁的人——不管对自己还是对他人都很随意，他得承认。但在某些事情他却一丝不苟。在真主面前说出婚姻的誓言将会玷污食尸鬼猎人的名誉，也会削弱施咒的威力。正如真主很多的惩罚手段，阿杜拉并不知道为什么会这样，只知道事实就是这样。

人群变得稀少了，阿杜拉穿过小广场，他的长袍在风中抖动。小广场并不小——实际上，在城市中它的规模是仅次于天使广场。从达姆萨瓦城刚从克米提城的废墟上建立那会儿起，这名字一直沿用到现在，而城里也只有两个广场。它的东西两侧长满了棕色多刺的灌木。那些没有店面的潦倒商贩就在这些低矮的沙生灌木的隐蔽下，沿着广场边线在阿杜拉的左右两边一字排开。

小广场是城里贫穷商贩的避风港——他们太穷或太不可信，无法通过正当工作或行贿在更好的集市上获得一个店面或货摊。广场边缘尽是这样的男女，坐在小毯子上或者站在成色很差的货堆旁。阿杜拉抬眼瞥了一下那些慢吞吞的补鞋匠或者卖烂蔬菜的小贩。

当他看到面前不远处站着一个穿着协会白色长袍的瘦男人时，不禁暗自咒骂了一句。他一边走上前，一边发出了只有被真正冒犯时才会发出的声音。莉塔兹曾说这听起来就像被一个未经调教的娼妓取悦了一般。

尽管阿杜拉抓住一切机会调侃拉希德的教条主义，他自己却恪守着达姆萨瓦城的古老传统，它们多半是由祖辈口传心授或者靠街头不入流的皮影戏流传开来的。阿杜拉早就了解，很多号称和他一样职业的人不过知晓一点儿皮毛知识而行坑蒙拐骗之事，他们从来没有真正面对过食尸鬼。他们使用简陋的魔法让自己的长袍看起来如月光般雪白，装模作样地低语着虚假的咒语谎称能从怪物手下保护人们，借此赚穷人的辛苦钱。

这个站在他面前的年轻人头发浓密，带着狡黠的微笑，穿着这样粗劣的长袍。他就是号称能祛除给苦力人带来麻烦的"隐形幽灵"的那类人。他就是号称能预知未来的那类人。就像卖烂菜的小贩一样，这真是我这一行的耻辱。

阿杜拉还年轻时，对行业荣誉也更为敏感，他曾立志将这些投机者斩草除根，将他们扔进肮脏的长袍堆，打断他们的鼻梁，让他们颜面尽失。但几十年下来他已经学会了放弃。招摇撞骗的人层出不穷，而人们——那些绝望……绝望的人们——总是去他们那里寻求帮助。但阿杜拉仍然向这个骗子投去轻蔑的一瞥。这些人知道阿杜拉，知道他是最后一位真正的食尸鬼猎人——那么在他们面前表现出傲慢又有什么错？这个人至少还知道羞愧地垂下眼睛。

骗子大行其道令人难过，但世界就是这么运转的。阿杜拉走过那个骗子，并没有像曾经那样迎面一拳，而是朝他的鞋子啐了一口。那个白痴恼怒地叫了一声，但也就仅此而已。

当他来到米莉那整洁的店门前，已过正午。镀铜的大门敞开着，阿杜拉走到门口就闻到了铁炉中的焚香还有骆驼棘的香甜气味。他就在门口站了好久，不明白自己为什么离开这个可爱的地方那么久。

一只缠着绳子的手臂挡住了他的去路，紧接着一个黑影落在他身上。一个比阿杜拉还要高的彪形大汉站在他面前紧盯着他，一道可怕的伤疤贯穿他的整张脸。他的大手伸到阿杜拉面前，揪紧了他的白袍。

"呵呵，这个多忘事的贵人是谁？还有脸偷偷溜回来？"

尽管阿杜拉心情很沉重，他仍然微笑着说："只不过是另一个不知道待在原地的真主的孩子罢了，斧头脸。"他拥抱了米莉最信赖的看门人，两人互致了贴面礼。

"你最近过得如何，大叔？"看上去很吓人的大汉问。

"糟透了，我的朋友。又可怕，又悲惨，但我们还是赞美真主，嗯？可以劳驾你告诉米莉我来了吗？"

斧头脸看上去有些难堪，好像他正在考虑说出什么难以启齿的事情。

"怎么了？"阿杜拉问。

"我会去通报的，而且看到你来造访夫人，我比看到其他任何人都高兴。但她不会乐意见到你的。你运气不错，她的新情人不在这里。"

阿杜拉觉得心中的花凋谢了。他半晌不知说什么，"她的……她的……**什么**？"他好不容易挤出几个字，"她的**谁**？"

他觉得他的大脑一片空白。

"她的新情人。"斧头脸同情地摇摇头，"你认识他的，大叔。人们管他叫帅气的曼苏尔。个头不高，长着小胡子，身上有一般男人没有的好闻气味儿。"

阿杜拉确实认识他，至少知道他。一个自诩不凡的鼹鼠，总是使唤别人为他做事。阿杜拉的麻木不仁被一把怒火烧了个精光。

"那个人？！他对她来说太年轻了！以真主之名，他肯定是看上了她的钱！"他指着斧头脸身后的接待室说，"那个狗娘养的小白脸只是想把这地方占为己有。毫无疑问的，你肯定会看到的！"

斧头脸举起他羊腿般粗壮的手臂，仿佛被阿杜拉吓到了。"嘿，嘿，大叔，这只是我们俩之间的事，你知道我爱你。你会成为夫人的好丈夫的。但实际上你却作出了一堆该死的愚蠢决定。当然，是你非得作死，对吧？"斧头脸打趣地说，但阿杜拉并没有心情。

并不是。

斧头脸看出了他的不快，站直了他高大得可怕的身子。"听着，博士，底线是，我不会去多管米莉夫人不希望我插手的事情。所以我才能在这里拿着不错的报酬，无忧无虑。但如果你想要见夫人，就在这里等一会儿。"

通报了之后，阿杜拉被带进接待室。从高高的窗户间透过几束阳光。正对门的墙根摆着一排高椅，上面坐着一些衣着考究的男人，每个都和一个女人交谈着。

她就在那里。米莉·阿尔穆沙，丝绸、糖果商和情报商米莉。米莉。一举一动都摇曳生姿，鲜红的指甲闪闪发光。

"你来做什么？"她问道，话语中透着寒风般的冰冷。

阿杜拉的渴求倏地被愤怒掩盖了。"如果你还记得的话，夫人，你曾向我寻求帮助，即使之前你曾让我'用我的大脚从你的生命中滚开再也别回来'。但这里并不是我们谈话的地方。"

米莉一言不发地挑起眉毛，但她还是把他带进了修葺得整整齐齐的后院里，让他在一张小桌前坐下，并给他送来盛满果露、小咸鱼和蜜饯的托盘。她在他身边坐下，等着他开口。但阿杜拉只是坐在那里，聆听着院中两棵梨树上的鸟鸣啾啾，回避了米莉的视线。

他迟迟不说话，直到米莉不耐烦地用穿着丝绸鞋的脚点着地面。"我来这里，米莉，是因为我得到了一些杀害你侄女的杀手的消息。但消息并不充分，所以我无法阻止他们继续杀害别人。我想再次和你的侄孙谈谈，也许他能记起什么新的细节。"

"费萨尔不在这里。有几个姑娘去哈里发在城外新建的动物园休假旅行了，我想让他散散心忘掉不快，就让他一起去了。他会在那里待个一两天。"

阿杜拉抓起一颗蜜饯，暗自嘲笑一群妓女放假去看奇怪的野兽——大概整个城市里也只有米莉这一个雇主会批准这样的事情了。

就像过去常发生的一样，米莉看穿了他的心思。她不太高兴。"所有工作的人都有权利享受不劳动的假期，杜里。"她平静地说，"妓女也是人，即使我的店要男人们忘了这一点才开得下去。"

阿杜拉并没有被她扰乱步调。"当然。不管怎样，我不仅仅是来找费萨尔谈话的。我还来看看情报商米莉的店是否依然开张，有时候会有一些别人听不到的消息。比如说，'牟·阿瓦'这个名字有没有让你想起什么？或者'奥沙度'这个名字？对于哈度·纳瓦斯你又知道些什么？"

她的防御姿态不见了，换上了万事通米莉的表情，眯起她烟灰色的眼睛，皱起鼻子。米莉想要回忆起什么事情的表情一直没有变过，就像在她的衣橱里搜寻一件衬衫一样。"'奥沙度'……听上去像一个北方的名字，也许？我不太肯定。但哈度·纳瓦斯……他是朝廷的敌人，对吧？在内战中被处决的众多反叛者之一？"

"看上去，并没有被处决。"阿杜拉咕哝着。

米莉用迷惑不解的眼神看了他一眼，继续说道："如果我没记错的话，传言他是一个儿童杀手。然后是'牟·阿瓦'……嗯。我只能说这名字听起来像……克米提的隐文？"

阿杜拉哼了一声。"是的。虽然我花了一整天才想起来。有时候，甜心，你的博学连我都嫉妒得不行。"

"好吧，排除我们年纪的不同，我脑子挨揍的次数可比你少多了，杜里。"她赐给了他一个微笑，他觉得灵魂温暖了起来。

阿杜拉夸张地缩了一下身子，就好像肚子上挨了一拳。过去，对于米莉开玩笑的这种反应总是让她哈哈大笑。但这次当他们四目相对，微笑消失了，她又别开了视线。

当他看到这一幕，心里涌起万语千言，但没有一句话能带来什么好处。

"你的侄孙过得怎么样？"他问。

"他过得怎么样？"她转过脸盯着他，露出难以置信的神情，粗大的发辫和银色发饰晃动着，"他过得怎么样？他已经完了！经历了那样的事情，他还能怎么样？你经历了太多已经见怪不怪的了！但他还是孩子，杜里！一个八岁的孩子！而不是你那些狂热不怕死的朋友！也不是'叛逆天使的敌人'！"她平静地说出下一句话，"这——正是这样的疯狂让我们分开了。"

这一次，阿杜拉忍不住抽搐了一下。米莉对于他过的生活以及与他并肩的友人总是使用令人不快的词汇，但从未像这次这样轻蔑而伤人。

她并没有因为他痛苦的表情而停下话锋。"看看你的周遭吧，杜里！四十年来你一直在狩猎。你杀死了那么多怪物。结果呢？结果又如何？世界变得安全了吗？变得更幸福了吗？"她靠上椅背，双手捂住脸，"仁慈的真主，我很抱歉。你让我心烦意乱。我想说的是——"但她什么也没有说。

"杀你侄女的凶手仍然逍遥法外，米莉。他们……他们烧毁了我的房子。"

"我听说了。"情报商米莉当然早就知道了。即使这样她仍然对他说了那些冷冰冰的话。"愿真主保佑你。"这次她如是说。

他回想起自己的房子依然崭新的时候，米莉和他比现在亲密。亲密多了。她帮他挑选了那栋房子。阿杜拉半晌无言。接着他开口说话，虽然他不知道自己到底要说什么。"米莉，我——"

米莉伸出一只手示意他安静，一边用另一只手拭去盈眶的泪水。她深吸一口气，看着阿杜拉。她的眼神疲惫不堪，但仍充满爱意，柔声地开口道："对不起，阿杜拉。我并不是真心说那些话的。"

阿杜拉从来没有这样无力的感觉，他极力不让自己的声音透出痛苦。"不，你说得没错。"

米莉的声音有力了一些，她将长长的辫子末端绕在手上——阿杜拉很久以前就注意到，这是她让自己坚强起来的信号。"好吧，是的，我承认，但……我不知道你为什么要做那些事情，杜里。你——"她脸上浮现出微笑，接着放声大笑起来，阿杜拉也跟着一起。

"'你为什么要做那些事情，杜里。你——'"他模仿着她滑稽的腔调说。他们都大笑起来。阿杜拉又一次感到了伤痛，他知道这一切很快就要结束了。

为什么他要背负这样的命运？为什么他不能像每天清晨在集市上擦肩而过的某个普通人一样呢？每天卖着方形柠檬果冻，晚上回到家，有涂满玫瑰油的胖老婆迎接。为蠢事哈哈大笑，当夜里的冷风灌进来时互相取暖。抽出一天陪她闲逛，花光口袋里原本就所剩无几的铜板。但他的职业——他的义务——不一样。只要阿杜拉稍有疏忽，孩子的卧室里就会发生可怕的事情。这不公平。不公平。

他的眼里冒出怒火，他知道一直以来的怨气要爆发了。我怎么了？我差点儿就要像一个女人一样哭泣！

情报商米莉·阿尔穆沙夫人显出了只有在深夜独处时才会展露的不为人知、毫不设防的自己。"我……我很抱歉，杜里。我总是对你的所为说些难听的话。结果我还像所有其他人一样，恳求你帮助我的家人。"

米莉画着眼影的眼中盈满了泪水。当泪水终于滑落，阿杜拉伸手揽过她宽阔的肩膀为她擦去。被别人看见她哭，会损害她的名誉的。

"我们认识多久了，女人？到现在为止三十年了？别担心那些事情。我随时会为你效力。这些眼泪是怎么了，嗯？一切都会好的，以真主之愿。"

她又哼了一声，擦去剩下的眼泪，开口反诘道："会好的？仁慈的真主啊！我的侄女已经死了！什么都不会好了，杜里。一切都已沉入火焰湖，和叛逆天使脱不了干系了。但你说得没错……没什么好哭的。就算没人看见。"她吸了一下鼻子，回复了平静，"那么，关于她的死，你有更多线索吗？"

阿杜拉极力回想着那个疯狂的怪物牟·阿瓦透露出的一切信息。"还有一件事，"阿杜拉说，"我正在追击的怪物……它说它的主人坐在'眼镜蛇王座'上。你听说过这样的东西？你知道它会在哪里吗？"

米莉咬紧嘴唇，看上去有些困扰。"我听说过。"她说。她深吸一口气，喝了一口果露，开始说道："那是几年前的事情了——在猎鹰王子最开始的一次袭击之后。满城人都在讨论他从老哈里发的宝库里偷走的金制武器。但我的线人告诉我，王子本人最感兴趣的其实是他找到的一卷落满灰尘的古老卷轴。"

阿杜拉总是为米莉的见多识广感慨不已，一切都写在了他的脸上。

米莉耸耸肩。"当然我会关心。我是这座城市的万事通。要不是我的线人们，达姆萨瓦城的人们将一无所知。而书本就像凝结在琥珀中的线人报告。我察觉到，如果猎鹰王子那么迫切地想要知道某件事，那它一定非常有价值。所以我安排了一个线人潜入他的组织，尽可能地抄下偷来的卷轴的内容。当然事情都过去好一阵子了。那时候法拉德·阿兹·哈马斯的行动还没有那么保密。不管怎样，我的线人用了非常昂贵的誊写法术，但卷轴对我来说毫无用处。为了复制它可下了血本，但到头来我却成了个笑话——除了标题以外，所有的内容都被加密了三次。文字就在面前，但即使是最最昂贵的魔法恐怕也没法打破那些加密的咒语。即使像我这般富有，也付不起破译密文所需的高昂代价。"

阿杜拉变得有些不耐烦，他一边往嘴里塞满了咸鱼，一边说："很抱歉，甜心，但我想问的是——"

"'眼镜蛇王座'，就是卷轴的标题。这是关于古老的克米提国的。但就像我说的，不值得为了翻译它花大价钱。据我所知，上面写了埋葬在某处的法老宝藏，不知道是否存在，就算存在，也可能已经被盗墓者洗劫一空了。而我对挖坟墓之类的事情毫无兴趣。猎鹰王子把它偷走也许只是因为这东西本身很值钱罢了。我不知道，而且觉得也没有贸然投更多钱进去探个究竟的必要。说老实话，我也不认为那个爱财如命的哈里发会舍得花钱破译那些文字。至少我当时的线人曾听见猎鹰王子如此嘲讽过。"

阿杜拉哼了一声。"是啊，听起来确实是哈里发的作风——那些知识和词句还没有被读过就束之高阁。"

"为什么它这么重要，杜里？发生了什么？"

阿杜拉无视了她的提问。"拜托你，我的甜心，告诉我你还保存着这卷轴的副本。"

米莉担忧的神色不见了，变成了傲慢的一哼。

"你什么时候听说过我会扔掉有潜在价值的东西？以真主之名，三十年来，我都没有抛弃你！"她灰色的眼睛又蒙上一层疲惫，"小心点儿，杜里。如果这事情会牵扯上猎鹰王子……我知道你很仰慕他，但他是个危险的疯子。而且以我线人告诉我的信息，他现在正为自己保护下的乞丐一家遭到杀害而怒不可遏——

母亲、父亲和女儿被发现时，心脏都被挖去了。很明显和之前他手下遭遇的是同样的作案手段。"

阿杜拉差点儿忘了巴希姆告诉过自己的最后一点儿有趣却让人困扰的消息了。他只对其一知半解，但他现在非常庆幸。不管这世界出了什么毛病，真主愿意把这个女人安排在他的生命中为他排忧解难。这个滑稽、强悍、床技一流又深爱自己的女人。就算是人狼和食尸鬼也无法改变这样的事实。

尽管如此，这消息让阿杜拉更深切地觉得法拉德·阿兹·哈马斯是一个有用的盟友。"你能帮我联系上他吗，米莉？也许这能帮助我，使得一切杀戮都尘埃落定。"

她斜着眼思索了一会儿，摇摇头。"也许……也许我能。但我很抱歉，杜里，我不想。这会让我不得不和他的人有更多的瓜葛，尤其在他刚刚杀掉一个刽子手之后……不，这太危险了。这男人有很多冠冕堂皇的论调，"米莉不停地说，"我得承认，他确实足够帅气。我打赌你不知道我曾经近距离地看见过他们。你知道吗？别管在哪里、是什么时候。"

她试图让阿杜拉嫉妒，借此打击他。奏效了。他觉得——并不是以愉快的方式——自己又变成了个十五岁的孩子。

"但除此之外，"她继续说，"在他那些漂亮话的背后，他谈论的是内战。战争是做生意的大敌。至于发生在城门里的战争？愿万能的真主能阻止它。你知道战争中妓女们的下场吗，杜里？你当然知道。一边是大火和奸淫，一边是叮当作响的钱袋，杜里。对于我和我的人来说，选择再简单不过了。我有一屋子无辜的姑娘需要保护。"

虽然很挫败，阿杜拉还是笑了。"无辜？总而言之，真是个好笑的词。"

米莉并没有回应他的微笑。"是的，你这个该死的白痴。无辜。刚来的女孩卡莉斯三周前失去了父亲。对于战争她能知道些什么？"

阿杜拉叹了口气。"好吧，漂亮眼睛，我知道你打定主意的时候没人能说通你。但至少告诉我你的线人掌握的关于那些杀手的情报。"

米莉耸耸肩。"并没有什么可说的。督查把它定性成街头杀人。那一家人在叶耶的茶室外面乞讨，接着尸体就在那里被发现了，躺在一起的还有叶耶自己。他们——"

"什么？叶耶？什么时候……？谁……？"他无力地吐出几个字，心猛地一沉。他看到米莉的眼睛睁大了。

她拉过他的手。"噢。噢，以真主之名，杜里，我很抱歉。我忘了你们俩是好朋友。"

阿杜拉想要哭。他强迫自己忍住，心中有什么东西变冷了。"叶耶……救死扶伤的天使……叶耶。"他喃喃地说，"噢，米莉，你看见了吗？事情并不是风平浪静的，不管是谁统治天下。你和你的情报网应该再清楚不过了。"

米莉叹着气点点头。"我知道。但也许还能将就着熬过几年。我也只敢向真主奢求这个了。"

阿杜拉伸手捋着胡子。"然后呢，我亲爱的？"

"然后，我寿终正寝，以真主之愿。"

她站起来亲吻他的额头。然后她便走开去寻找之前提到过的卷轴，留下阿杜拉独自一人在鸟鸣声和梨树的香味中，悼念旧友。

死了。愿真主能庇佑你的灵魂还有你的斗鸡眼，老混蛋。他想起几天前叶耶说的话——在遇到费萨尔之前，在遇到巨型食尸鬼之前，在遇到扎米亚之前，在遇到牟·阿瓦之前。在他被杀死前。"愿仁慈的真主保佑我们这些安分守己的老家伙能够在动乱来袭前平静地躺进坟墓吧。"

就阿杜拉所知，那位茶室老板并没有家人。恐怕督查已经把他的尸体扔进公共停尸房了。阿杜拉想着自己大概也会这样孤零零地死去。接着他想起了米莉在面前时他没有想起的那些话，斧头脸一小时前刚刚告诉他的话。**她的新情人。**

几分钟后，米莉回来了，递给他一个卷轴匣，这时他发现自己没法控制自己的想法。"那么我听说帅气的曼苏尔在这里逗留又是怎么一回事呢？这街上的每个人都知道那个白痴太卑微，不配做你的忠实顾客。"

她直愣愣地盯着他，接着脸上露出阿杜拉有生以来见过的最为愤怒的表情。"愿真主诅咒你，杜里，"她恶狠狠地轻声说，"愿真主诅咒你竟然敢嫉妒。"她眼中透出残忍，"你想知道真相吗？想吗？好吧，我会告诉你的。是的，曼苏尔现在一直和我在一起，赞美真主。以及，赞美真主，昨晚他跟我求婚了。"

昨晚。在我忙得焦头烂额，研究那个行尸走肉般的杀人凶手和他主人的时候。

"你是怎么回答的？"阿杜拉听到某人在某处用和他一样的虚弱声音问道。

"那和你没有半儿点关系。除非你准备好与他一搏。"

阿杜拉感到一阵似曾相识的痛苦，他面对着真主伟大的世界上他最在乎的人，却不知道说什么好。"噢，漂亮眼睛。我知道你不想听这些话，但还有……别的方式，除了一场在真主面前的正式婚礼之外，我们可以生活——"

"火焰湖！你真的以为，因为我现在赖以谋生的东西，我就是个道德彻底沦丧的人吗？"米莉眯起双眼，"告诉你，我并不是。什么是一个女人表现道德的最好方式？就是婚姻！"

"我知道你道德高尚，米莉。"阿杜拉真心实意地说道。但米莉只是恼怒地摆了摆红色指甲的手。

"不，不，别再说那些该死的奉承话了！多少年来，每当不知你身在何处，深夜，我都靠着回忆你的话语来温暖自己。我的侄女死了，杜里。这是万能真主给我的暗示。如果真主愿意，我还能在这世上好好活个二十年。数千个白昼，数千个夜晚，我可不想孑然一身地度过，我不想！"

她沉默下来，呆呆地看着树的枝丫。阿杜拉看着她粗壮的脖子上的细纹，还有尽管年近五十却依然光滑的棕色皮肤，感到泪水就要夺眶而出。

他用指关节揉了揉前额，试着找到合适的词句。他想到了叶耶，这个总是说婚姻是蠢人行为的人。死了。叶耶死了。也许米莉是对的。也许确实有一些来自真主的暗示可以帮助找到这些杀人凶手、找到最重要的事情和他生命中还剩下的东西。

阿杜拉盯着自己的双手。如果他和他的朋友找到了奥沙度——这个食尸鬼之食尸鬼——又打败了他，接下来又会如何？在真主伟大的世界上是否危险就从此清扫一空？并不。自己的工作又何时才有个终结？他无数次地问自己同样的问题，但也许四十年来第一次，他今天才得出了最诚实的答案。他的工作只有等他死了才会终结。或者到他自己不想干了为止。

他努力地咽下一口唾沫，抬起头来。"米莉。"

"嗯？"她的声音很平静。

"事情就是这样，亲爱的。我……我没法容忍一个杀了我的朋友——还有你的侄女——的凶手继续在这城市徘徊。但如果我能活下来，从这个……那么，对我来说就是这样。我完成任务了以后。人们可以找到其他人来保护他们免受食尸鬼之害。"

米莉白了他一眼，声音里又带上了他再熟悉不过的冷酷。"你想让我再给你一次机会吗？我是说，我已经听了不下十遍了，杜里！这样的承诺不过是一纸空文，我现在已经再清楚不过了。只要刮来一阵强风，它立刻就会烟消云散。"

阿杜拉又咽了一口唾沫，揽过米莉的肩膀，尽可能和她平起平坐，然后看着她。"这次不会了。"他发现自己说着以前从不会使用的正式词汇，和三十年来半真心的承诺不同，"我向你发誓，米莉·阿尔穆沙。以兼听圣明、见证誓言的真主之名。以最为诚实、热爱真理摈除谎言的真主之名。我向你发誓，当这一切结束以后我会回到这里，如果命运对我足够仁慈，届时你仍未嫁给贪财的纨绔子弟，我以真主天父之名发誓，我会在你面前深深俯首，恳求你嫁给我。"

阿杜拉明白米莉清楚地了解这样的誓言对他意味着什么，他也知道米莉生活在一个背信弃义的世界中。他准备好迎接更为不屑的质疑。但米莉·阿尔穆沙只是站在原地，眼里闪着泪光，双唇颤抖，看上去就像阿杜拉初见她的那天一样惹人爱怜。

而她始终一言未发。

几小时后，他发现自己已经疲惫不堪地回到了达乌德和莉塔兹的客厅。这对苏共和国夫妇坐在椅子上安静地交谈。拉希德在地板上盘腿坐着，正进行他的某一项气息训练。扎米亚之前躺着休息的床板已经空了。这是个好现象。

当他进屋时，他的朋友们都抬起头来。

"有什么消息吗？"达乌德问，"那男孩说了什么新的事情没有？"

"那男孩？"阿杜拉一时没回过神来，"噢，你说的是小费萨尔啊。他那会儿并不在家。不过，"他晃了晃米莉给他的卷轴，"米莉给了我这个，也许里面能找到我们要的答案。你呢，我的兄弟？你和劳恩·赫达德的会面如何？"

莉塔兹代替她的丈夫开口了。"达乌德好不容易没被美德的卫道士砍掉脑袋。而且他还给了我们一个暧昧的警告，但仅此而已。不过请告诉我们，米莉还好吗？"

阿杜拉皱起眉头，揣摩着炼金术士词句间微妙的话锋。"拜托了，我亲爱的，请别那么势利地看不起妓院的老板娘，行吗？哪天都行，今天不行。"

达乌德哼了一声。"你忘了吗，即使已经在达姆萨瓦城生活了几十年，我挚爱的妻子内心中可一直都是个有点儿清高的蓝河苏共和国千金呢。"

莉塔兹的眼中露出了半开玩笑的怒意。"清高？你作为丈夫，应该知道——"

"他说的是有点儿清高，"阿杜拉微笑着说，他感到捉弄朋友让自己重新恢复了一些生气。

莉塔兹白了他一眼。"你知道这样做毫无意义，我的朋友。我们只是希望你能好起来。我们从来就只有这个愿望。我不在意……米莉是什么，但她不会让你做回自我的！所以我这二十年来才一直反对，那又如何？不管是十几年前还是今天，事实都没有变：总有女人——更年轻的女人，更漂亮的女人——能够更为切实地和你生活在一起，能配得上你穿的白袍。"

阿杜拉扑通一声坐在一张织锦矮凳上，重重地叹了一口气。"就算事实如此，亲爱的，也并不重要。"接着房间里一片寂静，除了拉希德吸吐气的轻微声响。接着阿杜拉听到心中有人在说："她要和另一个人结婚了。至少另一个人已经向她求婚。一个更年轻的人。"

达乌德向他投去深切同情的眼神。莉塔兹站着，接着走过来，她的小手握住了他宽大的手掌。她用力握紧，悲伤地笑着，什么也没说。

拉希德终于从他的练习中抬起头来，迷惑不解地说："博士，我不明白——"

"你和你的理解力可以去火焰湖了，孩子！现在闭嘴——我们有更重要的事情需要讨论！对了，部落女人在哪儿？已经去城市里狩猎小瞪羚了吗？"

"我在这里，博士。"扎米亚说着出现了，刚才她很显然在后院小解。阿杜拉注意到她走起路来多少稳健了一些，不像昨天晚上那样虚弱了。"你得到了什么能帮我报仇的消息吗？"

阿杜拉很惊讶自己居然无法说出叶耶被害的事实。这太蠢了，他知道——面前的是他在这世界上最亲近的朋友，是需要互通情报的盟友。但阿杜拉想着莉塔兹也许会要收集叶耶的几滴血液或者别的什么东西，会想要分析他的心脏被撕裂的角度。他觉得，如果不把这些阴郁的事实藏于他一个人内心，他的灵魂也会啪的一声破碎的。所以，面对认真倾听的朋友和盟友，阿杜拉转而谈起了米莉告诉他的一些事，他告诉他们那卷经过三重加密的隐文卷轴。"虽然只有万能的真主才知道我们怎样才能破译这些加密的咒文。需要的花销以及知识……"他的声音弱了下来,对他生活中的一切事物都感到厌倦和气馁。

莉塔兹朝她丈夫投去担忧的一瞥。"老实说,我知道有个人具备所需的技巧和热心来帮助我们。而且我一旦请求他就能飞快地完成工作。"

达乌德显得很为难,接着有些苦涩。"他。毫无疑问那个人能帮上忙。他会竭尽全力地帮你达到想要的结果。只要给一个好价钱。"

阿杜拉微笑着说:"符咒商亚瑟尔。当然。看来不光是我一个人受到了真主命运的恩赐,得以从其他热心的人那里获得帮助。"

莉塔兹叹了口气。"他会狠狠敲炸我们一笔,当然会比对别人稍微仁慈一些。然后他会诚实谨慎地开始工作。如果我现在派一个信使,大概明天就能见到他了。"

"不管怎样,派信使吧。你明天把那男孩也带来。"

莉塔兹和拉希德都想说点儿什么,但阿杜拉打断了他们俩。"我知道,我知道。你只管好好照顾你自己。"他说着,一手指向莉塔兹。"今天你的家保护着我、扎米亚以及任何一个你觉得需要照料的人,"他将另一只手指向拉希德,"而达乌德、扎米亚还有我,以万能真主之愿,能够应付袭击这里的任何危险。你得准备一大笔钱,莉塔兹——除此之外,我认为更重要的是,我想一个人静静。就满足我吧,嗯?"

听到这里,阿杜拉走开去小解了,接着他拖拉着脚步回到朋友们为他临时铺的床上。他疲惫不堪,但他无法不想起叶耶,还有米莉，以及她作出的选择，还有阿杜拉自己发的誓。米莉的话，**数千个白昼，数千个夜晚**，在他的脑海中挥之不去，叶耶说的关于老人和坟墓的话也一样。

一夜难眠。

第十四章

　　临近正午，空气里有股强烈的清新味道，拉希德·巴斯·拉希德深吸一口气，朝着北边的内城门走去。利卡米的女儿莉塔兹走在他前方不远处，拉希德从没见过她如此盛装打扮。她的长裙镶着紫水晶，纽扣上缀着黄金和珊瑚的圆环，腰带上别着一支华丽匕首，山羊皮刀鞘上嵌满宝石。她这是要去战斗吗？拉希德决定要比以往更加警醒。

　　他们与莉塔兹的联系人碰面的地方叫圆周城，位于达姆萨瓦城最中心的位置。城的外围用太阳晒干的巨大砖块砌成一道六十英尺高的围墙，南北两边各有一扇大铁门。他们俩加入了一队正要从北门通过的行人，很快就来到了城门前。他们通过城门的时候，莉塔兹朝着一名当班的督查微笑致意。那人看了一眼拉希德的装束和弯刀，但什么也没说。

　　他们穿过城门便从铺着巨大灰色路石的主干道上拐了出去。莉塔兹自信地带路，拉希德跟着她。他们绕过街角，踏上了金匠街，那是一条铺着路石的巷子，虽然比主干道要狭窄一些，但也还是很宽阔了。两人将渐渐聚集起来的行人和招揽生意的脚夫甩在身后，加入了另一支不那么拥挤也不那么嘈杂的人流中。

莉塔兹咬着下唇低语着什么，显然正在深思。所以拉希德也保持沉默，观察着四周。他已经在达姆萨瓦城生活了两年，但还没有来过金匠街。他饶有兴趣地四处打量。

街道两侧分立着整洁的店面和华丽的房屋，和学院区那些粗糙开放的石头窗户不同，这里的窗都装着考究的檀香木窗板，一些更豪华的店则装有铅条玻璃窗。尽管这里离学院区步行不到一小时，但这毗邻的两个街区却是天壤之别。

在这里，坐落着阿巴森最富有的商人和最有名的匠人的家或店面——有出色的进口商、香料商、宝石切割师、珠宝匠、装订工、吹玻璃工。除此之外，还有一些朝臣和元老，以及他们的家人，他们并不住在宫殿里，而是住在这里的衰颓公寓内。拉希德对这里的人烟稀少、院落冷清感到很惊奇。

毫无疑问，大部分人都在家中准备今晚天意节的大餐。但拉希德认为原因不止如此。这地方看起来可以让一个人潜下心来冥思。学院区的街道从来不会这般安静，或这般空旷，或这般整洁。拉希德很羡慕这里的居民有这样一个清幽的环境。没有臭烘烘的水洼。没有吵嚷的驾驴声。*我真想有这样一个可以冥思和修行的地方。*他努力让自己不要做贪婪的白日梦。"信徒们啊！不管历经着怎样的命运，都要尊敬真主——不管在身处囹圄，还是牧场，抑或祈祷日的圆桌前。"《天堂之章》如是说。

在与博士共事的几年间，他并没有机会接触到圆周城里这些过于富足的居民们。也许这样挺好。博士家所在街区的居民们习惯了腐化堕落，因此厌恶拉希德这样的人。但如果说学院区那些烟民和娼妓是邪恶的话，或许这里的人们更邪恶。这里很富有，和弯月王国的任何一处一样富有。在这里有很好的条件培养道德与学习，这样才配得上所获的财富。但博士总是抱怨金匠街的人们从来不珍惜这样的机会，他们数不胜数的家财只会更荒淫无度地被挥霍。

搭档，他昨晚曾这么称呼拉希德。但拉希德自认不够格。他没有对博士以及别人提起他曾撞见过法拉德·阿兹·哈马斯，没有提起过那位大盗给他的赃物。他还没能坦白这样的错误——当他回到苏共和国夫妇的店里，莉塔兹曾经问起过他沾灰的外衣和凌乱的仪容，但他敷衍了过去，她也没有再强迫他。这一切都灼烧着他的灵魂，就像火焰湖的预兆。

搭档。他又一次在脑海中回味着这个词。虽然他理应为真主念诵祈祷文，此时他却祈求着博士能够平安。不知道什么时候牟·阿瓦这个怪物会再次来袭。

"拉希德？"莉塔兹的声音打断了他的思绪。

"怎么了，伯母？"他一边应声，一边扫视着稀稀拉拉的人群。

"扎米亚·巴努·莱思·巴达维——她对你很有兴趣，你看出来了吗？你知道你该对这事多上上心吗？"

他就像被扇了个耳光一样，下意识地停下了脚步。他握紧了他的刀柄，一言不发，接着又迈开了步子。

莉塔兹的心形脸庞上露出了慈爱的微笑，与他并肩走着。"而你对她也很在意。明眼人都看得一清二楚。"她打趣地说。

他想要反驳炼金术士的话，但发现，如果不坦白自己犯下的过错，他不能质疑别人，这是教会的传统所禁止的。他想找些话题，但他发现能想到的都是疑问。"我向你道以最诚挚的歉意，伯母，请别再说这样的事情了。"他好不容易才说出。

"她是个巴达维人，拉希德。即使她全心想着复仇，也会考虑保全家族血脉的。"莉塔兹的笑容更灿烂了。这是一个比拉希德见多、识广的人的自信微笑，这让他感到很沮丧。他径自往前走，眼睛盯着前方，希望能中断这场对话。

但莉塔兹却继续说下去。"这没什么，你知道的。当你看着她时，你心中的感觉。你握着弯刀太久了，对于其他事情却知之甚少。但你看着她时，你心中的感觉是完全没错的。"

苏共和国人在谈论不合适的事情时，总是很坦率——所以不难想象，博士在他们中间会觉得很自在。拉希德觉得脸颊发烫，他咬着牙道："你谈论这些事情时，太无所顾忌了！"即使他面对长辈的用词再简略一些，也没有人会责怪他的。

但如果他的声音中透出了厌烦，会让他自己感到烦恼。他可耻地想要寻求安慰，因为他的内心其实很软弱。他想要向莉塔兹谈谈这些事情，寻求她的帮助。但这是不被容许的。他陷入沉默。

她温和地笑着："年轻人，如果你有什么想对我说的，我向真主发誓我不会对别人吐露半个字，即使对阿杜拉和我丈夫也不例外。"

他们继续朝前走去，从金匠街拐上了一条整洁而狭窄的鹅卵石小巷。他的神经绷紧，接着又放松了。他感到自己不自觉地说出了那些词句：

"我没有任何秘密，伯母。只是……她是被天使们选中的！我希望……这……这实在……有时候很难开口。当我去寻找红汞时，我——"

"你最好干脆老实地回答问题，小婊子！"一阵刺耳的声音传入拉希德的耳朵，与此同时，说话者——一个手持鞭子穿着长袍的男人——走进了他的视野。那人歪着身子，灰色头发，身边站着两个拿着短棍的大汉。那两个人也许是孪生兄弟——都很年轻、魁梧，长着鹰钩鼻。三个人的胡子都剃得干干净净，戴着朴素的头巾，身着棕色粗布厚长袍，腰间胡乱扎着绳子。他们围着一个女孩。

他们是初级教会学员！是本应将弯月王国街头巷尾的不洁清理干净的行脚僧。拉希德感到比之前还要不舒服。他瞥了莉塔兹一眼。她的微笑变成了冷硬的线条。她这会儿看起来更像是一个老战士而不是慈祥的老妈妈了。

初级教会学员的职责是严惩需被严惩之人，帮助行真主之善之人。但拉希德也听说有些初级教会学员只为一己贪欲，残酷行事，而非奉行正义。他们在卢加尔巴受到尊崇，在苏共和国则被冷眼嘲笑，在达姆萨瓦城，学生人数也日渐稀少——一方面受到哈里发的折磨，另一方面也不受市民待见。

毫不意外，拉希德的导师也力主肃清他们。"我从不相信这些人，口口声声说着为真主效力，实际上却恃强凌弱。"博士曾经大吼着说过。

三个人并肩站在巷子前方二十码处。他们正面朝着拉希德和莉塔兹走来的方向，视线却落在一个穿着薄纱衬衫和白花边绑腿的少女身上。拉希德老远就闻到了这个瘦弱女孩身上浓烈的廉价紫罗兰精油的味道。有麻烦了，拉希德知道。他正打量着面前的一幕，莉塔兹已经朝前冲去。教会学员们和女孩一齐朝她望来。

"发生了什么？"莉塔兹的语气很强硬，立刻就激怒了教会学员们。灰头发的首领皱起眉头。"发生了什么？一个不洁的女孩需要被示以真主之路。你想在旁边看着见识一下吗，外乡人？共和国也衰退了，苏共和国人更需要我们的训诫来受益。"男人面无表情，话语中却充满了轻蔑。

莉塔兹露出一丝挖苦的微笑。"我以前就见识过，兄弟们。恐怕我不能说我对此毫无微词。"

男人挑起一边眉毛。"注意你的言行，女人。我们并不需要外乡人的认可。我们一眼就看出这娘们东游西逛地招揽生意。这城里的妓院已经像大树一样烂了根，而他们的腐烂果实则在原本体面的大街上到处乱滚。如果督查不行使他们的职责，我们就替他们收拾烂摊子。罚她十鞭子。"男人手中的鞭子被握得咯吱作响。

女孩仿佛看到了希望，跑上前来。"我……我并不是在大街上招揽生意的，伯母，我发誓！我……我不会这么做的。我只是从……从一个……从一个朋友家里出来。"女孩羞愧地垂下眼睛。她肯定不超过十四岁，拉希德厌恶地想。但当他看着她时，也感到一阵羞愧——一阵难以忍受的羞愧——贯穿全身。

"你叫什么名字，孩子？"莉塔兹问。

女孩用受惊的羚羊一般的眼神望着炼金术士。

"苏里。"

莉塔兹显得很惊讶。"苏里？真的吗？这可不是如今常见的名字。"

女孩咕哝了一声，点点头。

"苏里，"莉塔兹重复道，"很美丽的名字。也是非常非常古老的名字。"她带着很有威严的微笑转向三个教会学员，"你们可清楚地看到了万能真主的意识？《天堂之章》中，苏里的故事上说'刽子手啊，松开你的剑，贯彻他的仁慈！鞭挞者啊，松开你的鞭子，贯彻他的仁慈！'"

灰头发的教会学员伸出一只手表示调停，一边嘲讽道："《天堂之章》上也说'诚然，合适的刑罚就是最好的仁慈'，不是吗？时代已经不同了，外乡人！在既定的道路上，逆者亡，顺者昌。"

两个大汉摆出了临战的架势。拉希德发现自己也一样。他朝莉塔兹靠近了一步。

"'既定的道路？'这是教会学员们有权决定的事物吗？"炼金术士说着眯起眼睛，"请让这女孩离开。我希望你们尊重一位老妇人的意愿。"见对方没有答复，她恳求的语气变成威胁。"瞧，我们现在可不是在河边的码头上，兄弟们。想想周边这些体面的住户——他们都受不了你们的教会——你们觉得他们会对你们当街殴打一个女孩子视而不见吗？"

领头教会学员越发不屑了。他伸手抚摸着光滑的下颌。"听我说，女人，请立刻离开。听见了吗？我说请。回到你这个外乡人堕落的故乡。我不会再找你的麻烦的。"接着他扭头对拉希德说："而你，僧人？"男人尖锐的声音仍然带着嘲弄意味，但这一次他自己也有些不确信，"你真的在陪同这个垃圾吗？"拉希德张了张嘴，但什么话也没说。他的脑海中浮现出这几句话。

我正在陪同她，但——

请原谅我，兄弟，她——

恐怕我必须——

但他的喉咙突然又干又燥，他一句话也说不出来。拉希德见识过被杀死的强盗、独眼巨人，还有食尸鬼，但现在他发觉自己动弹不得，也无法开口。

灰头发男人犹豫的表情消失得无影无踪，变成了冷冰冰的怒容。"从你的沉默我明白你正在与这个堕落的疯老太婆同行！你的美德哪去了？你已经放弃为真主效力了吗，年轻人？"两个鹰钩鼻的大汉开始活动，很显然准备干上一架。

一阵不合时宜的笑声飘过来，两对年轻人走进小巷，看到眼前的景象，很快退了出去。

莉塔兹从她的腰间的皮鞘里抽出匕首。**她要做什么？**匕首很长，刀刃也很宽，在她的小手里看起来就像一把短剑。"快走，苏里。"炼金术士的声音里透出可怕的平静。看到女孩愣着没动，莉塔兹又大吼了一声："快走！现在就走！"

女孩在男人们抓住她之前跑走了。两个大个教会学员想去追赶，但领头的那个伸手制止了他们。苏里眨眼间就从小巷里消失了。

"这个老娼妇的罪孽比其他人更为深重。"领头的教会学员异常冷静地对他的跟班说，"让她领受那女孩的刑罚吧。"他对莉塔兹说，"你又是谁，拿着刀的娼妇，你以为你能干涉真主肃清污秽的工作吗？"那人看起来真的非常好奇。

莉塔兹一言不发。

男人脖子上青筋暴起："不管你是谁，你犯了不可饶恕的错误！"拉希德并不喜欢那人的语气——听上去他企图用粗暴的方式来证明莉塔兹的错误。

拉希德没来得及思考他的对手是谁，手里已经握紧了他的刀。教会与初级教会学员保持着联系。那些人也许专横、傲慢、令人不快，但在专注的职责上，他们是拉希德的同伴。

但是，利卡米的女儿莉塔兹是真主的真正随从，相比这些男人，毫无疑问她经历了更多真实的战斗。而且她也是博士最亲密的朋友之一。拉希德的内心展开了一场争斗，他攥紧了手中的刀。

莉塔兹打破沉默。"天父从没有教导我们殴打害怕的女孩，兄弟！你们就没有别的传播美德的方式了吗？"

其中一个大汉开始用棍棒敲击自己的手掌。他朝莉塔兹走近了两步，进入了攻击范围内。拉希德也走近了两大步。灰头发男人朝拉希德丢去一个警告的眼神，接着平静地对莉塔兹说："多么无礼的话。来吧，女人。**不管是苍老得行将枯萎，还是初生般的强壮，每人都以他的话语为生。来束手就擒吧。对付像你这样矮小的人会是非常迅速且容易，我以真主之名发誓。**"

莉塔兹轻轻一笑。"那就试试来抓住我吧，兄弟。你会瘫倒并动弹不得的。"

一切都在眨眼间发生。

两个鹰钩鼻的教会学员朝着莉塔兹扑过去。他们并不是战士，拉希德再清楚不过。没必要动用他的弯刀。他挡住离莉塔兹最近的攻击者，挥出一拳。

那个人流着鼻血倒在地上，不省人事。拉希德下意识的举动证明了他的所谓忠诚度。

就像这一星期以来已经无数次发生的一样，他的腹部又因为自己的错误举动而揪紧了，但他抬起头，准备同样地对待其他两个教会学员。莉塔兹挡在他们中间。当他看到炼金术士朝着他们递出那把装饰着珠宝的匕首时，不禁惊呆了。她缴械投降了？

领头的人犹豫了，没有胡茬儿的脸上显示出既困惑又愤怒的表情。"什么——？"他说。

匕首上的宝石咝咝作响。一股亮绿色的蒸汽喷射出来，接着每个人的头都笼罩在一团小小的云雾中。莉塔兹灵活地朝后跳了几步，避开他们笨拙挥舞的棍棒。在云雾的边缘，拉希德感到蒸汽刺激着他的眼睛和鼻腔。

教会学员们的动作看起来很夸张。他们咳嗽着倒在鹅卵石路面上，大个男人的棍子也掉了下来。过了一会儿，三个人都像死了一般一动不动。他们仍然在呼吸，虽然很艰难，拉希德敏锐的直觉告诉他这一点。

莉塔兹干咳了几声，一边拉希德也跟着咳了几声，一边避开那些在早晨的清爽空气中渐渐散开的绿色酸雾。炼金术士在她的裙子上擦净匕首柄上的一些残渣。上面留下了一个小小的墨绿色斑点。莉塔兹带着冷酷的满足感低头看着那些不省人事的教会学员们，毫无疑问她对于自己的手段非常自豪。她小心地将匕首收回鞘中，看着拉希德，耸了耸肩。

"'瘫倒并动弹不得。'我已经警告过他们了，对吧？"

"伯母！怎么回事？发生了什么？"

"一种少见的溶液，叫作龙之吐息。"

"就像故事中的那些怪物一样？"

莉塔兹又耸耸肩。"是的，不过，据阿杜拉说，龙是真实存在的，即使大部分人只当它是个传说。"

这时拉希德发现有围观者三三两两地聚拢了过来。拉希德想要提醒莉塔兹她给自己造成了麻烦，接着仔细一想，你也被卷到麻烦中了，他有些疑虑。他看着那些动弹不得的教会学员。我是站在正义一边的，他告诉自己，我没有错！

"我们走吧，伯母。"他只说了一句。

莉塔兹自信的微笑消失了，一时看起来就是一个十足的老妇人。"听着，拉希德。我做了这些不得了的事情，是因为刚才我已经冒犯了那些初级教会学员。这将会给我原本就一团糟的家带来更多的麻烦。"她露出悲伤的眼神，"真主，请保佑他们的平安！"显然她并不是为那些教会学员说这话的，"拉希德，如果那个怪物，那只人狼又来袭了……"她的话语戛然而止，只是示意拉希德他们应该动身了。

最后，莉塔兹他们在一座外墙砌着绿色玻璃的二层旅馆门前停下脚步。大块的反射面使得路过的人无法对其后的院落一探究竟。他们从一扇小小的门走进院内，院中有一对半透明的大理石喷泉。两个身材魁梧、衣着考究的男人带着他们走进旅馆中。是守卫，拉希德猜测，虽然他们的举动更像是主人，也没看见他们带着什么武器。他们毕恭毕敬地将他的弯刀取下，保证当他离开的时候会还给他。看到他们很得体地对待他的武器，拉希德很满意。

旅馆的接待室非常宽敞，几乎和院子一样开阔通风。有十几个人坐在白木矮桌前，用乌龟壳做着他们的工作。莉塔兹笑着朝靠墙坐在桌边的一个胖男人挥挥手。墙壁上挂着由翡翠和绿宝石串织而成的挂毯，上面画着一片郁郁葱葱的橄榄树。独自坐在桌边的胖男人也挥了挥手，看上去很高兴莉塔兹来造访。他看上去似乎就是一颗橄榄。他的肤色几乎就是橄榄色，很好地融合进挂毯的背景中，而且他个子很小，和拉希德一般高，但大腹便便；尽管和莉塔兹一般年纪，皮肤却出奇的光滑。当然，最为重要的是，他穿着深绿色的丝质外衣。

"利卡米的女儿莉塔兹女士！"他们走上前去，橄榄一样的男人一边神采飞扬地站起来鞠了个躬，一边大惊小怪地说道。拉希德点头致意，虽然动作轻微但敬意十足。莉塔兹热烈地拥抱了这个男人。"你让我等了好一会儿，出色的人。但救死扶伤的天使知道一切等待都是值得的。"

莉塔兹的笑容很灿烂。拉希德发现他还没有精明到能判断出这微笑是真是假。"亲爱的亚瑟尔，"她说着，用小手轻抚上男人的前额，"非常抱歉我们迟到了，老朋友。我们来的路上遇到了点儿小麻烦。"

亚瑟尔不在意地摆摆手。"没关系，亲爱的，别介意。我会克制自己不去问你发生了什么麻烦事的。毫无疑问我现在别多管闲事为好。毫无疑问。"

拉希德不喜欢这个满脸堆笑的白痴，也不喜欢他过于狡猾的动作和语言。但他保持沉默，竭力使自己看起来不带任何情绪。

亚瑟尔并不领情。他打量着拉希德，笑容消失了，接着他迷惑地皱起眉头。"和你一起来的人是谁，女士？我从没听说过你还需要一个保镖，除了你的那个丑丈夫以外。"亚瑟尔无礼地看着拉希德但仍然和莉塔兹交谈着，"他真的是教会的人吗？你现在和僧人交朋友了？你曾经和我说他们不过是狂妄自大的孔雀——"

"别说了，亚瑟尔！"炼金术士打断了他的话，一边朝拉希德投去抱歉的一瞥。

橄榄一样的男人摊开他看上去很软的双手。"如你所愿，亲爱的，但你知道我从不和陌生人谈生意。尤其是这样一个胡子刮得干干净净，又带着叉形弯刀'摈弃谬误，但求真理'的男人。你得请你高尚的保镖离开这里。"

拉希德愤怒地朝前走了一小步，但很快约束住自己。他努力让自己的声音不温不火："我不会独自离开的，如果——"

莉塔兹将她蓝黑色的手放在他肩上，轻轻地握紧。"拉希德，拜托了。"

这会儿不值得和这个老顽固争执。他妥协地低下头，不禁希望博士此刻和他们在一起。"我在门口等你，伯母。"拉希德说。

"谢谢你，亲爱的。"

拉希德朝出口走去。他想要去握刀却发现腰间空荡荡的。接着他开始等待，任凭思绪游走，灵魂饱受责难。

第十五章

　　莉塔兹站在那里，看着拉希德走到旅馆接待室的角落。她有些不安。她无法不去想遭遇教会学员的事情以及可能接踵而来的麻烦。今天她并没有杀害任何人，甚至没有对任何人造成实质上的伤害——龙之吐息本质上是无害的，最多只是让受害人昏迷数小时而已。即使是这样，她仍然招惹了危险的敌人。莉塔兹知道，只要有机会，那些学员就会更为凶狠地报复。如果只是伤害了他们的自尊还不至于招致过于严重的后果，但她究竟能怎么办呢？难道能任凭那女孩像动物一样被鞭打吗？

　　她转向亚瑟尔，强迫自己冷静下来。遭遇初级学员已经过去了一个小时。眼下还有需要去做的事情。最好能完成它。

　　她开口了，语气亲切优雅，思路有条不紊。"我很高兴信使将我的话带到你这里。我也很高兴你能够如此迅速地完成这个不同寻常的委托。"

　　亚瑟尔听着她的话，却毫不掩饰地看着拉希德，他伸长脖子好清楚地看这个僧人。符咒商光滑的脸上因为不胜其烦的审视而泛起皱纹，接着，他又对莉塔兹回以一个温暖的微笑，她深知这是发自内心的笑容。

"嗯，我很高兴看到你依然那么迷人。哦！星光一般的眼睛啊！你的消息让我以为你遭遇了致命的危险。'紧急''最残酷的''我们的城市受到了威胁'——你短短的来信中充斥了这样的文字。你可让我一整晚都睡不着觉，玫瑰的呼吸啊！要想破译这些咒文，代价可是异乎寻常的高昂——绿宝石的粉末，还有那些该死的墨水蘑菇，只有巴努·卡西姆·巴达维人驯养的骆驼才能嗅出它们在哪！这些可都不是闹着玩的，即使和站在你面前的这个已经永远心碎的符咒商一样有钱，结果也是一样。'这个落满灰尘需要破解三次的古老卷轴到底有多重要，让她这么迫切地需要找我的破译魔法？'我问自己，'而且，为什么我明知道没有办法让她付给我应得的报偿，还非得这么做呢？'是因为爱吗？"

亚瑟尔总是在她面前半开玩笑地扮演一个受伤的情人。她没法儿制止，只好一笑了之。曾经有一段甜蜜又痛苦的时光，她想象过和这样一个精力充沛的人一起生活会是什么样子。她很庆幸达乌德没有来。如果他在，他现在一定会怒不可遏地吃醋。当她想起她的丈夫，笑容褪去了，变成了满脸的疲惫。

"但你可不是个没有看到怪物就大喊着'食尸鬼来了'的人啊。"亚瑟尔说，"'所以其中必有蹊跷，'我对自己说，'如果她对这事情如此敏感的话。'你从来就是一个直觉很准的人，除了拒绝和我结婚以外。"

她想起了差不多一年前，她和达乌德外出刚回到家里，就发现了一封散发着香气的来信，是亚瑟尔厚颜无耻地向她——一个已婚女人——求婚。她好不容易才阻止达乌德想杀掉那个男人。

"那会儿我已经结婚了，亚瑟尔。"

那个胖男人又挥了挥手，仿佛拂去一些看不见也不值一提的东西。长胡子的旅馆主人指挥他的侍从们摆出一列盘子，而他一直由始至终、毕恭毕敬地对亚瑟尔弓着身子。当主人告退后，亚瑟尔摇摇头，仿佛从一个糟糕的梦中醒过来。

"噢，我亲爱的，请原谅我。早餐已经送来了。你愿意和我一起用餐吗？"

一顿丰盛的早餐摆在符咒商面前，如果阿杜拉看到了一定会开心得乱嚷。大盘的丁香和薄荷腌制的羔羊肉、水煮鸽子蛋、蜜炙芋头、精米熬的粥、千层茶糕、淡红茶，还有两瓶果露。莉塔兹并不像阿杜拉那样嗜吃，但之前的战斗让她感到饥饿，各色香味让她肚子咕咕叫起来。但她不会和亚瑟尔共进盛餐的。隐藏着太多的陷阱。

她思考着如何得体地回答，就像在自己的工作室里往一个有刻度的杯子里倒东西一样。"恐怕我没有多少时间，我的朋友。我的事情非常紧急。"她谦恭地摇摇头，发圈上的装饰轻轻地摇动，"但我可以来一块茶点，你应该不会介意？"如果她想要和这个男人谈生意，就不能表现得过于无礼。她在白木餐桌前坐下，拈起一块千层糕，小口地咬着。茶点很美味，而她得控制自己的欲望，不能一口吞下表现得过于贪吃。"谢谢你。"

亚瑟尔耸了耸宽厚的肩膀，绿色丝绸衬衫的褶皱泛起波浪。他顽劣地笑着，指着拉希德所在的墙角。他的话语中不怀好意。"那么，一个僧人，是吧？年轻得都可以当你的儿子了。是否像人们说的那样，他们全身上下都刮得干干净净？"橄榄样的男人又露出了微笑，"不，不，不用回答，别否定。我只是很开心你还能传些花边新闻，亲爱的。我很开心你也正在享受人生，尽管你自己活得那么潦倒，还要照顾穷人。一个教会的毛头小子，除了一把叉形弯刀以外一无所有！以真主之名！我差点儿连妒忌都顾不上。啊，不过我知道我正在拥抱你。不管怎样，你过得好吗？"

亚瑟尔终于停下来喘了口气。莉塔兹不愿意被他牵着鼻子走，她沉默了片刻，接着尽可能礼貌地切入正题。"亚瑟尔，我刚才说，我的事情非常紧急。实在很抱歉。当然，我过得不错，赞美真主。说到享受人生，你似乎过得很不错。光是这块胸针就能让一个家庭活上一年了。你最近在为谁工作？"

胖男人又眯起眼睛，这次略带轻蔑。"噢，漂亮的美人，你知道我没法告诉你。我们只能说，像你和我这样拥有罕见能力的人——我们知道某些特定的秘密与手段——最近可是越来越吃香了。"他往嘴里送了满满一大勺粥，显然并不在意莉塔兹的焦急，"那些关于反叛和动乱的言论让有门路的人们开始未雨绸缪。赞美真主，这些筹备工作可是笔好生意。"

莉塔兹知道，她不该对这些话发表什么言论，但她没法控制自己。"真主给予你的这些天赋对你来说都是赚钱的手段吗，亚瑟尔？你用它来中饱私囊，而不考虑付不起报酬的人们？"

亚瑟尔毫不内疚地笑起来。"并不是每个学识渊博的人都和你一样排斥这样的做法，薰衣草的双唇啊，你在那些下贱肮脏的人身上花费了你的技术和时间，他们却不领情，反倒朝着我们这样的人身上扔石头。如果我成功了会得到一堆阿谀奉承，如果失败了却会被称为'骗子'或'巫师'，那么我至少还有一些实际的报酬，真是太谢谢你了。难道需要我告诉你，这世界上还有更多更好的地方适合你，而你不必和你的瘦老公住在那条脏兮兮的巷子里？在那些地方，你无与伦比的技术和你比实际年龄更年轻的身体会获得它们应有的奖赏。"

这么多年过去了，亚瑟尔仍然不可理喻地认定她内心某处一定还需要他。当然，想要一笑而过言归正题并不难。"不，亚瑟尔，你不必说了。但你会小心的，对吧？危险的日子就要来临，不只是说说而已。"她深吸一口气，"现在……"

亚瑟尔微微低下头。"我感谢你的关心，鸟鸣般的声音。对于你的委托，我愿意接受。"这个光头的男人试图露出责难的神色，"就像我刚才说的，这害得我一整晚都没睡觉。你要好好补偿我失去的睡眠时间。现在，还需要更多的开销，来解开那些含糊不清的文字——"

莉塔兹咬紧牙关。她没有时间耽搁了。

"底价是多少，亚瑟尔？"

亚瑟尔的温和与圆滑都不见了。他环顾四周，确定没有人偷听之后，拿出一小张纸和一支炭笔。他写下几个数字，将纸推到莉塔兹面前。"这是总开销。不还价，因为你消息上要求我立刻就开始工作，并且你愿意付出'任何代价'。"符咒商变魔术一般地从桌子底下拿出一个将近一米的圆柱形卷轴匣，上面装饰着黄金和翡翠。

"这可是很大一笔钱！"她飞快地心算了一遍。那是她离开共和国以来最大的开销了。几年前，她丈夫曾经取笑她是一个没有金钱概念的蓝河苏共和国富家小姐。而实际上，几年后，位高权重的利卡米帕夏家的千金莉塔兹女士已经变成单纯的利卡米的女儿莉塔兹。如今正是她——以及她的数字和理性分析方式——

来打理店里和家里的生计。莉塔兹感谢仁慈的真主，她足够有头脑，他们有几次濒临破产但达乌德毫不知情。

她已经做好准备，必须要支付亚瑟尔的报酬。但不管怎样，砍价总是值得一试。她露出场面上的笑容，玩弄着她的纽扣。

"你提到了我应得的奖赏——这价格上是否也能有所表示呢，亲爱的？"

亚瑟尔悲伤地摇摇他的光头。"我很抱歉，星光的眼睛，但我们都知道我们之间只有一种褒赏的方式。既然你认为我是个唯利是图的小人，并且我知道我也没有机会得到你的垂青了。因此，恐怕我不得不把你作为一个单纯的顾客来对待。"

她勉强地一笑。"你没有漫天要价吧？"

他回以微笑。"我的工作开销可不是一个人的钱包就能付得起的——即使是你天堂般的钱包也不行，亲爱的。"

我受够这样的调侃了，莉塔兹心想。她感到很累，并为她的丈夫和朋友们感到担忧。她得承认，她在这里逗留得越久就越妒忌亚瑟尔的财富。这般高贵的生活——甚至比这个还要好——曾经她也拥有过。她抛弃了身为帕夏三大千金之一的体面生活。尽管不被允许，她仍然遵照自己的意愿开始学习手艺。她并不后悔她对人生的选择。但她仍时不时地希望，当初赐予万民幸运的真主并没有让她作出这样的选择。

但事实就是如此，不管你如何企望。她告诉自己。现在应该集中精神！"好吧，"她对亚瑟尔说，"当然我真切地希望，你会谨慎地处理这个委托的？"

"嗯，是的。谨慎。说起来，为什么你突然对这个加密了三次的隐文那么有兴趣？它可真是极端晦涩，加密的方式很巧妙。

你从这些文字里能得到怎样旧到发霉的信息？不，不，你不会回答我的。好吧，在任何事情上谨慎都是必不可少的。不过，我会荣幸地向你保证我对你的爱慕也是必不可少的。那么，请付钱吧。"亚瑟尔又停下来换了口气。

莉塔兹把手伸进绣花长裙的褶皱间，从内袋里拿出一个用紫色布条抽口的钱袋。"这里还有几个迪纳尔。拿着吧，我的朋友。"

她得承认，她很乐于看到亚瑟尔用嘴唇亲吻着钱袋时候的表情。"没有比金子更可爱的东西了，亲爱的。我感谢你，我感谢你，我感谢你。"

接下来，在一些礼貌的手势与寒暄之后，莉塔兹终于得以和符咒商告别并互祝平安，接着她朝旅馆的出口走去。看起来她的运气终于好了一些。有了手中的咒文，她和她的朋友终于可以不用在黑暗中乱撞了，她希望。

莉塔兹让自己小小地享受了一下胜利的喜悦。虽然花了不小的代价——占了她和达乌德仅剩积蓄的很大一部分——但她知道，亚瑟尔的协助可并不廉价。

她眼神示意拉希德，后者正在焦躁不安地守在富丽堂皇的大门口。他把珍贵的弯刀收入鞘中，接着与莉塔兹一起从酒馆大门走进院子中。直到他们来到马路上，她终于对少年开口了。"好吧，亲爱的。虽然我们早先遇到了些麻烦，我想我们可以告诉那两个老头子，我们——"

"站住！"一个帅气的年轻督查队长怒气冲冲地朝他们喝道。他身边站着他们早上遇到的灰发初级学员，旁边还站着四个督查。另外两位大个子学员并不在一起——也许还躺在大街上吧，莉塔兹心想——每个人手中都拿着武器。

"你以为你执迷不悟的时候真主会视而不见吗？"灰发男人问道。如果眼神可以杀人的话，莉塔兹和拉希德现在大概已经死了。"正如我之前说的，外乡的巫婆，你会被绳之以法的！赞美真主，他仁慈地震怒了，需要你们为自己犯下的滔天大罪接受应有的刑罚。"

督查队长不耐烦地看了那人一眼，但他投向莉塔兹的眼神更加不友好。"你得和我们走一趟，女人。你也一样，僧人。"

这个人并不是狂热的信徒，莉塔兹瞥了他一眼，心想。学员们只是利用这个督查队长的贪得无厌。她冷静地分析着事态。

"大哥，我恭敬地恳求——"她刚要开口，身边的拉希德谈起了他的权威以及教会的规矩。

"你们两个都给我闭嘴！"学员吼道，"别多话！"

督查队长叹了口气。"噢，你们这群混蛋！"他说着也扣押了初级学员，他指着莉塔兹说，"立刻跟我们走。我们会没收你的武器。"

"怎么了？"莉塔兹完全没有意识到亚瑟尔就站在自己身后不远的院子里，直到她听到他的声音，平静又有魄力，和之前听过的完全不一样。

"大人，什么风把您吹来了？"督查队长问道，声音中明显透出畏惧，很显然他被亚瑟尔的上流社会打扮震慑了。

"我只对自己的东西感兴趣，先生。"符咒商说着笨拙地从自己腰间的挎包里摸索出什么，接着炫耀地展示给众人——一个四指戒指，上面装饰着一块紫色的石头，石头上刻着代表弯月王国的沙漠海洋和城市的线条——莉塔兹被惊得重重地喘气。哈里发的印章？！那么他正在为那个人效力！在此之前，她只知道他一直住在王宫区。

初级学员似乎并没有注意到这一点。"给我注意点！虽然你很有钱，又有国家的东西，但万能的真主，他——"

督查队长转身冲着灰发男人吼道："安静点，你这个畜生！我一看到它就知道是哈里发的印章了，而且我记得我在王宫区见到过这个男人。但……"他似乎在权衡着什么，"请原谅，尊贵的大人，但您还没有以美德的卫道士之名报上自己的来历。因为……"他看着亚瑟尔的眼睛，疑虑变成了深信不疑，"因为，也许，您——啊，对不起——也许，这位大人您不想引起其他长官的注意？再一次，我诚挚地恳请大人的原谅。"

"你想得太多了。"亚瑟尔冷冷地说。

督查队长深深地弯下腰，他诚惶诚恐地道歉，声音里充满了恐惧。他的手下看起来也战战兢兢的。即使是那个学员也变得半信半疑起来。但莉塔兹能听出亚瑟尔的紧张。他们面前的可不是愚蠢的督查，而是圆周城的督查队长，他应该和亚瑟尔一样，知道滥用哈里发的印章会惹上重大的麻烦。

"我向尊贵的大人致以万分的歉意。"那人终于说，"但今晚是天意节，我只想着好好陪家人。只要给一点小小的表示——微不足道的一点点——我就不再妄加揣测。"

他要钱。莉塔兹不假思索地掏出满满一把迪拉姆递给那个人——远远超出了她能承担的，但她现在顾不得考虑来年的开销了。

男人露出了鄙弃的神色，但他还是接过了钱币。"走吧，"他似乎有了些勇气，"快走吧。带着你肮脏的毒药回到学院区。

如果我再看到你在附近出现，我可不敢保证我的手下会做出什么事来。"男人轻蔑地盯着拉希德好一会儿，转过身走了，他的手下一路小跑地跟上他。

灰头发的初级学员虚张声势地看了他们最后一眼。"别以为就这么完了，苏共和国老巫婆。你也一样，罪恶的僧人。你们俩走到哪里都能被抓到。"拉希德听到这些恶毒的话不禁抖了一下，而莉塔兹则直视着那位学员，直到督查队长大吼着让他跟上，他这才扬长而去。

接着她转身对亚瑟尔说："谢谢你。"她极力克制着自己的忐忑，"谢谢你，亚瑟尔！我愿意亲吻你！"

"但你不会的。"符咒商的脸上并没有欢愉的表情。他的眼神前所未有的严肃。"你欠我一个大人情。一个大人情。"他恶狠狠地看了拉希德一眼，冷冷地转过身走远了。

莉塔兹有一瞬间想要伸手拉住亚瑟尔，但她没有。她只想看到达乌德。归程依然漫漫。

第十六章

太阳刚刚开始西沉时，拉希德跟着莉塔兹回到家中。他很开心地看到瓦纪德之子达乌德、博士，还有扎米亚·巴努·莱思·巴达维都安然无恙地在客厅中。

"我们本来可以更早点儿回来的。"莉塔兹一进门就说，"但我们遇到了一些……我们和一群初级教会学员惹上了些麻烦。"

"什么？"食尸鬼猎人和男术士同时大嚷起来。

"麻烦事？你指的是什么？"达乌德问道。

拉希德注意到扎米亚一句话也没说，但她看上去比昨晚健康多了。"赞美真主。"他下意识地轻声说道，扎米亚疑惑地看着他，他害羞地垂下眼睛。

"也许我该好好说个清楚，但当务之急不是那个，而是这个。"炼金术士说。她将装饰得很精美的卷轴匣放在一张矮茶几上，接着瘫坐在一张软垫上。"以真主之名，今晚真得好好休息。"

拉希德接下话茬。"你已经在休息了，伯母。但我现在没法让自己去休息。如果这个卷轴能帮助我们获知更多关于奥沙度的邪恶计划，我必须——很抱歉——我必须尽快弄清它。"

达乌德走过来站在他妻子和拉希德中间。"这些事情都不是眨眼间能完成的，孩子。解密魔法就和认真地抄写咒文一样费工夫。我们会把这卷轴里藏着的答案探个究竟，但我们需要明天早上再开始工作。"

"那么我们现在有时间好好地休息一下了。"博士说。

拉希德还想争取一下说明他们没有余裕了，但莉塔兹伸手阻止了他。"确实如此，除此之外，"她朝拉希德露出一丝愠怒的表情，"我们需要休息。"

"扎米亚·巴努·莱思·巴达维显然也需要休息，不管她自己是否知晓这一点。"达乌德望着扎米亚补充道。拉希德很惊讶地发现她已经不怎么害怕达乌德了——至少表现得不那么害怕了。

莉塔兹接着说："而且我们不光只是休息，还需要庆祝！日落意味着天意节到了！"

男术士弯起他的白眉。"正是如此！我几乎都忘了这回事了！"

"我也是。"博士承认道。

莉塔兹一手扶上她丈夫的肩膀，对众人说："我们不应该忘了我们的节日。我们需要对真主慷慨的赐予表达感恩。在这样的日子里，我们理应通过食物和酒来庆祝我们的生命。《天堂之章》上说：'信徒们啊，在节日与葬礼上，你们都应该笑对真主的恩赐。'"她转过身问少年，"我说得对吗，拉希德？"

拉希德低下头。"我不知道，伯母。但……但你说得没错。"

达乌德拿着米莉·阿尔穆沙的卷轴，女炼金术士拿着亚瑟尔的卷轴，二人走进了工作间。

几分钟后他们出现了。接着，拉希德毫无疑问听到了工作间里传来了纸笔书写的声音，虽然那里现在并没有人。

"解密魔法已经开始运作了。"达乌德说，"现在，万能的真主知道，该尽情地吃喝来度过这段时光了！"

几天前，莉塔兹就提前订好了节日的食物。天使区一家高档餐厅的一个老人和他的儿子来到店里，送来了十几个盖着铜罩的碟子，接着他们告退了。所有人都坐下来，拉希德的肚子咕咕叫了起来。有洒满红色萝卜丝的奶油芝士块，热气袅袅的烤鹰嘴豆馅饼，酸甜可口的泡菜，胡椒和坚果烩制的羊肉丁，绿色的蒜叶，水果，还有咸杏仁布丁。

你什么时候也拥有了这样贪婪的眼神了呢？拉希德听到心中的谴责。

在莉塔兹的请求下，拉希德对食物做了简短的祷告，然后人们开始用餐。

拉希德把自己的茶杯推到一边，拒绝食用每一盘经过面前的餐点。他小口地喝着水，吃了几口萝卜和面包。一如既往地，博士的大嗓门打断了他的思绪。

"好吧！"博士摇摇晃晃地站起身来。他喝醉了，拉希德有些担心。"好吧！"博士重复了一遍，"这么多年下来，我一直学着相信灵魂的直觉。我想，不止我一个人觉得，这一场血腥的风暴正在我们周围慢慢聚集，很快就会席卷而来。但我感谢你，无私的真主，感谢您给了我这一顿美餐还有身边可爱的朋友们。"博士摩挲着双手，面对着面前的餐盘，"以真主之名，"

他半嚷着说道，"莉塔兹，你真懂得设宴！"

扎米亚拨开遮住眼睛的头发，轻声说道："博士说得没错，伯母。您和您丈夫如此慷慨好客，连巴达维人都会羡慕。"

达乌德温和地笑道："呵。我告诉你，这可不是轻易得来的。现在你知道我为什么要取一个蓝河苏共和国的富家小姐了！"

女炼金术士看上去有些忧虑。拉希德说不出为什么，而实际上这也与他并不相干。

老人们吃喝谈天，聊着他们多少年来打败的敌人。扎米亚很开心地听着那些故事，虽然拉希德已经听了不止一遍了。有看不见的盗贼、黄金蟒蛇、长着四张脸的男人，还有一群小巫师。

拉希德漫不经心地听着，一边喝着水，直到他听见扎米亚开口了。"荆棘女王！我爸爸给我讲过她那些有名的罪行！据说她的父亲是邪恶的杰恩。"

博士轻蔑地哼了一声，给自己倒了更多的酒。"愚昧的人们总是说他们遇到了某人能做到他们认为不可能的事情。'杰恩之血！'真是愚蠢！杰恩没法生孩子，就像男人没法生孩子一样！"

达乌德从桌子对面猛地伸过手来捅了一下博士的肚子。"你个老混蛋，你是想对我说，我这几年来都错了？你的爸爸不是一只熊？"

博士大笑起来。"好吧，至少熊是种高贵的动物！至少我父亲可没有和该死的山羊生孩子。"博士说着伸过手来，抓住巫术士染成红色的山羊胡，然后两个男人醉醺醺地大笑起来。

他们吃光了盘中的食物，接着餐桌前一片宁静。过了一会儿，博士重重地出了一口气。"是的，好吧，说了这些让我好想吃些甜食。"达乌德拿过他妻子的、阿杜拉的还有他自己的杯子，在一个装满棕榈酒的大罐前小心翼翼地为三人斟满了金色的液体。

拉希德很高兴地看到扎米亚拒绝了第二杯。莉塔兹递过装满各色茶点和果脯的盘子时，她只拿起了一小块。

即使这样也还是太不谨慎了。拉希德看出扎米亚似乎已经不怎么害怕瓦纪德之子达乌德了，她已经很快和他的妻子熟络起来融洽相处了。莉塔兹对部落女孩解释道："坐在地毯上是我丈夫他们那里的习惯。我的家乡不用地毯——我们坐在高高的椅子上——坐在齐腰高的桌面。我花了好多年才习惯蹲坐着。我第一次——"

炼金术士的话被博士的窃笑声打断了。他和巫术士正在被自己幼稚滑稽的举动逗得哈哈大笑。他在盘子里用各种形状的茶点摆出了一张脸。他开始表演，让香料曲奇做成的"嘴"哀求，一边用木偶戏一般夸张高亢的嗓音说："不，博士！请——不要吃——掉我！以仁慈的真主之名，请不要吃——掉我——！"

"但以仁慈的真主之名，"博士用自己的声音对茶点说，"我生来就是要吞掉你的，小饼干，我的命运不可违抗！"莉塔兹和达乌德哄笑起来。

他们有时候比小孩子还要顽劣，拉希德心想。他很高兴地看到扎米亚并不以此为乐。她对生命很认真，年轻姑娘就应该这样，作为一个被真主的天使选中的人。

但她仍然看着阿杜拉奇怪的小把戏，拉希德看到部落姑娘的嘴边渐渐泛起了笑意，接着她轻轻地笑出声来。

拉希德发现自己并没有大失所望。相反地，他感到很羞耻，他没法将视线从那张微笑的脸上移开。他发现扎米亚的笑声就像一把涂满了单纯幸福毒药的剑，刺穿了他的内心。他想让自己遵照训诫看向别处，但他做不到。扎米亚转过头直视着他。绿色的眼睛与他的视线对上了，她看到他正盯着自己，她脸上的笑容消失了，取而代之的是单纯的恐惧。

她用手捂住嘴，又一次低下头。他也紧跟着低下头，眼睛盯着被打扫得一尘不染的石头地面。你一直盯着她！你一直盯着她，让她感到羞赧。你自己不觉得羞耻吗？你究竟追随的是真主还是叛逆天使？

他需要一个人独处来静静地冥思——至少在这个嘈杂的房子里尽可能找到一处能独处的地方。他吃完他的最后一口食物和水，接着恳请离席。

"那就去吧。"博士说，"我一会儿也要去睡觉了。"

"也许就会像之前那样，倒在这张桌前，大鼻子埋在糕点堆里。"达乌德坏笑着说。

博士不满地哼了一句，接着两个老头子又开始胡闹起来。拉希德站了一会儿，接着朝楼下走去，来到了一个幽静地下室的角落里。

"别一整晚都祈祷和警卫，听见了吗，孩子？"博士在他身后叫道，"你站一会儿岗，但也要睡一会儿。这次的狩猎很危险，如果你不保持足够的警觉，你会死掉的。即使是你。"

拉希德沐浴后便开始冥想，直到他将恐惧和扎米亚轻柔的笑声都从脑海中清除出去。他觉得他不应安眠，但睡意袭来了。

当达乌德叫醒自己去当最后两小时的班。窗外已经渐能看出粉色与橙色的晓色，解读密文的纸笔书写声仍然不绝于耳，从昨晚入睡前一直持续到现在。

一小时后，他正坐在门口的一张小凳上，店里突然传来一阵巨大的爆炸声。拉希德一惊，握着刀跳了起来。

文字的碎片已经复原如一！真相将呈现给每双眼睛、每个灵魂！

这是符咒商亚瑟尔的声音，却是从工作间里传出来的。拉希德咒骂着自己的无能。一个人怎么能不被拉希德察觉就潜入家中？

但当他冲进工作间，准备杀死入侵者时，却并没有看到那个胖胖的符咒商的身影。博士和达乌德跟着他走进房间，看上去睡眼惺忪，手上也没有拿武器。

"博士，我听到了入侵者的声音！"

博士没睡醒似的看着他，仿佛不认识拉希德一样。

"没有什么入侵者，拉希德，"莉塔兹一边说着一边也走进工作间，身后跟着扎米亚。炼金术士穿着家居服，但扎米亚已经换上了巴达维人兽皮外衣。"那不过是亚瑟尔的签名而已。当工作完成时，就会提示施术者。"

拉希德避免与扎米亚眼神交会。他看着工作台，发现博士从米莉·阿尔穆沙那里拿来的卷轴正发出微弱的光辉。边上一堆像是羊皮纸灰烬的东西上面，放着莉塔兹带来的卷轴。

达乌德吹了一声口哨，拿起卷轴的原本，展开来。"亚瑟尔也许不是什么正人君子，但他的工作做得很漂亮，无可否认。密文已经被解开了。"

"现在让我们看看有没有什么有价值的信息。"博士说。

他们都坐了下来，达乌德大声念道：

"没有人知道弯月王座是怎么建成的。也鲜有人知道它一度被称为眼镜蛇王座。它背后刻着的那盏无瑕的弯月，曾经是眼镜蛇之神展开的斗篷。如今已经失传的克米提黄铜文书上说，法老们，也被称为克米提的眼镜蛇王们，也和哈里发一样，在其上登基加冕。然而，尽管哈里发已经统治了数个世纪，仍有人说它的力量不止于此。说王座被不可见的死亡图腾蛊惑着；被热衷欺骗的死亡神灵操纵着。说要想召唤出这样的法力，必须在一年中最短的一天将统治者最年长子嗣的鲜血洒在王座上。黄铜文书上说，谁能够饮尽四溅的鲜血，谁就能掌控未昭于世最为可怕的死亡魔法——能够支配数不胜数的早已死去奴隶的灵魂。眼镜蛇王的黑魔法已在真主的世界上尘封了多年，它终将再临。"

"到这里就结束了。"男术士将卷轴卷好放下。

博士双手捂住脸，发出一阵低沉的叹息。"莉塔兹，亲爱的，告诉我，以真主之名，以我们唯一的荫庇之名，你还有味道浓烈的上好豆蔻茶吗？"

一刻钟之后，他们全都坐在客厅里拟订计划，大人们一边喝茶一边抽烟，苹果烟叶的味道从水烟管中弥散开来。

"我可不想这么干。"博士说，"昨晚我们好好地庆祝了节日，结果今天一大早就得谈论这种沉重的话题……但，我可是被打击得不轻，我的家也被烧成了平地。我已经失去了挚爱的人，也没能兑现安稳过一生的诺言。我可不想连我的城市都搭进去。我不会的。"

他把长长的烟嘴指向达乌德。"但也许事情并不会落到这步田地，"他的话在拉希德听来似乎是在努力地说服自己，"你们觉得这个奥沙度会有这个能耐么？闯进王宫，毫无阻力地绕过那些皇家督查和杀手夺取王座？即使是像我这样已经见识过他不可思议手段的人，也觉得这样的事情几乎是不可能的。他需要有人在宫内做内应，一些古老的咒语来帮助它避开监视——更不要说肯定还有一千个人在为哈里发做护卫。"博士将烟嘴递给了莉塔兹。

达乌德看着博士。"你不明白，我的兄弟。你还没有体会到这食尸鬼之食尸鬼的残忍与力量。在残酷天使的帮助下，这些将会协助他发挥多么大的作用。"

"但就算有了这些战争诅咒和死亡图腾，"莉塔兹呼出一口青烟，"王座也不过是一种象征。没有军队，没有警力的话，这个血腥的设想也只能造成王宫里的一场骚动罢了。"

"不，"博士说。拉希德看到他眼中透出些许的不情愿。"不，亲爱的，你的丈夫说得没错。事情没有那么简单。这可不是我们在这里用的那些价值几个迪纳尔的常规魔法——它可不是让入室抢劫或让蓄意谋杀看起来像个事故那么简单。这是古老典籍中提到的某种死亡咒术——在这种残酷的法术下，达姆萨瓦城的男女老少——当然，还有飞禽走兽——某一天都会横尸街头，五脏六腑就像腐烂的水果一般裂开。而那种战争咒术则会让人以一敌百，会让大群人的血液变成沸腾的毒液，将人变成眼镜蛇。但还不仅如此。这样的魔法还会不断地富集累加。一个人能够在一天时间里杀死成千上万的人，而接下来，他能从那些冤屈的死者中汲取邪恶的力量来杀死更多的人。"

莉塔兹显露出极度恐惧的神色，而拉希德相信自己的表情也一样。"太疯狂了，"她说，"太疯狂了！就算——愿真主能阻止它——就算他杀掉了所有达姆萨瓦城民，其他的城邦也会起来反抗他。苏共和国会派来佣兵团，卢加尔巴的天堂军会——"

博士的眼神如岩石一般冷酷。水烟管发出一阵咝咝声，接着熄灭了。"如果他夺取了王位，就没有必要担心这些。他将会变成叛逆天使在这世界上的代表。军队没有办法阻止他。"

"但为什么？"扎米亚问，"一个人——就算是一个残酷的人——为什么要做这些事情？他能得到什么？"

"力量。"博士不假思索地说道，"当一个人杀害他的同伴时也能得到同样的东西。当一个统治者派出军队杀戮时也能得到同样的东西。那就是力量和一个永远不朽的承诺。叛逆天使也给了他的随从同样的东西。只是，如果说之前的杀手的野心只是小水洼的话，这个人的则是汪洋大海。"

拉希德静静地说："感谢真主，阿巴森的哈里发看起来很安全，他们从未使用这些邪恶的力量。"

博士放了一个响亮的屁。"噢！请原谅！但也许我的身体下意识地对你愚蠢的建议表明了立场。"他一手指着拉希德，"你真的相信吗，少年，哈里发从来没有使用这样的魔法，因为他们是被公正地选出来的，就不会这么做？不，男人们不会对力量视而不见的，至少哈里发们不会的。毫无疑问他们并不知道王座蕴藏的力量。皇家术士们个个都是自我感觉良好的混蛋，对他们那些简单粗暴的法力充满自信。他们从来就不是博学钻研的人。加冕礼也不过是一个愚昧的传统，只是让皇家的权力在浮华奢靡的仪式中一代代郑重地流传下去罢了。但我的猜测是——对此我**真心地赞美仁慈的真主**——几百年来都没有人读过这一卷文字。"

莉塔兹用指关节揉着前额。"直到现在为止，"她说，"直到现在为止。读到它的不只是一个潜在的篡位者，也是叛逆天使的强大随从——更是一个灵魂中长着叛逆天使翅膀的人。"

扎米亚喝了一口茶说："但如果这份卷轴的内容如此机密，奥沙度又是怎么知道它的？"

拉希德对于她脸上没有露出恐惧的神色，反而冷静评估敌情，不禁大为赞赏。

"那个人有获知消息的手段。"博士露出了拉希德所见过的最为恐惧的神色，"没有人知道还有什么能不被他知晓。叛逆天使给了他真主不会赐予的能力。他随心所欲地获得想要的东西。恐惧。无辜老妇人的脏腑。痛苦。婴孩的眼睑。真不想再听到对于叛逆天使随从的那些记载和传言。"

达乌德用空洞的声音说："奥沙度。当我碰到那块血迹……我发誓你们中没有人知道我们面临的是怎样极端的残酷。这个人以及他掌控的那些魔法，不到一周就能把整个世界变成一片血海。"

"你用六天创造了这个世界，我用六天将它摧毁。"拉希德引述道，"叛逆天使被真主驱逐时曾这般嘲讽。"他一直希望能在这样重要的战斗中发挥自己的一份作用。但他现在羞愧地意识到，他并不期待如此了。

"那么我们必须阻止他。"莉塔兹务实地说道，"天堂和人间的理由皆而有之。新哈里发昏庸残暴，但他的儿子……去年在射手院另一侧修建那些新的贫民住宅正是他的主意，让无家可归的人有个容身之处。虽然只是微小的举动，却比他父亲做得好多了。据说他性格温和，对于平民也充满热爱。"

博士哼了一声。"让他在王宫里再住上个十来年,肯定不是这样了!我可没法说我很乐意去拯救哈里发或者他的小兔崽子。"

莉塔兹白了他一眼。"我们可不是为了他们才这么做,阿杜拉,你知道的。但我们别无选择。"

达乌德举起茶杯将茶连同茶叶一起倒进嘴里。"那么我们就去宫殿,"男术士说,"虽然要想获得召见可不是什么容易事,还会遭到各种冷眼和警告。尤其是我上次的造访。我们能不被当成刺客就是万幸了。劳恩·赫达德是一个好人,但他的手下可是稍有触怒就会用箭把我们射穿的。就算我们过了他们那一关,哈里发也未必会见我们。"

阿杜拉的脸上愁云密布。"万一哈里发会听进去呢?如果我们有办法阻止这个奥沙度呢?那么这个邪恶的力量就会落到哈里发的手里。这里有人会怀疑他甚至不惜拿自己儿子来献祭吗,这可能吗?"

拉希德想说这事不可能,但他知道博士一定会奚落他一顿的。而且他想到这里,就不确信自己将要说的话到底是对还是错了。

许久都没有人回答博士的话。接着达乌德站起身来。"这并不重要。我们只能做目前知道必须做的事情,剩下的就交到万能真主那仁慈的手中吧。"

"是的,这些都是毋庸置疑的。"博士挖苦道,"我们只需要打败我们见过的最强大的食尸鬼制造者就好了。然后看到他那个杀不死的怪物,只要杀死就行了。"

"怪物牟·阿瓦并不是杀不死的,博士。"扎米亚大声地说,"以真主之愿,我愿意来证明这一点。"听到这些勇敢的话，拉希德的心跳加快了。

博士抓抓他的胡须。"是啊。扎米亚·巴努·莱思·巴达维，愿真主乐意如此。上次怪物来袭，最后你奄奄一息地躺在担架上，事情刚过去没多少天。赞美真主，你的康复速度奇迹般的快。你认为——"在拉希德听来博士的声音从没有这么温和，"——你认为你还能再次变成狮子吗？"

扎米亚绿宝石般的眼睛里盈满了泪水，但她没有哭出来。拉希德对自己想做的事情感到很难受——太邪恶了！——他想要走过去搂住她，就像他曾经在达姆萨瓦城的街道上看到男人搂着女人一样。

扎米亚的脸上掠过一阵悲哀的神色。"我不知道，博士。每个月有几天，当我——当我来事的时候——我就没法变形。昨天是最后一天。就算没有受伤，如果太阳没有升到最高点，我也没有办法变形。今天正午时我会试一试。如果万能的真主不允许，我失败了，我也会努力到死的。"

拉希德不敢相信自己的耳朵——竟然逼迫部落女孩说出这样羞赧的事情，还让她为此牺牲！"博士，上次面对怪物的时候她差点儿被杀掉。我们不能让她去——"

女孩大吼着，她从没发出过这么大的声音。"没有人要求我做什么事情，拉希德·巴斯·拉希德。事情就是这样。我知道了杀害族人的凶手。但是因为我的疏忽让他……它……逃走了。这样的事情不会再发生了。"

博士点点头。"有时候，即使是一个盲人也能看到真主之手在工作。这个叫牟·阿瓦的东西必须被摧毁。这是毫无疑问的事情。而真主的天使也很清楚地告诉我们该使用什么样的武器。

'真主赐你一扇门，你却破墙而出，那是蠢人的举动。'"

达乌德插话了，他的声音又干又硬。"那么走一步看一步就是了。扎米亚，你和我们一起去王宫，如果我们遇到了牟·阿瓦，那么就由你来杀死它。"

老人们都去做出发的准备了，留下拉希德和扎米亚单独待在一起。他们刚走，她就走上前来，他竭力控制自己不要深吸她的气味。她开口说话，他受惊一般地跳了起来。

"拉希德·巴斯·拉希德。"她平静地说，"在我们面对死战之前，我有问题要问你。"

"什么问题？"

"你是否知道，因为我父亲死了，如果你想要娶我，就应该直接来问我的意见？"

拉希德觉得腹部就像被刀划开了一样。"我……我……你为什么要问……"他发现他无法流畅地表达自己的思路。

但部落女孩只是耸了耸她瘦小的肩膀。"《天堂之章》告诉我们，女人啊！要千百次地询问你的求婚者，也要千百次地问你自己。"

"求婚者？！"拉希德从来没有这样仓皇失措。他的心中仿佛有十个不同的人在争斗。"愿真主原谅我，扎米亚·巴努·莱思·巴达维，如果我表现出了这样的行为……如果我做了什么侮辱了你……"

"侮辱？"她看上去迷惑不解，这让拉希德更摸不着头脑了，"这里面怎么会有侮辱？我只是看到了你看我的方式。在这事情上，只有怀疑才会带来侮辱。你可以——？"她听到博士的脚步声渐渐临近，便中止了话语。

"如果真主愿意让我们的生命延续到今天之后，我再和你谈这件事。"她飞快地说道。接着她郑重地向他点点头，结束了这次交谈。

拉希德开始了气息训练，他从没有像现在这样寻求宁静。他伸展身体，让自己做好战斗的觉悟，一边想着自己是会在今天的战斗中丧生，还是会满怀着羞耻的期待继续苟活下去——他不知道哪一种更能让真主感到满意。

III

世界由痛苦构成，而这名卫兵的灵魂则由恐惧孕生。一动不动，只有头露在翻腾的红色灼流之上，他究竟在这口大锅里坐了多久？他想起小口啜饮水与粥的感觉，就像梦一样。他身体中残留的理智告诉他，他的身体正逐渐地消融进这耀眼的红色沸油中，而他仍然活着。

穿着肮脏白袍的枯瘦男人就在那里，双手撑开着一个厚厚的红色丝绸袋。豺狼形的黑影就站在他身边。瘦男人将袋中的东西全部倒进了大锅里。骸骨与头颅——像是人的，但小得多——发出骇人的哗哗声滚落进来。看上去一碰就碎的颅骨，小小的胸廓还有手指骨……

黑暗生物的声音又一次在他脑海中啸叫起来。牟·阿瓦，为其神圣之友代言。汝乃荣耀卫士，业生于弯月神殿。汝以真主之名发誓为其效忠，用尽汝之每一寸血肉，每一分呼吸。

汝已见婴儿之骸骨。养之又养，最终血涸而亡。只为将汝之恐惧如数释放。

聆听牟·阿瓦之言。其神圣之友已为眼镜蛇王座等候多时。最短的白昼临近又远去，远去又来临。未曾如愿。人狼牟·阿瓦深知等候之苦。他将助神圣之友脱离等待之苦海，神圣之友亦将此恩偿还。

枯瘦的男人在他面前点燃了那些东西。他的眼睛被烟熏得干痛，脑海中人狼的声音仍在絮絮而语。

汝已嗅红色曼德拉草之烟，汝心怀恐惧。汝已嗅黑罂粟之烟，汝深感苦痛。

突然间，卫兵的某一部分记忆复原了。他名叫哈米·萨马德，是卫队的副队长，而他束手无策，只能用干渴的喉咙恳求饶命。"求求您，大人！您想知道什么我都会告诉你！关于哈里发也好，关于王宫也好！"他失声痛哭起来，"救死扶伤的天使保护我！真主保佑我！"

枯瘦的男人用黑色眼珠冷冷地看着哈米·萨马德。卫兵感到他瘦长的手指掐进了他的头皮。瘦男人眼睛向上翻，只能看到眼白。房间里充斥着可怕的声音，就好像数千个人和动物同时尖叫一样。

他听到了一种撕心裂肺的号叫，他感到了一种从未体验过的强烈百倍的痛苦。不可思议地，他感到自己的头脱离了身体。不可思议地，他听到了自己在说话：

"我是第一个降生的天使之种，由荣耀的痛苦与神圣的恐惧孕生，由天使的随从奥沙度之手收割。我之下的那具皮囊会随着我话语的韵律起舞。用尽每一寸血肉，每一分呼吸。"

他最后看到的情景，是哈米·萨马德无头的身躯在一个大铁炉中，血液喷射出来，融进了红色沸油的光辉中。

第十七章

　　太阳还没升到半空，但已经热浪袭人。达乌德满头大汗，气喘吁吁，好不容易才跟上两个年轻的战士还有他不知疲倦的妻子的脚步。他和阿杜拉走在其他人身后几步远，食尸鬼猎人也和达乌德差不多，喘着粗气。在他们前面，莉塔兹正轻声地对拉希德和扎米亚说着什么，但达乌德和他的老朋友一言不发，以免上气不接下气。

　　一个小时过去了，太阳升得更高了。他们走过铺着路石的商旅客栈，上面指示着王宫区的入口。在他们前方，一队商人正在和哈里发的征税官激烈地争吵。

　　"你看见了吗，我的兄弟？"阿杜拉悄声问道，"猎鹰王子一方不只有穷人。哈里发自己多行不义。税赋重，又动不动就上调，连小商人都与他为敌了。只要有个借口，他们就会加入到猎鹰王子的阵营里了。"

　　达乌德笑起来。"那会结成联盟的！就像那个糟糕的预言：'等待着那一天，盗贼会和店主人躺在一起！'。"

　　阿杜拉瞟了他一眼。"这并不重要。王子一直敢想敢做。他的目标一直是那些钱包最鼓的人们，小商业者最乐意看到那些大富豪的钱包被劫掠一空了。"

道路沿着从老虎河开凿出的新运河的航道延展开去。达乌德戳戳阿杜拉，指着河道中的那些小船，他知道他的朋友还没有见过这新造的神迹。小船在河上上下漂浮，奇迹般奔流着的河水都汇入一个巨大的水车中。"用漂移咒语和铜制管道改变了航道，而另一头我们的街区则每个月都飘来一阵恶臭。不过这东西可以干十架普通水车的活呢，你知道的。"

阿杜拉哼了一声。"是的，它还算有点儿用处。当然这架庞然大物赚的所有钱都落进了哈里发的腰包。而我们现在要去拯救这个狗娘养的家伙的国家。"

"安静！"达乌德嘘了一声。一个督查刚要从侧巷里出来，粗鲁地挡了他们的路而看都不看他们一眼。

一行人停了下来，等那个男人走过去。

他们走进水车。它发出的声响——木头的嘎吱声，水花拍起的声音，铰链的摩擦声——震耳欲聋。它真是个庞然大物，达乌德不得不承认。简直不敢相信这是人造的。

接着他们穿过一个大理石的拱门，走过一条铺着光滑白色路石的大路——宽足够通过六匹马，有一百多码长。在这条大道的尽头的围墙另一侧，是比主干道更为宏伟的弯月王宫。尽管不久前才来过这里，它仍然强烈地吸引着达乌德的视线。

不过，这一次更吸引他注意的是一座银色的高耸建筑，那是皇家术士的尖塔。这个能容得下七十个人的地方只住七个人，实在是太宽敞了。长久以来，阿巴森的哈里发们显然从来不曾知道邪恶的力量就潜伏于他们的身下。但皇家术士又知道什么？他们将如何应对这一系列法术的事件？他觉得他原本就疲劳的大脑因为这些繁杂的事情晕眩起来。

他们走向还很遥远的宫殿大门，达乌德的注意力转移到了拉希德身上。这位少年的眼睛一直盯着部落女孩，接着望向前方的路面。他在担心能否保护好她。他在思考怎样既能尽到职责又能保证她的安全。这让达乌德感到担忧。并不是因为拉希德身为僧人又在意扎米亚——他完全同意他妻子的意见，认为两个年轻人之间的强烈情感完全不会成为阻碍；认为实际上"正因为爱才使得一切都更为重要"，尽管年轻人的爱多半是一见钟情的冲动。不，让达乌德感到担忧的并不是僧人对扎米亚的感情，而是他由此产生的明显动摇与杂念。他们正要去弯月王宫狩猎怪物，杂念意味着世界的灭亡。

他们走到离王宫院子还有十几码远的时候，一个灰色眼睛的守卫军官拦住了他们。

"站住！你们是谁，竟然敢带着武器接近美德卫道士的宫殿？"他的手仍然随意地搭在剑柄上。

"愿真主赐汝平安，卫兵。我是瓦纪德之子达乌德，是赫达德队长的朋友。我有事要立刻见队长。他正等着我的到来。"这是不争的事实，他的语气中也有着毋庸置疑的权威。

"赫达德队长？"那人看起来不太相信但并不友好，"我没法离开我的岗位，大叔。但如果你确实找队长有事，我会向他通报。"

"那样就好。不过这事情非常紧急，所以劳驾快一些。"

"我会的。"

为了能及时地把消息传达给劳恩，达乌德都做好塞小费的准备了。但显然他和他的朋友们运气不错。在他们最紧急的时候，遇到了一个诚实的守卫。真是令人欣慰，在一个不属于他的国度执行如此疯狂的任务时，阿巴森的代表能按照他们的期望来行事。

年轻的军官叫来了一个瘦高的卫兵。"卡辛！这人要带话给赫达德队长——"

"为什么，现在我们不会打扰到队长么？"一个似曾相识的声音传了过来。

以真主之名，不！

哈里发朝廷的长脸大臣走了过来，身边跟着六名随从。**他究竟在这里做什么？**"发生了什么事？"他问。灰色眼睛的军官开始解释，但大臣挥挥手让年轻人回到卫兵室。接着他转身朝达乌德走来。

"我们已经警告过你，离王宫远点，老头子。结果你还带着武装着的朋友们回来了！你要么是疯了，要么就是最邪恶的反叛者。"

达乌德知道，这会儿试图对这个人解释笼罩在王座周围的危机是不明智的。"万分道歉，尊贵的长官。我只是为了见劳恩·赫达德才来的。"他听到他的朋友们紧张地靠拢过来。

男人眯起眼睛。"队长现在很忙。而你如此忤逆地无视了陛下明显的意愿。你和队长再有交情也没有用。来人！逮捕他们！"

达乌德听到拉希德低语出一句祷词。巴达维女孩咆哮起来。达乌德向他妻子和阿杜拉投去询问的目光。他们已经并肩战斗了几十年，不需要语言就能沟通。**我们现在该怎么办？**

但看上去他的妻子和阿杜拉都没有想法。而实际上，确实没有什么能做的事。即使他们能够杀掉一队卫兵，他们也会在进入宫殿前就被杀掉。他们只希望能够顺利前行，等待机会出现——或创造一个机会——能够和劳恩·赫达德碰头。他们只希望他能切实地做些什么来协助他们。卫兵收缴了他妻子的匕首和拉希德的弯刀，接着用长矛押着他们往大门走去。

达乌德默默地咒骂了一句，看到他妻子和阿杜拉眼中自己的疲惫。有一个办法可以摆脱这个处境——他们三个曾经打倒了克米提的黄金巨蛇，也战胜了一整支隐身强盗队伍。面前的这些不过是拿着武器的人。他们得想出对策……

当他意识到大臣和他的手下正在押着他们远离王宫时，思绪被打断了。这样可不行。几分钟后，他们已经离大门很远了，来到了王宫区一条幽僻的小巷里。他们走进一间没有窗户的小房子，门是铁栏杆。大臣用一串三把钥匙打开门。他们刚走进去，卫兵就把门关上了。

阿杜拉是第一个开口说话的："你究竟为什么要把我们带到这里？"

一个大个子的卫兵漫不经心地用矛头指着食尸鬼猎人，让他闭嘴。大臣仍旧一言不发，来到一间房间里，掀起一块脏兮兮的旧毯。毯子下是一个金属栅栏，大臣用另一把钥匙打开了。虽然锈迹斑斑，但打开时并没有发出任何声音。那是一个下行楼梯——能走两个人——从石头地板底下开凿而成，鬼知道通向哪里。毫无疑问，是个黑暗潮湿的地牢，我们可以神不知鬼不觉地被杀掉。

"别这样了！"扎米亚突然大叫起来，她一定是想到了就不假思索地喊出来了。她猛然僵住身子，达乌德注意到，她正在掩饰身体的伤痛。"我能够嗅出你们身上的欺骗！我不能像一个温顺的城里人一样被无声无息地杀掉，这和巴努·莱思·巴达维人不配！"

"我说了，安静！"刚指着阿杜拉的卫兵说道，他加大了最后一个字的力道，一边更用力地用矛头戳向部落姑娘瘦小的后背。扎米亚大叫一声弯下身子，但并没有跌倒。

达乌德并没有看到拉希德移动。但等他反应过来，这位少年僧人已经一手抓住大个子卫兵的喉咙举了起来。就算达乌德曾经对阿杜拉夸赞这少年超人的勇武将信将疑，他现在也深信不疑了！

突然传来一阵武器的嘈杂声，另一队全副武装的人从地洞里冲出来，就像蚂蚁从蚁山中倾巢而出一样。他们与其他的卫兵一起将达乌德和他的朋友们团团围住。

刚出现的那些人带着匕首和棍棒。他们穿着工人或学徒的简陋衣服，达乌德看到其中夹杂着些许的不协调：他面前的瘦高个脖子上缠着一块丝质围巾，右边一个其貌不扬身材矮小的男孩穿着绣花背心。在这群穿着简陋的人围成的圈子左侧对应的地方，是一些穿着某种制服的人们。其中有一个丑陋的女人，和男人一样高大结实。他们的穿着一模一样，亚麻紧身裤和长及大腿的浅棕色套衫。每个人的衬衫胸前都染着一只正在飞扑的猎鹰图案。这些人比别人的武器要精良些，每个人都拿着一把考究的弯刀，并配有钢与芦苇制成的小圆盾。

新出现的人群中发出炸雷一般的声响："放了他，僧人！他把你带到这里来是为了和我交谈，所以我们开始吧！"

法拉德·阿兹·哈马斯，猎鹰王子，走到了房间的正中央。他走起路来就像流水一般轻盈，尽管他身高六英尺，胳膊像打铁匠一般粗壮有力。他的手扶在佩剑那黑色与金色相间的护手盘上。拉希德松开了抓着刚才袭击扎米亚的大个子卫兵的手，卫兵跌倒在地上，手抚着脖子，一边绝望地喘着气。

达乌德努力想要理清思绪，就好像一个正在玩"打盲人"游戏的男孩一样。"你……你……"他转向长脸的大臣，"你为他效力？"

大臣怒视着他，没有说话，但猎鹰王子却向达乌德和他的朋友半鞠了一躬。他把一只大手放在阿杜拉的肩膀上。"大叔，我们又见面了，这是怎样的巧合？"大盗问道，"我的人从王宫里那些狡猾的守卫当中，一眼就看见了你白得发亮的长袍？身边还跟着一大群奇怪的朋友？'阿兹，'我问自己，'这究竟是怎样的巧合？这其中一定有什么缘由。让我和博士谈谈，看看这缘由究竟是什么。'"

其中一个穿着猎鹰制服男人——一个只有一只耳朵的大汉——开口了："是的，先生，这可能性太小了。让人无法不怀疑。这里的一些东西散发着哈里发肮脏手指的臭味，今天可不是什么惊喜之日。先生，正是你这几十年来所做的努力，才有了今天的结果。我们的一个人已经受伤了。"他指着那个仍在喘气的卫兵，"下命令吧，现在最安全的方法就是把他们杀了。"这个男人语气中的确信不疑让达乌德浑身发冷。

很长一段时间过去了，猎鹰王子看上去正在考虑他的副官的建议。但当他开口说话时，棕色的脸上却绽放出灿烂的笑容。"不。不，叩头者，这里的这位博士在几天前高贵地把督查引开了，使我没有暴露行踪，不能对他恩将仇报。不然对我们的新任务很不吉利。更何况这家伙是自作自受，谁让他像那样殴打一个手无寸铁的姑娘！王子朝着大个子卫兵喷了喷嘴，一边帮助他站了起来。

引开？他在说什么？达乌德想。在他不知道的情况下，他的老朋友竟然为猎鹰王子效力，这让他难以置信。尽管他多少期待阿杜拉的助手能够在对抗这城市最大通缉犯的时候握有胜算，这少年一动不动，仍然有些古怪——就好像被内心的痛苦困住了手脚。

"不过，我恐怕，"王子继续说，"你们都得成为我的因犯。而且，如果你们确实是新哈里发的追随者，为那个十恶不赦的坏人效力，我必须警告你：我还没有蠢到低估你的实力。你也一样，姑娘，"他转向扎米亚，一边放肆地从头到脚将她打量了一番，"你可不像看上去那么简单，嗯？"王子又转向阿杜拉说，"那么你们来这里干什么？"

我们该怎么办？达乌德不禁又想。该说什么？该做什么？

"我们来到这里，"阿杜拉说，"是因为我们和你一样读到了那份卷轴。是因为我们和你一样都知晓弯月王座的前身是眼镜蛇王座。"

好吧，木已成舟。

猎鹰王子的黑色眼睛睁大了。"令人惊讶。我并不经常感到惊讶，大叔，但你让我吃惊了。不过正因为如此，我更要拘禁你们，直到事情完成了为止。"大盗伸出空空的双手，做了个抱歉的表情。

阿杜拉的神色异常阴沉，连一贯淡定自若的猎鹰王子也不禁后退了一步。"法拉德·阿兹·哈马斯，请听我说。知道王座力量的并不止我们几个。几十年来，你听过人们谈及我的事，谈及我拯救他们脱离的危险。现在我要告诉你，还有一个人也在追寻王座的力量。还有一个人会在一年中白昼最短的一天袭击主宫殿。那个人是人，又不是人。那个人拥有的力量比我见过的所有术士和食尸鬼制造者都要强大且残忍，他名叫奥沙度，如果他和他的怪物将你打倒在王座上，我敢对真主发誓，叛逆天使蝙蝠翅膀般的黑影将终日笼罩你我，从此再无明日。"

王子似乎慎重思考了一会儿，但他随即恢复了笑容。"叛逆天使，嗯，大叔？很抱歉，我可没时间理会这些夸夸其谈的神话故事！我的敌人是反叛者！是反叛的哈里发！"

"你发誓，保护你的手下和穷人们离奇死亡，你就不觉得奇怪吗？"阿杜拉问。

突然王子的剑出鞘了。"那些事与你何干，老头子？如果你和那些凶杀案有关，我们可不会轻饶你的。"

"我向真主发誓那些事与我无关。而事实上，我们正在搜寻那些凶手的踪迹。"

大盗严厉地盯着阿杜拉，接着收回了他的宝剑。"好吧，大叔，那么我们必须谈谈。"他谨慎地扫视了一圈没有窗户的房间。"但不是在这儿，你和你的同伴跟我们来一趟。"

王子的手下押着他们沿着房间中央的楼梯往下走。他们来到了一个石头地窖，长脸大臣又走到了房间正中，他从袖子里掏出一根细杖，在布满灰尘的地面上画出一系列符号。达乌德意识到那是种魔法，所以一阵声响之后，看上去坚固的石头地板划开了，露出一条陡峭向下的地道时，他也并不太意外。大臣向王子熟人般地告了别，便顺着楼梯回到了楼上，两名卫兵跟在他身后。

于是，达乌德和他的朋友们默默地沿着通道下行。没过多久，他们来到一个小房间，大约有小旅馆的接待室那么大，房间另一头连通着另一条通道。王子的手下点亮无烟火把——是炼金术士改良过的价格昂贵的那种——并沿着墙边依次站开了。

"这边没有谁能偷听到我们的谈话。"王子让众人停下来，开口道，"我们留在这里，等我在王宫里的手下捎信过来。而你，大叔，你把事情告诉我。"

在众人等待王子的线人送来某种信号期间，阿杜拉和莉塔兹将他们所知为数不多关于牟·阿瓦和奥沙度的信息一五一十地告诉了大盗。达乌德和扎米亚留在人群的外围，拉希德也在一起，出奇地安静。达乌德和他们二人站在一起，他没有听到他的朋友们急切的话语，但他听到他妻子问："你知道叛逆天使的忠实随从会用你所追求的力量来做什么吗？"

他从来没法像莉塔兹这样任意地转换言行方式——从钢铁般强硬变成蜂蜜般甜腻再变回来，契合着每一刻谈话的气氛。在他们共同生活的一生中，除非她想要用可怕的预言来震慑别人，否则她不会这么说话的。每到此时，达乌德就会翻着白眼瞪视着，做出神神叨叨的样子。

阿杜拉说："你会需要我们的帮助的，猎杀食尸鬼不是你的专长，法拉德·阿兹·哈马斯。"

达乌德估摸着客套话已经结束，便走上前去。王子瞥了他一眼，仍旧对阿杜拉说："你提到了食尸鬼，大叔。但老实说，这并不比眼睁睁地看着你的孩子躺在脏兮兮的病床上，被老鼠慢慢咬死来得更可怕；这并不比亲手闷死你的老父亲，使他不再因为没钱治病而备受病痛折磨来得更令人胆寒；这并不比你饿得发狂于是偷了一条面包却因此被砍掉双手更悲惨。"

"你的这些辞藻并不——"达乌德想说什么。

"不是什么辞藻！"大盗大吼一声，"是事实！达姆萨瓦城的真实生活！我现在就可以让你见见那个男孩！年仅十岁却只剩下一只手。要不是我的手下精心照顾，他早就因为那伤把命给丢了。而混账督查甚至不让他留一丁点儿面包皮！"

他黑色的瞳仁里露出一道凶光。"要找到做了这些事的督查的名字可费了些工夫，但我们终究找到他了。"

达乌德被大盗的微笑惊得浑身一颤。

"这些坏家伙，"猎鹰王子继续说，"这些怪物每天都在你面前转悠。但既然他们不会嘶叫，也没有害虫做成的毒牙，就不值得一战了，嗯？只有让人疼痛的魔法，让人死亡的魔法——只有这些从折磨和恐惧中汲取力量的东西才是敌人？人们都在挨饿、挨打，挤在狭小的房间里。哈里发的不同又在哪？就因为他致力于牺牲了民众的生命而成就自己的权力？就因为皮革厂工人住的房间稍微大了那么一丁点儿？"

阿杜拉不耐烦地囔了一声。"你别和最不齿的哈里发一般见识！杀害你手下的叛逆天使的随从正在寻找你寻找的东西。也许他已经来到这里了。只有我和我的朋友们才能阻止他。"

"好吧，你知道一些我所不知道的东西，大叔。很好。但你的线人——不管是谁，我们回头再来讨论这个问题——并没有把一切都告诉你。眼镜蛇王座的力量很可怕。但还有别的方法。王室子嗣的鲜血可以带来强大而残忍的力量，他同样也可以凭自己的意愿，传下王室的好魔法。那些魔法也同样强大，足以让一千个人吃上面包和鱼。有些资料上说王座甚至能让人起死回生。只需让拥有王室血脉的人坐在王座上，握住另一个人的手，说他愿意赐予王座的力量就行了。现在想想吧，一个人手握这般力量，身边站着的都是高尚的贤臣，他能够为我们的城市带来什么。他可以——"

达乌德再也听不下去了。"就算你说的都是真的，这实在太疯狂。毫无疑问你在王宫中安排了人听你的命令行动。但当卫兵和你的手下作战时，奥沙度和他的怪物已将开始行动了——届时人类之间的一切争端都毫无意义。"

阿杜拉一手抚着胡子，一边盯着大盗。他确实地在考虑着猎鹰王子的叛变计划！

"阿杜拉——"达乌德想说什么，但他的老朋友伸手制止了他。

"瓦纪德之子达乌德说得没错，"阿杜拉说，"你是在拿整个世界的人命做赌注，法拉德·阿兹·哈马斯。那天我帮你引开督查的时候，你说你欠我一个人情。现在我请求——"

大盗爆发出一阵雷鸣般的大笑。"大叔，你当真以为我需要你来救我一命？就算我睡着了，还断了一条腿，也能轻而易举地逃过两三人！当时我在巷子里看到你，也认出了你是谁，所以我决定看看你吹的是哪股风。"

"我吹的是屁眼里的风，伙计！但和你不一样，我还没自欺欺人到觉得它香气怡人。你的计划很疯狂，而且很可能会搭上你声称深爱着的这座城市。我恳请你中止它。"

"我只是问了你的意图而不是寻求你的帮助，大叔。我还没有愚蠢到用一个迪纳尔来换一个迪拉姆！除此之外，你的助手可以证明，我已经还了你这个人情了——或者这个诚实的模范对你隐瞒了事实？"他朝着僧人呲了呲嘴，虽然达乌德不知道他指的是什么，"好吧，'自尊可以让最诚实的人缄默'，事实确实如此。就算你说的是真的，大叔——我也半信半疑——没有我的帮助，你想要闯进王殿可是连门儿都没有。"

"那么看起来我们需要彼此协力。"达乌德听见他的朋友说道。他张嘴想要反对，但找不出什么更好的理由来。

阿杜拉转向达乌德，皱着浓密的灰色眉毛。"我不会让这件事或这些人阻碍或伤害我们的。我不需要重申一旦失败要付出的代价了吧？"

"那么我们去拯救哈里发，只是帮助了他最大的敌人。"拉希德终于打破沉默插话了。

阿杜拉挥手打断了少年的话。"我从来没有想过要拯救哈里发，孩子。他会让我在意的所有人都活不下去！我来这里，只是为了拯救我的城市以及它所在的这个世界！"

"好的，那么，"王子合上双手，朝着阿杜拉友好地微笑着，就好像就此达成了共识，"那么就这么办，你和你的人加入我们——如果奥沙度的消息属实，你们的力量确实大有帮助。但我现在得警告你们，如果你们胆敢阻碍我，一样杀无赦。"

拉希德强硬的视线几乎可以把人刺伤。"如果你想要伤害这些人，小偷，我也会杀了你。"

达乌德听到周围王子的手下发出一阵不怀好意的声响。但猎鹰王子看起来更像是充满戒备而不是恐惧。

"还没有到谁伤害谁的地步，年轻人。"王子说，"我们只是在谈话，但如果你不小心的话，试图杀了我也会让你得不到好下场的。"

僧人紧盯着四周全副武装的人们好一会儿。末了，他对王子说道："那样的话，我将拼死与你一战，在审判一切的真主面前进行一场唯一的较量，为了命运——"

"拼死与我一战？"王子打断了他的话，"你是认真的吗？你是从谁家的炉边童话里爬出来的，孩子？"

这话竟是从一个自称"猎鹰王子"的人口里说出来的！达乌德不禁想。

"你拒绝吗？"男孩怒气冲冲地说，"但决斗是每一个人的权力——"

谢天谢地，阿杜拉在他背后白了一眼，制止了他的门徒。他走到两名剑士中间，对猎鹰王子说："原谅他吧，法拉德·阿兹·哈马斯，他不过是个孩子。"

"'使刀的天才，街头的白痴'，对吗，大叔？我已经深刻领教了。"

阿杜拉爆发出一阵大笑，接着才意识到他是在与一个陌生人站在同一边嘲笑自己的朋友。食尸鬼猎人低下头，走向拉希德，一手抚上男孩的肩膀并低声表达了自己的歉意。

"你照管这些危险的年轻人时的眼神让我印象深刻，大叔。"猎鹰王子说，"尽管他们是你的孩子，你仍然将他们带上战场。我能理解。实际上，你看到的我身边的所有这些人都像我的儿子一样！"达乌德听腻了这男人的辞令，但他说话时庄重的态度看上去很真诚，就像训练过一般。

一个满脸麻子、年纪足够当大盗父亲的男人干巴巴地说："老大，如果你不想按照叩头者说的把这些人都干掉，那该怎么办？"

"我们有新同伴来帮助我们了，拉姆齐，但计划是不会变的。说到这里，我听见了——虽然毫无疑问你们没人能听见——我们的人给我发来了无声的信号。我得和他谈谈。好好地关照我们的新朋友，明白吗？"

猎鹰王子以常人不及的速度飞快地从房间的出口消失了。他刚走，那位叫拉姆齐的老家伙就咄咄逼人地走近达乌德和阿杜拉，一边低声威胁道："你们最好注意对我们王子说话的口气！"

"不然会怎么样？"达乌德竭力做出凶狠的表情，"一个老人家实话实说你就得把他杀掉？"他已经厌倦对这群暴徒逆来顺受了。如果达姆萨瓦城里尽是哈里发那样的人或者面前这样的货色，也许莉塔兹是对的。也许，如果他们能安然度过这一劫，就会离开这座该死的城市。

那人阴沉地盯着他好一会儿，接着神情缓和下来。"我来给你讲个故事吧，外乡人。我是一个凿石工，五年前，我差点儿就饿死了，从来不关心哈里发啊王子啊之类的。一天晚上，我从茶馆回到家中，发现我最小的女儿夏思塔奄奄一息，发了三天的高烧。除了哈里发御医配制的药剂以外，无药可医。你知道这有多难。接下来的两天两夜，我的思绪都如浸泡在火焰湖里一般。我本该回家帮助妻子照料垂死的女儿，却不得不外出工作，养活我其他嗷嗷待哺的健康孩子。

"接着我家门口传来一阵骚动，王子带着满满一把银币出现了——注意，不是铜子儿，是银币，还有一名王宫里的御医！哈里发的医生自己都走不稳，还来照顾我的女儿！我一辈子忘不了那人脸上的表情。他如此迫切地想要帮助我们，几乎让人觉得——"说到这里拉姆齐露出一丝坏笑——"让人觉得他的命都搭在这上面。要不是王子的命令，他才不会为夏思塔死气沉沉的脸上拂去苍蝇。现在，我的家人就是王子的家人。"

达乌德从他的口音判断出他原本是个村民。村民比城里人更重视家族血脉的维系。

王子重新出现在隧道口，回到人群中间。达乌德大声清了清嗓咙说："绑架他人，用刀剑逼着他们做你想要的事。通过恐吓他人来获得好处。如果那名御医不在的时候，王宫里有个孩子死去了怎么办？他是个富人家的孩子就该死吗？你真是个英雄，猎鹰王子！"

拉姆齐一手抓住他的大棍子。"我警告过你注意你说话的口气，外乡人！"

王子朝他投去失望的一瞥。"不，拉姆齐。我感谢你的忠诚，但这不是我们的做事方式。我们并不是为了最强大最有力的人作战。我们是为了掌握正义的人作战。我从来没有让你因为我是谁而追随我，而是为了我的信念而追随我。"

"是的，大人，你告诉过我的。原则。我自己也是个有原则的人。但他……"那人露出不怀好意的微笑，指着他的木棍说，"他是个迂腐不开窍的混蛋。他只关心自己的家族。"

王子笑着指指他的背。"你真是毫无希望，拉姆齐。不管怎样，做好准备——你也一样，叩头者——我们的人说差不多该动身了。"

莉塔兹在达乌德身边哼了一声。"叩头者！骆驼背！你们这些街头游民就给自己起这样的名字！"

达乌德抓住她的胳膊。这可不是你这个帕夏的侄女表现优越感的时候，亲爱的！他用眼神暗示她，但她视而不见。

"真的！这些名字都是你们亲妈起的吗？"她喋喋不休地继续道。

人群聚拢过来。叩头者半开玩笑地躬下身。"如果你真想知道的话，伯母，我妈妈叫我法耶兹。"

"你知道吗？我妈妈叫我卧室里的种马！"叩头者的一个同伴插嘴嘲笑道。

尽管很不屑，莉塔兹也笑了起来。"信徒们啊！当你在路上遇到别人，请记住，能够让破碎的翅膀完整如初的真主，已经将你们最美好的命运交织在一起了，"她一边背诵着一边转向王子，"我需要这样笑一笑。愿真主乐意让我们成为朋友而不是敌人，法拉德·阿兹·哈马斯。"

她从心里仍然是一个任性的蓝河苏共和国女孩。达乌德心想，她被这些冷血的杀手吸引，认为他们都是可爱的淘气鬼。在他的一生中，已经不止一次像这样感受到人们之前燃烧的恨意瞬间化为微笑。

猎鹰王子朝莉塔兹赞同地低下头。"希望如此，伯母，但我仍想向真主征询，是谁让人们陷入争斗，只为抢夺零星食物与土地；是谁让瘟疫肆虐，涂炭生灵！"

拉希德大吼一声，听起来就像是部落女孩野兽般的号叫。

"想要发火请便，僧人。"王子说，"六千年来，真主对于他的子民可连屁都没放过几个！你当真以为他高坐在天空，微笑俯瞰众生？看看你的身边！看看我们这个疯狂、血腥、肮脏的世界。他创造了世界，创造了我们，然后就任凭我们自生自灭了。我的朋友啊，到了现在，我们就当它是一坨狗屎。"大盗又抬起双眼，"但就算是屎也有用处。当肥料，当燃料。噢，是的。但想发挥这样的作用得先把它碾得粉碎，或者烧掉。"

"疯子！渎神者！"拉希德气势汹汹地朝王子逼近一大步。

大盗伸出一只手制止了他的手下，接着冷冷地盯着僧人。

"注意点儿，年轻人。这就是真实的世界，不是角斗场。正如你所知，我与肮脏斗争。"

僧人伸手想去握刀柄，然后才想起他身上没有武器。

这时，莉塔兹跳到二人中间。**我的妻子，调解者。**达乌德心想。她站直身子，这让她看起来几乎和拉希德一般高，但仍然不及猎鹰王子的肩膀。

"你们俩疯了吗？彻底疯了吗？天知道现在有多少条人命危在旦夕，你们却在这里上演内讧的闹剧？我们没时间了！白痴！"

好吧，并不是什么"调解者"。

王子笑了。"你让我想起我母亲，伯母。而我母亲可不是个友好的人。不过如果你那喋喋不休的小圣人能受得了你的话，我也能。"

"我不会让一个渎神者就这么通过的。"僧人冷冷地说。

莉塔兹冲拉希德摆摆手指，虽然她的声音柔和了下来。"回答我，亲爱的。你当真这么看待真主对我们所做的一切吗？一言不合便大打出手，与此同时却任凭这世界被叛逆天使撕扯得血肉横飞？我们宝贵的时间所剩无几，你们就打算把它浪费在争执自己的虔诚上面吗？"

突然，通道里传来一阵激烈的脚步声。一个穿着猎鹰制服的人小跑出来，王子上前与他交谈。接着，大盗朝着穴室内所有的人发话了。"苏共和国女儿说得不错，我的朋友们——时间很宝贵，而且，终于万事俱备了！我们的时代就在手中！在数年前，我们发动过第二次内战，但猎鹰知道最佳的时机。我们对人们厉声叫嚷着他们所面对的不公吗？不！我们只是一脚踹飞那些肥胖的富人，偷来他们的宝石发给穷人罢了！而现在，我们要踹飞其中最胖的那一个，把世界上最大的宝石抛给众人！为了实现这一天，我们的很多朋友付出了巨大的代价。他们的牺牲会白费吗？"

"不！"大盗的追随者们齐声喊道。

"我们必须瞅准时机！"王子大吼道，"我们只有一次机会，突然出现在王宫中央，挥动着武器，将伟大的计划付诸光荣的行动——"他滔滔不绝地说着走进通道，余者随着他的身影消失了。

人们沿着另一条弯曲的隧道走了几分钟，王子小跑着回到达乌德和他的朋友们身边。与先前怪物般的嗓音不同，他压低声音开口说道：

"我看到你们脸上写着'我们在哪儿？'的疑惑。我会告诉你们的。我们正走在王宫的地下通道。有好多条这样的岔道，有些连哈里发都不知道，其历史比王权还要悠久，可以追溯到克米提地下城的年代。只有那些大半生都研究相关领域的人才知道。其中一条隧道直接通往克米提神庙的废墟，那里正是王宫的心脏。不幸的是，这条密道兜了个大圈，迂回辗转，让原本十分钟就能到达的距离绕成了一个小时。这里并不隔音，所以从现在往前我们都得保持安静。我并不喜欢威胁新交上的朋友，但我必须警告你们，有必要的话，我会强行让你们保持安静。噢，我差点儿忘了——你们可以拿回自己的武器。"盗贼头子示意他的一个手下送回拉希德的弯刀和莉塔兹的匕首，接着匆匆地回到了队伍的前面。

他们走了一个小时，东拐西绕，上坡下坡，穿过一条条隧道，走过白石与积土砌成的一间间房间。达乌德的脚走疼了，脑海中盘踞着无数不祥的念头。但他一个字也没说。

第十八章

　　阿杜拉和他的朋友们听从猎鹰王子的警告，默不作声地走了将近一个小时。隧道陡然上坡，阿杜拉走得气喘吁吁的。接着，隧道通向一个宽阔的……山洞？房间？不知是人为的还是自然形成的，它周围的巨大石墙阴冷潮湿，细长的道路与高大的石柱阻隔形成了一系列巨大的水池。水流在他身边汨汨流淌，他竭力控制自己不要被眼前景象惊得大叫起来。一个地下水宫！比弯月王宫还要古老，就坐落于地下？在有人来到这里之前，它已经存在了多久？

　　他觉得自己熟悉的城市正在自己脚下发生异变。他头昏脑涨，好一会儿才弄清有人比他们大队人马捷足先登的事实——那不过是一些低矮的无烟火把。

　　两个肌肉发达的年轻人站在大空地的正中，正在调整一个用木杆和绳子制成的梯子一样的东西。这长梯一直伸到天花板，他的老眼几乎看不清。但当他适应了黑暗，发现天花板上有一个小洞，梯子上端被固定在那里。

　　一口井，阿杜拉明白了。一口开在王宫内部的井。这城市正在他的脚下发生动荡！石头上那个小洞令人称奇——如果神圣的篡权者早就知道哈里发的盔甲中有这样的裂缝，当年的内战会不会是另一种结果？又会怎么样呢，最后的结局——？

他的思绪又被打断了。王子转向他们，伸出一只手指竖在嘴边，示意他们保持安静。王子走上前，做了一系列手势，与梯子边的两个男人商量着什么。昏暗中，阿杜拉没能领会。片刻后，大盗示意人们在梯边集合，一些人已动身向上爬去。

王子示意阿杜拉和他的朋友们也爬上去。阿杜拉听见身边达乌德轻声的咒骂。但当男术士爬上去时，却显得比他想象得要轻松。阿杜拉自己开始爬时便明白了原因——梯子建造得十分巧妙，爬起来不像平常那样困难。上方的井口越来越近了，阿杜拉感觉到王子的另一队人马也来到地下水宫朝梯子走来。当然。王子事先派人做好了攀登的准备，因为他想要大量武装部队尽快进入宫殿。

阿杜拉的双手被绳子摩擦得有些发烫，他穿着白袍子的身子也汗如雨下。他听到在他上方不远处达乌德正喘着粗气。不管是不是精巧的装置，当阿杜拉终于来到顶端爬出井口，他非常庆幸……

一队全副武装的卫兵赫然出现在四周，紧紧地盯着他们。阿杜拉吓得险些摔回梯子上。紧接着，他看到这些人和先前爬上去的王子的手下交换着手势。**还有更多的渗入者啊。**对于王子的势力在王宫中也如此无孔不入，他不知道该高兴还是该烦恼。

他们来到一间长二十四英尺的灰石房间里，室内散发着井水的味道。王子示意阿杜拉和他的朋友来到里边的一扇小拱门前。僧人、男术士、炼金术士和巴达维人紧紧聚集在王子身边，几个王子的手下也跟了过来。阿杜拉在他们身后瞥见房中已经站满了带武器的人，正悄声地从井里钻出来。

王子带着他们穿过砌有低矮石壁炉的宽敞厨房的门廊。另有两条门廊通往别处，各有两个卫兵守在两侧。他们对王子的进入毫无反应，说明他们也都是王子的手下。房间里飘着烤面包的味道，但阿杜拉知道，其下掩藏着另一种气味——血腥味。

厨房正中站着一个肤色黝黑的高大妇女，她和阿杜拉一般壮硕，穿着厨子的围裙，握着一把沾满血迹的大斧头。她的脚边躺着一名卫兵的尸体，脑袋被劈开。王子快步来到女人面前，飞速地交换了一些手势。接着，他以常人不及的速度沿着厨房的四周往地上撒下某种粉末，将整个房间圈起来。他拿出打火石点燃了粉末。并没有可见的火焰在燃烧，但他们四周显出了微弱的蓝色辉光。**是炼金术**，阿杜拉知道，但也仅此而已。他向莉塔兹投去询问的目光，但她只是耸耸肩。还很少有东西能难住她。他又一次感受到王子的能力，这一天中他已经被惊住很多次了。

"好了！"法拉德·阿兹·哈马斯大吼一声打破了死寂，"现在我们可以说话了，黑豹的粉末可以防止我们的话被房间外的人听见。我的朋友们，来见见午夜之母，哈里发御膳房的王后。很多年来，她和你们之前见到的大臣一起帮助我筹备了一场小盛典。如果我们活了下去，我们都欠了她一个大恩。"王子转向大个子女人，"我猜测，还没有听到叫喊声和警钟声，所以我们还没有被发现？"

"是的，法拉德。"午夜之母说，她的声音听起来就像岩石的边缘，"那些不合时宜的白痴们都被干掉了，但我们可没法一直藏着他们的尸体。"她用她血迹斑斑的斧头指着房间里那十几个巨大的火炉。阿杜拉看到到处都有人的手或穿着靴子的脚伸出壁炉。

他感到一阵恶心。骰子已经从杯中落下。**我们都是这次疯狂篡权的参与者，不管我们是否如此希望。**

在他身边，拉希德和扎米亚愤怒地开腔了，但他向他们投去了最严厉的目光。"奥沙度。牟·阿瓦，"他恶狠狠地悄声说，"现在已经没有办法来阻止他们了。这比任何事情都重要。"赞美真主，年轻人都不再说话了。

"他在两个房间之外，法拉德。在天鹅绒室里，大概正在独自享用他的第三日午膳。美德的卫道士从不会真正落单，但在一周内这是他身边最为无人的时刻了。一切都如你的计划——这就是我们一直等待的时刻。"

拉希德打破了他短暂的沉寂。"你对此毫不羞耻么，女人？你背叛了你的哈里发，你的主人。你不羞耻么？"

猎鹰王子怒视着少年，午夜之母咬牙切齿的大声说："去问美德的卫道士，关于我的女儿和他的……欲望，圣人。问他，为什么忠诚服侍他与他父亲的午夜之母，却被回报以独女被强奸抛弃最终自尽的下场。然后再来和我说什么羞耻和背叛。"

令阿杜拉惊讶的是，少年闭嘴了。他们身后，更多的手下悄然进入厨房。

猎鹰王子将一只大手扶上午夜之母的肩膀。"伯母，我以灵魂发誓，不到半天，你就能亲自质问那个人渣。虽然，我恐怕你得到的答案，将是他的脑袋落到处刑皮垫上发出的声响。"

他转向阿杜拉。"我没看到这里有什么怪物，除了我的狩猎对象，大叔。但离这里两墙之隔的房间里躺着正扼死我们城市的人。我给你和你的朋友们多一些选择。跟着我进到那房间里一起活下去，还是回到那口井里——当然是在我们的监视之下——置身事外，除了提防你们的食尸鬼。不管怎样，僧人的话都让我不得不谨慎。我要你们在真主面前发誓不会背叛我。"他说着，严厉地看着拉希德，"否则，你别再和我们行动。"

一个异教徒却要人发誓。阿杜拉觉得很讽刺，他看到他的朋友们说"我向万能的真主发誓"的时候，也露出了一丝和自己一样的苦笑。除了拉希德，他始终和大理石雕像一样。他和我一样，知道奥沙度会出现，而帮助我阻止这样一个人是一项神圣的使命。而且毫无疑问，他也想照顾好部落女孩。

少年没说话，阿杜拉清了清嗓子。刚才一直帮着把支离破碎的尸体塞进火炉里的午夜之母，用脚踩了踩地面说："我们没有时间了，法拉德。"

阿杜拉抓紧僧人的胳膊。他看到了拉希德朝扎米亚的方向投去一瞥，然后轻声说："我向万能的真主发誓。"

他们跟着大盗从厨房走进一间墙壁精雕细琢的房间。空气中弥漫着清淡怡人的香味——比熏香更为精妙，毫无疑问是由流转法术释放的。对面墙上的黑檀木门是这房间唯一的黑色标记。阿杜拉还没来得及细思他将要投身于怎样的历史性时刻，王子和他的一小群手下便走过房间，砍断了两个卫兵的喉咙。王子用不可思议的力量踢开了那扇大门，冲进里面的房间。阿杜拉和他的朋友们别无选择，只得跟上。

天鹅绒房间，午夜之母这么称呼它的原因显而易见：天花板、墙壁、地板以及一张有华盖的睡椅都装饰着豪华的紫色绒布。正中坐着一个清瘦的年轻人，全身戴满珠宝，穿着华丽的长袍，他正漠然地看着他的一个卫兵敲开了另一个卫兵的脑袋。

当贾巴里·阿赫·卡达里，真主在世界上的摄政王终于回过神尖叫，猎鹰王子早已在房间四周撒满了会发出蓝色辉光的粉末。显然，他的尖叫没人能听见。

"你……你是……怎么……"哈里发结结巴巴地说不出完整的词句，"没有入侵者可以进到……"他沉默了，显得不知所措。他看到达乌德，画着黑色眼线的眼睛瞪得更大了，"你！从哪里——"

"你没资格发问，暴君！"王子大吼道，他的眼中因为疯狂的念头闪出凶光，"但我有话要问你！感觉如何——"

王子话还没说完，哈里发碰了碰他的一枚戒指，一道光充斥了整个房间。阿杜拉凭着几十年来的直觉嗅到了危险，冲向哈里发，法拉德·阿兹·哈马斯也一样。有什么东西闯到他的面前，他看到一大块厚木板从天花板伸下将他与哈里发隔开。**虚假墙。**他意识到，那些墙也将他与他的朋友们隔开了。

猎鹰王子在他的身边，用剑柄猛砸木板。"混蛋！"大盗吼道，"这是用迷惑木造的。那个卑鄙的混蛋！虽然事实上我觉得没什么大不了的。抢先支开他也许能有点儿用，但他不是我最终要找的。某种程度上说，事情对我们来说变得更容易了——他和他的儿子被隔离开了。"

"也许对你来说变容易了吧，你这个该死的疯子！"阿杜拉气冲冲地说，"我的朋友们可是被这玩意儿隔在另一边了！我不要和他们分开！"阿杜拉猛拍着木墙呼唤着他的朋友们，顾不得这会引起警卫的注意。他知道木墙另一侧达乌德和别人也会做同样的事情的。但他听不到任何叫喊，也听不到薄木板另一侧的任何拍打声。还有别的魔法在起作用。

王子眼中闪烁着真诚的同情，但他的语气却很平静。"随你怎么做，大叔。但如果我没猜错，就算是利卡米的女儿莉塔兹女士这样的顶级炼金术士，想要推倒这堵墙也得花上一整天。"

阿杜拉不禁想，王子熟知他朋友的名声，就像熟知他自己的名声一样。

"你最正确的决定"，大盗继续说，"就是跟着我。没有我在身边，卫兵和我的手下都会给你带来麻烦的，更不要说在这宫殿的可怕迷宫中找到出路。"

这人说得没错，当然。

阿杜拉深感挫败地踢着阻隔他与朋友的木墙，把脚趾踢肿了。他抬起头，看到法拉德·阿兹·哈马斯撕下一块天鹅绒帐幔，冲进了与原本藏在其后的一条石头通道里。

大盗清楚记得王宫的结构，他自信地向前走着，飞快地沿着通道左拐右拐穿过各个房间，阿杜拉难以跟上。阿杜拉不满地喊："等等我！"但猎鹰王子一心想着他的目的，几乎不理会阿杜拉。

阿杜拉跟着他走过另一间长厅，经过一群穿制服打斗的男人身边。战斗双方抬头惊讶地看着他，但都忙于互相厮杀而没有找他的麻烦。他瞥见王子跑过一列装饰华丽的门，便赶紧跟上。

他走进一间大房间，这里被永不熄灭的魔法灯照亮。从火焰的神秘辉光中，他看到数十个镶着金线的巨大玻璃箱沿着左右墙边摆开，每个箱子里都装着一顶头巾。**天堂守护者之厅！**死去的哈里发的衣冠冢，每人都以一顶华丽的头巾来代替。紫色的银丝、孔雀羽、小孩拳头一般大的珍珠，阿杜拉强迫自己不要亵观，朝前走去。

他来到另一间堪比城市街区的大房间里。天花板上装饰着珍珠、白金和黄金。墙上挂着富丽堂皇的挂毯，上面织着救死扶伤的天使。玫瑰色大理石柱被巧妙地雕琢过。每一丝花纹与脉络都写着真主之名，阿杜拉一边咒骂一边从其间穿行。这些哈里发真当自己是真主在这个世界上的摄政王！这个王宫里到处都是他的名字，阿杜拉心想。可是，他的圣灵却从不显现。

　　王宫某处传来人们的叫喊声，警钟大作。在更近的地方，他听到武器的碰撞声。阿杜拉及时地转过墙角，看到法拉德·阿兹·哈马斯正和一扇小铜门前的两个守卫短兵相接。

　　他的宽刃剑虚晃、格挡，就像一把打造得很精巧的轻剑。每当刺向卫兵，剑便闪出金光。武器魔法。那需要耗费一大笔钱。阿杜拉再次惊叹法拉德·阿兹·哈马斯钱袋深得不见底。守卫很快就毙命了，王子撞开门，阿杜拉跟了进去。

　　相比他见过的大多数王宫的房间，这一间小得多也精致得多，正如它的所有者，一个九岁的男孩，看上去很弱小，穿着水晶与宝石缀饰的长袍，大概值阿杜拉的整栋房子了。当他们走进房间，他抬起头来，眨着眼睛。

　　男孩和哈里发有着同样的脸型。是太子。小萨马里·阿赫·贾巴里·阿赫·卡达里正盘腿坐在房间正中的一张垫子上，面前打开着一本被照得很明亮的大书。当他猛然意识到宫殿里到处都是疯狂的暴徒时，温和的神态变得震惊起来。阿杜拉猜想刚才的铜门被施了寂静法术。为了保护这些白痴免遭不快，竟浪费了那么多金钱和魔法。

　　"你——你是——你是他，"男孩结结巴巴地说着，比他父亲稍微多了那么点优雅，"猎鹰王子！"

"没错，正是我，你这个未来的暴君！"王子大吼着，剑尖指着男孩朝前走去。那看上去很腼腆的男孩似乎被那声响震得躬下身去。"我是猎鹰王子，我的愤怒滔天！我来这里是为了——"

"你是我的英雄。"男孩拂开面前一绺黑色长发，安静地说。

"我警告你，小兔崽子——嗯？"法拉德·阿兹·哈马斯眨了眨眼，大嗓门无影无踪了。阿杜拉还是第一次见到大盗如此不相信自己。"你说什么？"

男孩似乎对他说过的话感到很害羞，但他还是重复了一遍："我说'你是我的英雄'。"太子看了看阿杜拉，但似乎并没有正眼看他。警报声又响了起来。

这可不得了，阿杜拉心想。能看到巧舌如簧的猎鹰王子哑口无言。王子转身关上了身后的铜门，隔开了外面的喧嚣。他毫不费力地拖过一把沉重的乌木睡椅堵在门口。

"英雄？"王子终于开口问道。

"是的！"太子说着，合上书本，显得更激动了。阿杜拉发现是一本《海盗帕夏的一千个故事》，相比其他花哨廉价的印刷本，这应该是最昂贵的一版了。太子站起来："是的！就像书中的那些英雄一样！救济穷人，用剑和微笑惩奸除恶。我的老师说这样的人不存在，但我知道。以万能的真主之愿，希望有一天我也能这样！"

阿杜拉心想，如果王子足够虔诚，早就双膝跪地感谢仁慈的真主给他如此的好运。

如他所见，大盗咧开嘴大笑起来，一边用大手拍着男孩的肩膀。"好吧！看来我的间谍们还是没有搜清王宫里的所有情况。

你显然是从这棵腐朽的树上结出的好果子，孩子。完全不是我想象中那种让人难以忍受的养尊处优的混蛋。"

太子露出了一个长期被严格管教的孩子的笑容。"你没有叫我年轻的卫道士！我喜欢这样。你知道吗，在我还是个小孩的时候，连我的玩伴都这么叫我。"

"在你还是个小孩的时候？"阿杜拉脱口而出，"你不就是——"

王子打断他的话，"很好，你也不叫我伪君子或疯子，我们应该能相处得很愉快，孩子！"

太子的微笑消失了。"但是，嗯，这里发生了什么，王子大人？你想要杀了我吗？你已经杀了我父亲了吗？"令人佩服的是，男孩的声音毫不畏惧。

法拉德·阿兹·哈马斯紧紧盯着男孩。"我不会对你说谎，孩子。我来这里是为了夺取弯月王座。在它的大理石座中封印着强大的魔法，有了它我就可以帮助达姆萨瓦城的好人。我也是来夺取王宫的，有穷人生病了，需要这里的医生治疗。国库里的粮食也能让饿肚子的人们饱餐一顿。"

男孩悲伤地笑了。"每当我说起这些，我的老师就会说，一些人拥有而另一些人一无所有是万能真主的意志。还说我不该崇拜你，因为你根本不是什么王子，只是个杀人犯和恐怖分子。"

法拉德·阿兹·哈马斯深吸一口气，高声吼道："我是个杀人犯？你的父亲又如何，他胆敢称呼自己'卫道士'，却让别人为了他厮杀流血死亡？你父亲粮仓爆满，乞丐和孤苦的人们却在饿死，这就是'真主之愿'，嗯？车夫和脚夫的病明明可以被你父亲的医生治好，却只能自生自灭！结果我却是个坏人！是带来恐怖的人！我也尝过饥饿和刀剑的滋味，我的小朋友！我宁愿在刀剑下死去，那样还好些，更干脆。是的，我杀过人，但都是用我的双手，眼睁睁地送他们断气。而你的父亲呢，却是个无能又懒惰的杀手。装作自己很无辜。你想成为这样的人吗？"

"不。"男孩坚定而清晰地说，即使门外作响的警报声也没能掩盖他的声音，"但王子啊，我的父亲如何？我又如何？"

"你父亲的双手沾满了无数人的鲜血，萨马里·阿赫·贾巴里·阿赫·卡达里。但如果你协助我，我会让你和他平安地逃脱，也许——"

"不，"男孩打断道，书生气的外表下有着不容置疑的威严，"如果你想要我帮忙，王子大人，你必须杀了我父亲。我曾经对真主发誓，要看着他死去。"

阿杜拉看着王子目瞪口呆地盯着男孩，毫无疑问，他自己也一定目瞪口呆。

"我……但……为什么？"法拉德·阿兹·哈马斯结结巴巴地说。

"你错了，王子大人，我父亲并不是个懒散的杀手。也许你听说过我母亲死于高烧，愿真主荫庇她的灵魂。事实并不是这样。我亲眼见到我父亲勒死了她，因为他觉得她在对他的一个侍从抛媚眼。当我想阻止他时，却被他打了一顿。他说等我长大些就会明白。那是五年前，他还没有当上哈里发。那时我就明白，看着他被杀死是我的使命。"

他们身后，堵门的躺椅咯吱咯吱地响起来，有人想要破门而入。法拉德·阿兹·哈马斯眼中又闪出邪恶的嗜血目光。他的剑刃已经准备好了。

如果这男孩亲眼看到王子杀死他的守卫，他从故事书上得来的美好想象就会破灭。阿杜拉朝王子举起一只手对王子说："请等等。还有个办法——如果，年轻的卫道士，你愿意听从我的指示。"王子想了想，似乎明白了他的话。太子什么都没说。

他们身后的门被撞开了，黑檀木碎屑四处飞溅，三个全副武装的卫兵冲进房间。

"年轻的卫道士！"为首的那位大喊，他不假思索地躬下身，"这些人是谁？难道是……？万能的真主啊！退后，年轻的卫道士！我们会保护你的！"

阿杜拉走上前。"你们疯了吗？如果这真是法拉德·阿兹·哈马斯，你们觉得年轻的卫道士还会活着吗？我们会在这儿闲聊吗？我们是美德卫道士的代表，奉命在这样的时刻保护年轻的卫道士，并假扮成敌人混淆视听的！"

男人看上去并不相信。但他和他手下都没有妄动。"你是谁，老头子？你叫什么名字？为什么我从没……"

太子用威严的声调说："你们不认识这些人，因为你们不过区区卫兵，并不知晓美德卫道士的秘密计划！我父王已经任命这两个人保护我，直到真正的大盗被找出来处决掉！你们有一半人背叛了我们——事实上这两个人曾试图袭击我们，"太子指着先前被猎鹰王子杀死的两名卫兵的尸体，"立刻离开，行使对我们的职责！立刻！"也许他一点儿也不软弱。

"我……但……"卫兵没有多说什么，只挥手召集他的人转身去搜寻别的敌人了。

当他们离开，太子低头看着尸体，露出悲伤的表情。"阿亚比是个好人。"他简单地说。

"听着，孩子，我们必须——"阿杜拉想要解释，但他无能为力，太子并没太在意他的话。

"不管是不是好人，我的朋友，他是你的看守，"王子说，"我知道你在这里过的生活。到现在已经在你父亲令人窒息的管教下生活了九年。没有办法随心所欲地交朋友。不筹备个两天就不能离开王宫。被迫学习那些对你来说毫无意义的东西。我说得对吗，孩子？设想一下，如果你不被囚禁在弯月王宫里，将会拥有怎样自由自在的生活。"

这个人可真是拨弄孩子心弦的出色琴师。自由之种已经植入男孩的脑海，会令他放弃王座，而种子之花已经在他眼中绽放。一千种他曾经以为不可能的可能性正罗列于眼前。阿杜拉能从男孩的微笑中看出这一点。法拉德·阿兹·哈马斯并没有说谎，他只是陈述了事实，以一种殷切而戏剧化的方式。阿杜拉觉得这正是人们乐意听到的。

也许他自己都受到了些许煽动。

"那么我怎样才能逃脱呢，王子大人？"太子说着，视线仍然没有从尸体上移开。

"孩子，跟着我去王座的房间，我会让你知道的。"他们三个人一同前行。法拉德·阿兹·哈马斯向太子解释了将王座的仁慈魔法与统治权移交给自己所需的简单仪式。他对于王座持有的死亡魔法以及血腥魔法的咒语只字未提。

"但别的城邦对此会认可吗？"男孩问，"比如说，卢加尔巴？苏共和国？"

王子耸了耸他宽大的肩膀。"让我考虑考虑。我的手下有些盗贼与刀剑贩子，同样也是我的外交官和法律专员。"他不自然地朝男孩眨眨眼睛，"相信我，法律专员比盗贼更可怕。你怎么想，萨马里？"

"我会把王座给你的，王子大人，只要你向真主发誓会像英雄一样使用它的力量，只要你杀死美德的卫道士，因为他对我母亲犯下那样的罪行。"

"我向万能的真主发誓，他见证一切誓言。"法拉德·阿兹·哈马斯的大手握住太子的小手。大盗领着男孩走过一间间华丽的房间，阿杜拉紧跟着他们，无暇停下来张望。他们又一次经过一群争斗的人，但王子径直向前。

接着，他们到达了王座所在的房间。

这里空无一人，与阿杜拉所见过的那些王殿一样宽敞，一样豪华。木雕在炼金术士的魔法下闪烁着辉光，拼织地毯由金线织成，空气中混合着十几种香水与熏香的怡人气味。不过，除了房间正中的王座以外，还零星摆放着少量家具。

弯月王座立于一个小高台顶端，冷冷地发出白光，与阿杜拉的长袍一样一尘不染。王座的靠背由一块奇怪的珠光石板雕出精巧的形状，看上去也许是一弯新月——也许是一尾半隐半现的眼镜蛇。

法拉德·阿兹·哈马斯低声吹了一声口哨。"终于。"他悄声说。

他们走向王座。就要到达时，从另一侧的拱廊中杀出一队人马。哈里发出现了，身上的华丽丝质长袍凌乱不堪，身边是几个全副武装的卫兵，还有一个黑袍男人。他只可能是皇家术士。

他们双方在这间宽敞的房间里对峙着。

"杀了他们！"哈里发大喊道，"他们绑架了你们年轻的卫道士！杀了他们！"

法拉德·阿兹·哈马斯剑已出鞘，闪着金光，但太子挡在他面前。"他们并没有绑架我，美德的卫道士！这位好王子向我展示了王座的魔力——可以保证他统治整座宫殿，并为我的母亲复仇！"

卫兵停下脚步，不知该做什么。

"好王子？"哈里发气急败坏地说，"你被贵族强盗的白痴故事冲昏头了！"他转身问他的巫术士，"他在说什么？王座的魔法？"

披斗篷的男人摇摇头。"美德的卫道士，我并不——"他话没说完，身后的门廊里窜出一个豺狼身形的黑影朝他扑了过去。

听着牟·阿瓦噬咬男术士发出的可怕声响，房间中的每个人都惊呆了。男术士嘴里吐不出一个字，他成了一具双眼猩红的尸体。人们因为震惊变得死寂。这时门廊传来一阵脚步声，人们的目光一齐投了过去。

奥沙度。他个子很高但异常清瘦，肌肤泛着黄疸色。他的脸上长满胡子，外袍与阿杜拉的长袍同样的剪裁，同样的颜色，但却被血迹弄得肮脏不堪。他的手中拿着一个红色的丝制袋。

阿杜拉突然想起几周前，当这一切都还没发生时，他所做的那个噩梦。血流成河。他自己的长袍溅满血迹。曾有说法，食尸鬼的食尸鬼，他的长袍永不会洁净。那么这位，就是真主托梦说过的，阿杜拉正在追击的恶人。他杀死了米莉的侄女，他袭击了巴努·莱思·巴达维部落，他杀死了叶耶，烧毁了阿杜拉家以及其中所有珍贵的回忆。

阿杜拉听见脑海中响起人狼的声音，正如那天晚上听到的一样。肥胖之躯为自己的一尘不染而自鸣得意。他不过初尝了这燃烧的世界的第一缕灰烬。他并不知火焰湖的甘美火舌，顷刻将一切舐尽。牟·阿瓦的声音一边轰鸣，奥沙度一边用骨瘦如柴的胳膊不屑地划过一道弧线，也许圈进了王宫、城市，甚至真主伟大的世界。

牟·阿瓦扑上哈里发，黑暗的下颌略略作响。当阿杜拉听见美德卫道士的呜咽变成了哭号，他不禁想，这座城市的残忍暴君也不过一介凡人。他的威势与力量，以及阿杜拉对他的深仇大恨，都被撕扯得粉碎。贾巴里·阿赫·卡达里哭号着，接着不再出声。

阿杜拉被震惊与恐惧笼罩，他发现即便是法拉德·阿兹·哈马斯也一样。

奥沙度从手中的袋子里掏出一个人头。人头用一种怪异的声音吱嘎着说道："奉上血肉，奉上灵魂！奉上血肉，奉上灵魂！"

阿杜拉的周围，卫兵们开始翻白眼，他们的皮肤皱缩起来，口中喃喃自语着同样的词句。他们齐刷刷地扑向阿杜拉、王子和太子。

那一刻，阿杜拉知道，他们已经变成傀儡了。

皮囊食尸鬼。这些怪物是将活人的灵魂彻底扭曲造出来的。虽然在过去的几周里阿杜拉早已无数次被惊到，这一刻他仍然被震慑了。他只在书上读到过这些——他曾庆幸这可怕的法术已经失传。没有咒语或刀剑能对付得了皮囊食尸鬼。古书上说腐肉将与腐肉融合，朽骨将与朽骨重连，直到他们的制造者将罪恶的生命从他们被盗取的躯体中抽离。

牟·阿瓦俯在死去的哈里发那双眼猩红的尸体上，一些无实体的东西从它的下颌滴落。阿杜拉身后，太子呜咽起来。

皮囊食尸鬼们摇摇晃晃地朝阿杜拉走来。在他身边，太子与猎鹰王子都被吓得动弹不得。

事情就会这样结束吧。他的大脑昏昏沉沉地，闪过一些念头。茶与诗。他的朋友与他的城市。

米莉，这个他向万能真主祈愿能娶的人。

不，不，还不可以这样结束。我不会让它这样结束的。

皮囊食尸鬼是杀不死的，但可以阻止。他可以为王子争取时间来夺取王座，或干掉奥沙度，或让太子转移到安全的地方，或者……别的什么。

他向前冲去。当他从熊熊燃烧的家中抢救出他的包裹时，里面没剩多少东西了。但有的正是他现在需要的。他拿出一个小乌龟壳，在头顶振摇晃，镶嵌在内部的三颗蓝宝石发出清脆的声音。

"仁慈的真主是我们的最后一缕呼吸！"他大吼道。这是一句古老的咒语，能升起一座食尸鬼不可逾越的墙。但它对于更为古老的死去神灵的魔法则无能为力。一切全指望豺狼形的怪物高抬贵手。

食尸鬼靠近他时，一张彩虹色的光墙升了起来。它们的击打伤不到他，虽然每一次攻击，光墙都会闪烁。在他身后，王子终于克服了恐惧，跑上前来。

阿杜拉又一次听到脑海中响起牟·阿瓦的声音。浮夸之人用治疗法术的故事让汝宽心？哈！他注定徒劳无功。眼镜蛇之神不爱生命与善良！

接着怪物扑到他身上。阿杜拉感到自己的灵魂正慢慢被抽离。

第十九章

　　一切都乱套了。莉塔兹听见到处都是雷鸣般的脚步声和武器交锋的声音。号角与鸣钟大肆发出警报，某处传来"拿起武器！拿起武器！"的喊声。卫兵们与实际上效忠于王子的卧底们相互对抗。许多人还没来得及意识到同伴倒戈，便咕噜一声断了气。

　　阿杜拉、法拉德·阿兹·哈马斯与众人被虚假墙隔开了，怎样敲击都无法破墙而过，甚至连莉塔兹的占卜术也无能为力。他们漫无目的地在各个房间之间搜寻他们的朋友，除此之外别无选择。

　　"我们得找到阿杜拉！"她朝丈夫大喊。他们跟随着拉希德沿着一条门廊往前，这里没有人。

　　达乌德只是简单点了点头。他牙关紧咬，让莉塔兹明白，他的身体正在忍受着某种难以忍受的能量，如果没有哪个倒霉的对手让他释放一下，这个咒语便会侵蚀掉他的身体。

　　他们跑进一间没有屋顶的蓝色大理石房间。太阳高悬在空中，就像一个巨大的金色发光球。拉希德在前面开路，他拔剑出鞘，蓝色的丝绸外衣融入墙的背景中，仿佛隐身一般。

　　他们来到蓝色房间的中央，两支十来人的队伍——半数穿着猎鹰制服，半数看上去是忠诚的卫兵——从两侧的门廊里冲进来。他们叫嚷着，挥舞着武器向对方进攻。

而莉塔兹和她的同伴正站在他们中间。

她举起那把会喷雾的匕首，拇指抚过刀柄里藏着的一些按钮。拉希德向部落女孩走近一步，摆出了防御的姿势。

接着，空气中涌动起奇怪的能量，闪出一道耀眼的金光，两队人马都停止了打斗。一阵低沉的咆哮声传来。

突然，扎米亚·巴努·莱思·巴达维在莉塔兹身边变成了狮子形态，她金色的皮毛闪闪发光。那双绿宝石般的眼睛中闪烁着更甚于野兽的狂怒，尾巴挥向空中。这女孩曾经还那般担心她没有办法变形！

王子的手下窃窃私语了一阵，接着整队人转身跑开了。哈里发的人有一半也跟着跑了，但仍有六个白痴举着长矛与剑走上前来。

母狮——扎米亚——用闪光的利爪挥向其中三人，他们流着血倒下了。一个士兵试图用长矛刺向她，但他的武器无法伤其分毫。扎米亚的獠牙咬碎了他的胳膊，接着把他像个玩偶一样挥开了。

拉希德走向卫兵们，准备助母狮一臂之力。人们四散而逃。

"我赞美万能的真主，感谢救死扶伤的天使！"当人们都离开后，扎米亚说道。莉塔兹不知道她是否听过扎米亚更多的感激之辞。"你的净化术和图案都没法找到博士，伯母。但我已经察觉到博士的气息了。他在这边。"

尽管有着良好的训练与很深的阅历，但看到一个狮子脸的生物说话并大步跑开时，莉塔兹还是有些不知所措。她的衣服又去哪儿了？她好奇地想探个究竟。但她只能跟着带路的狮子女孩朝前走，迅速地走过拉希德身边，追寻着人类无法察觉的某种气息。僧人长久地凝视着扎米亚，然后也跟了上去。**爱上母狮子的僧人——可以拿来演一场皮影木偶戏，如果——**

一个守在壁龛里的男人冲向她。

他是哈里发的追随者，但看起来失去了武器。很显然，他把她视为容易得手的目标。莉塔兹没来得及拿出她的匕首，男人就朝她脸上来了一拳。她眼冒金星，火辣辣地盈满眼泪，鼻子也流出血来。她是个女人。她的身子可不是用来遭受这种待遇的。

但她几年来已经让自己适应这些。她后退几步，朝男人撒下一把辣胡椒粉，他擦着眼睛尖叫起来。这样再刺向他的肚子就轻而易举了。

在她身边，拉希德正用他的叉形刀锋对抗另一个卫兵的剑。僧人挥刀击倒了那个人。第三个卫兵被她丈夫的魔法火焰灼伤了身子，惊叫着跑开了。于是又只剩他们几个了。拉希德脚边躺着三个人，看上去既有哈里发的手下，也有猎鹰王子的。她明白，任何拿着武器又愚蠢地露出杀意的人，僧人都格杀勿论。她对自己为此高兴而感到惭愧。她听到扎米亚在转角外喊他们快点。

他们来到另一间露天的房间——这是一座宽敞的庭院，坐落着小巧的蒸汽池，还种植着苏共和国丛林里常见的花草树木。这里无疑被施了强大的水系魔法。四周传来动物的叫声。

"百兽林，"她丈夫气喘吁吁地说，"哈里发的私家动物园——我听说过这个地方。"

"嘎！即使是天使也要为美德的卫道士唱赞美歌！嘎！"一只灰绿相间的鸟说这话，声音在莉塔兹听来神奇地与人类非常相似。又一群人冲了进来，踩踏着树木与长着粉色毒花的灌木。鸟儿惊得飞上了更高的树丫。

那是一个穿着华丽制服的矮壮男人，身边站着六名装备精良的卫兵。"瓦纪德之子达乌德！"男子喊着，一边挥舞着钢制权杖，上面的血迹已经凝固。是劳恩·赫达德。他救了他一命已是多年前的往事了，但他看上去并没有忘记。

这位矮个男人皱起眉头，令他原本就轮廓鲜明的脸庞看上去更深邃了。"我也看见了利卡米之女，莉塔兹女士！你们俩也被扯进这起叛乱了？我欠你们一条命，但看起来你们俩策划了这系列事件，所以我必须杀了你们，然后在火焰湖里为我的忘恩负义接受惩罚——我没法让你们通过这里。"

两只猴子厉声叫嚷着穿过。达乌德走过僧人和部落女孩，张开自己空空的双手，小心翼翼地望着卫兵的弓。他紧着嗓门说话，表示自己仍然蓄着魔力。

"赫达德队长，我们不是叛变者。我们来这里是希望——"

达乌德的辩解突然被六张嘴的呻吟声淹没。劳恩·赫达德周围的卫兵诡异地战栗着，他们的皮肤干枯，双眼同时向后翻，只看得见眼白。

与此同时，这些已成为怪物的人张口齐声吟唱"奉上血肉，奉上灵魂！奉上血肉，奉上灵魂！"，就好像背诵着不为人知的教义。接着，他们一齐转向队长。

他们并不是单纯的叛变，这不是法拉德·阿兹·哈马斯所为。莉塔兹立刻意识到，空气中有某种能量，而且无疑与她几天前在工作间里碰过的血迹有关。但除此之外，她也不知眼前发生了什么事。

"皮囊食尸鬼。"她丈夫畏惧地轻声说。

皮囊食尸鬼，但那只是传说中的东西。尽管她不到达乌德或阿杜拉这把年纪，却也与邪恶的魔法斗争了二十多年。但她所受过的训练都无法应对这种怪物。她见识过也应对过一般人以为只是故事中才出现的怪谈。现在，莉塔兹知道那些人看到她工作时的感受了。

尽管年事已高，身形肥胖，劳恩·赫达德仍然如猫一样敏捷地避开了皮囊食尸鬼的剑尖。他挥出自己的权杖，刺穿了其中一人的头颅，但它的行动并没有迟缓下来。

僧人与母狮从震惊中回过神来，冲上前去。拉希德跳跃着，弯刀斜着划出弧线，干净利落地刺中最近一只皮囊食尸鬼的脖子。它的脑袋落到地面，身体又朝前跌跌撞撞地走了几步，然后倒下了。接着脑袋咝咝作响，身子开始匍匐着四处摸索寻找脑袋。拉希德的眼睛睁大了。他把喋喋不休的头颅一脚踹开，就像踢开苏共和国孩子玩耍的木球一样。

扎米亚已经扑上其中一只食尸鬼，闪着银光的利爪飞快地撕扯着，令人目不暇接。然后她扔下一具血肉模糊的身体，跳向她的下一个目标。

但扎米亚惊讶地看到，皮囊食尸鬼四散的皮肉又聚集到一起。女孩刚把另一个家伙开膛破肚，她的第一个受害者已经再次站了起来，毫发无伤。

其中一个家伙仍然如常人一样挥动着剑，低吼着向莉塔兹和她丈夫蹒跚走来。它踩过房间的大水池，一个棕绿色的阴影跃起来袭击它。是一只鳄鱼，她故乡最可怕的动物。鳄鱼身形细小——也许还年幼，也许被魔法抑制了生长——但即使半大的鳄鱼也很可怕，它几口把皮囊食尸鬼咬成两半。但食尸鬼又一次复原了，其中一条胳膊爬出鳄鱼的嘴，这只野兽吓得爬开了。

扎米亚来回跳跃着重创怪物并避开它们的拳头与剑刃。拉希德的弯刀刺进一只皮囊食尸鬼的手腕挑断了它的手。但手掌一落地，就借助手指爬向它的身体，像某种可怕的蜘蛛一般。僧人与劳恩·赫达德背靠背作战，二人都负了伤，不知如何杀死这样一群不死怪物。

身后通往蓝色房间的门廊里传来低吼与嘶鸣，更多的怪物拥了进来。万能的真主帮帮我们。

"这样没用，你得做些什么。"莉塔兹对丈夫说。她感到他修长的手掌抚上她瘦小的后背，她不那么害怕了。

接着她听到他响亮地念出魔法咒语。即使他们已经一起生活了三十年，她仍然无法理解只言片语。他已准备好释放这些力量，在绝境中就一直蓄积的力量。

"你们所有人，到达乌德身后去！"她对同伴大喊道。

拉希德与扎米亚听从了她的话。她很悲伤地看到劳恩·赫达德做不到了——他倒在地上，头被劈去了半边，死去了。两只皮囊食尸鬼正撕扯着死去的卫队长的胸膛，试图找到他的心脏，想要吃掉。

她走到丈夫身后。达乌德的吟咏变得异常响亮，他以前念咒时，那甜美粗哑的声音从未如现在这般，她想。停止念咒的那一刻，在她看来，他与常人相差无几。

他沉默下来，双手指向正在逼近的大群怪物——现在百兽林里已经有十来只了。

一阵猛烈的强光——如他们头顶正午骄阳一般耀眼的金色光束——从她丈夫指尖射出，不偏不倚地贯穿了皮囊食尸鬼群。她曾经见过这种光束将一个活人化为灰烬。当光束笼罩了整群怪物，莉塔兹希望丈夫的魔法奏效了。每一只皮囊食尸鬼都躺着不动了，身体升出一股青烟。

她听到他艰难地深吸了一口气，看到他的脸上赫然多了两条皱纹。

接着她看到皮囊食尸鬼的动静。她的心一沉。怪物们只是被阻挡了一下——它们已经开始慢慢复苏。

"现在怎么办？"达乌德问。他喘得如此厉害，莉塔兹想他也许会死。

不过十年前，在施过这样的法术后他仍能好端端地站着。她不禁担忧。

"我不知道，"她说，"我们对付不了这些家伙，我们得离开这里。"

达乌德的咒语为他们争取到足够的时间穿过大拱廊跑出百兽林来到一间有屋顶的房间——一间石头砌成的前厅。

拉希德和扎米亚也跟了过来，但僧人很不开心地说："临阵脱逃可不是教会的做法——"

"也不是巴达维人的做法。"扎米亚半狮子的声音接了话茬。

顺着拱廊，她看到皮囊食尸鬼集合成了方队的样子慢慢朝他们走来。他们没有时间了。

"愚蠢的孩子们！"达乌德上气不接下气地说出莉塔兹的想法。"那些是皮囊食尸鬼！狮爪也好，咒语和药液也好，叉形弯刀也好——按照古书上说的，这些对它们毫无作用，只有阿杜拉知道怎么杀死它们。而如果我们没法——"

一阵令人血液凝固的尖叫声传来，打断了他的话——莉塔兹认出了这声尖叫，它来自隔壁房间。阿杜拉！挺住，老朋友！我们这就来！至少让我们死在一起！

扎米亚和她的同伴们正在百兽林边上的一间小前室里。

"只有阿杜拉知道怎么杀死它们，"瓦纪德之子达乌德说，"而如果我们没法——"

扎米亚听到隔壁房间里传来熟悉的尖叫声。博士！

她以狮子般的速度冲进一间有大柱子的房间，拉希德与她一起行动。因为早先受的伤，她仍然很虚弱，而维持形态又消耗着她无数不多的体力。

房间充斥着杂乱的气息和景象。猎鹰王子与一个男孩坐在王座上叫喊着。人们的尸体。一堵光之墙。更大群念念叨叨的怪物。一个长着黑胡子的瘦削男人，散发着异常污秽的气息。

扎米亚将这些摒于脑后，看向将她引到此处的人——人狼牟·阿瓦正躬身伏在博士身上。她回忆着族人们的尸体，从狂怒中汲取着新的力量。

她一个箭步从拉希德身边冲过去，眼睛死死盯着牟·阿瓦。"这是我的猎物！"她咆哮着。

她猛扑到黑暗生物的身上，一爪将它从博士身上远远地拍开。拉希德去迎战别的敌人，从她的视野中消失了。

人狼可怕的声音充斥了她的脑海。小猫！不！**她本已被牟·阿瓦杀死！这个野蛮的狮孩本已经被杀死！**牟·阿瓦黑暗的身躯步步后退，扎米亚则步步紧逼。

扎米亚大吼着："并非如此，你怕了吗，怪物？很好！"她感到自己又充满勇气，就像巴达维女人该有的样子。仿佛父亲正在身边谆谆教诲，她蓄积起力量，发动攻击。

她扑上前，但牟·阿瓦移动得太快了。它向后躲闪，她的爪子挥了个空。怪物一次、两次咬向她，但她化解了它每一次绝望的袭击。牟·阿瓦恐惧地战斗着。它确实有一部分是豺狼——对于无助者残忍无情，但面对一个能置其于死地的人则怯懦不堪。

她挥爪横扫，在黑暗的皮肉上划下深深的伤痕。牟·阿瓦疼得大叫起来。

不！她伤了牟·阿瓦！

怪物冲过来，又扑空了。她的反击也只伤其皮毛。

他们僵持着，双方都在寻找下手的机会。它试图用喋喋不休的话语使她分神。

你回想起疼痛的滋味了吗？当牟·阿瓦的獠牙刺进你的灵魂时那番痛苦？是的！你确实回想起来了！

她并不怎么在意脑海中的这些词句。她迫不及待想要复仇。

牟·阿瓦虚晃一下，接着以她想象不到的速度又一次张嘴扑来。它没有咬到，但扑倒了她。散发出尸臭味的黑色爪子嵌进她的体侧。剧痛令她差点儿昏了过去。

她能够更多地感觉到而非看到，这个曾经是人类的东西匿迹于自身的暗影中，在某处嘲讽着她。小猫想要妨碍他神圣之友的计划！不！牟·阿瓦吞噬一切的胃会——

她瞅准机会发起进攻。疼痛几乎让人失去知觉，她呼唤着救死扶伤天使，激烈地翻腾着。接着，她的前爪将尖叫着的怪物死死地按在地上。

不！被骗了！人狼牟·阿瓦被骗了！

房间的一切都消散了。扎米亚什么都看不到，听不到，闻不到，除了面前的家伙。她打起精神，一口咬上牟·阿瓦的喉咙，一块块地撕扯下黑暗的皮肉，人狼含糊不清地咆哮着，猛烈抓扯着她的腰。

但她愈咬愈深，直到咬穿了牟·阿瓦的喉咙。人狼猛地一抓，接着不动了。

她感到窒息，口鼻充满着无以复加的恶臭。她不自觉地换下狮子外形。

她颤抖着站起来。

组成牟·阿瓦的黑暗之物翻滚着，如烟般升腾起来。某种不可见、不可感的风将黑暗之物撕扯成一缕缕，接着散去，无影无踪。

留在王宫地板上的只有一具人的骸骨。哈度·纳瓦斯，孩童之镰。但颅骨并不是人类，而是一只豺狼的头骨。这情形让她想起沙漠中被风吹干的尸骨——以及沙漠中她失去的一切。

她用穿着靴子的脚踢了骨架一下，骨头立刻碎成灰土。她闭上双眼忍受着伤口的疼痛，倒在石头地板上。

吾族之仇已报。巴努·莱思·巴达维之仇已报。

扎米亚敢说，她父亲一定会为她而自豪。

接着她一阵恶心。一次又一次地，直到泪水涌上双眼，她的胃又痛了起来，很难受。

拉希德听到博士的尖叫，来不及细想将要面临怎样的危险，便全力冲了过去。他来到一间砌有柱子、中心有高台的大房间里。他看到哈里发和一个黑斗篷男人的尸体——是一个皇家术士，他猜——倒在地板上。尸体边站着一个形容枯槁的男人，他身上的白袍污秽不堪。几只皮囊食尸鬼正在猛击一堵闪光的墙。

高台顶端是由明亮的白石砌成的高背王座。猎鹰王子坐在王座上，双手牵着身边一位长发小男孩。法拉德·阿兹·哈马斯正大吼：“没有用。这没有用！”

拉希德不关心叛变者在说什么。他的心思全在高台边，牟·阿瓦伏在博士身上，博士疼得尖叫。

他得去帮助他的导师。人狼的注意力被分散了，拉希德以前所未有的速度冲了过去。

但扎米亚·巴努·莱思·巴达维比他还要快。随着一道金光，她从他身边闪过，一边咆哮着“这是我的猎物！”，一边扑到牟·阿瓦身上，将它从博士身上推开了。

拉希德看了一眼作战双方，光影交锋，爪牙纠缠。接着他看到身着肮脏长袍的男人——奥沙度，一定是他——朝前走去，镇静地触摸光之墙。一阵红色的闪光过后，墙消失了。奥沙度做了个手势，不再受阻碍的皮囊食尸鬼们便朝着王座行进。

拉希德来到博士身边。博士的长袍被爪子撕碎了，但是上面看不到任何血迹。在博士的眼角，拉希德看到了比血更为明亮的红色。

“救死扶伤的天使啊！博士，你……我应该怎么办？”他问，对自己感到恐惧而羞耻。

“拉希德·巴斯·拉希德，”博士开口了，声音虚弱而空洞，“你是一个好人……一个好搭档。”

拉希德抓住食尸鬼猎人的肩膀。“博士，请告诉我！怎样才能杀死那些怪物？”

博士浅棕色的双眼似乎极力对抗着眼角红光的吞噬。“嗯？把……把头砍掉，阻止皮囊食尸鬼！”

“我确实砍掉了其中一只的头，博士。它只是——”

"奥……奥沙度。"博士说完，便陷入了某种魔法导致的深度沉睡中。

奥沙度。要斩去食尸鬼之食尸鬼的头颅！

从眼角的余光，他看到一团团魔法火焰——莉塔兹和达乌德正在和更多的皮囊食尸鬼作战。他不知道扎米亚那边的情况怎么样了。

拉希德小心翼翼地将他导师肥胖的身躯放在高台上。他抬起头，看到奥沙度难以置信地——魔术般地——跳上了王座。食尸鬼之食尸鬼以妖术之力反手猛击法拉德·阿兹·哈马斯。盗贼头子的剑从手中落下，掉在了台面上。接着奥沙度一脚用力踏上王座，一手抓过孩子黑色的长发——是太子，拉希德意识到——拔出一把刀。

他将饮王室子嗣之血，正如卷轴上所说。

奥沙度的弯刀上下一挑，太子痛得大叫起来，奥沙度的长袍溅上了红色。

与此同时，半昏迷中的猎鹰王子说了一个词并做了个奇怪的手势。接着他伸手越过正流血的王子，并按动了王座一边扶手上的什么东西。拉希德听到石头移动的巨大声响。

又一个哈里发从未知晓的秘密？似乎如此，在他身下，地板迅速地退去，只剩下王座与其坐落的高台——拉希德，博士，太子，法拉德·阿兹·哈马斯和奥沙度全在上面——由一根上升的柱子托起。

拉希德朝博士肥胖的身躯最后投去难过的一瞥，接着看向奥沙度。食尸鬼之食尸鬼再一次将刀扎进太子的胸口。

拉希德跳向王座。**万能的真主，虽然我知道自己微不足道，**

但我恳请您赐予您的随从以力量！

他冲向奥沙度，但食尸鬼之食尸鬼挥挥手，接着奇怪的事情——不可能的事情——发生了。

王殿不复存在。曾经砌着石墙与天花板的地方闪烁着红光。拉希德的同伴们都消失了。奥沙度和他的怪物们也消失了。只剩下拉希德一人。

这又是什么邪恶的魔法？

拉希德狂乱地四处张望，想找到一块天花板、一块地砖或一扇门。但所见之处只有游移盘旋的红光。

他进行了一下气息训练，使自己稍稍镇定下来。他背诵经文："我在游荡着食尸鬼的荒原前行，没有恐惧能将其黑暗降临于我。我寻求真主的庇佑——"

一个人出现在拉希德面前，他停止背诵《天堂之章》。

这人拿着一支长矛，穿着很凌乱，肚子上有一道可怕的刀伤。他本该站不起来。他的脸让拉希德觉得有些面熟……

是其中一个强盗！两年前，拉希德刚离开圣殿时，曾经在达姆萨瓦城的一条路上遭遇了三个强盗的埋伏。他轻而易举地杀死了他们。

这是拉希德杀的第一个人。

那人用空洞的眼神望着拉希德，开口说话了。

"信徒们啊！要知道，杀害他人会让真主哭泣！"

听到这样的声音引用着《天堂之章》，拉希德吓得呆住了。男人的嘴唇开合，但念出经文的声音却是拉希德自己的——是他常在自己内心中听到的自我质问的声音。

那人一边说着话，另两个当时被拉希德杀死的强盗也出现了。其中一人被削去了半边脑袋，另一人胸前流着血，他们加入咏唱，每人都发出拉希德自己的声音。

"信徒们啊！要知道，杀害他人会让真主哭泣！"

又一个残缺不全的人影在拉希德身边闪现。是男术士祖德，他诱拐妇女，与她们成婚，然后将她们喂给自己的水系食尸鬼。拉希德在与博士第一次狩猎时杀死了他。

"信徒们啊！要知道，杀害他人会让真主哭泣！"

又一个被拉希德杀死的恶人出现了。又一个。这些死去的人们一齐朝拉希德走来。直到最后关头，拉希德才回过神来。

他挥刀砍向最近的人，但叉形刀就像划过空气一样晃过了强盗的身体。他无比害怕被这些死人的手碰到，虽然说不出为什么。他一步步后退，眼睛盯着他们。

他听见身后传来一阵火焰的嘶声。他感到身上的蕾丝绸烧焦了。拉希德将视线从死人身上移开，转向可怕的热浪，看到火焰滔天的深渊。

火焰湖！我被真主流放到了火焰湖！

死人继续逼近。拉希德又向后退了几步，感到背后的热浪已开始灼伤他的皮肤。他听到一阵微弱的哭泣声，不知从何而来又仿佛从四面八方而来，就像宇宙被撕成两半。

但接着，他听到了其中的另一个声音。微弱而遥远。他听见阿杜拉·马哈斯陆博士不久前说的话。

"拉希德·巴斯·拉希德，你是一个好人……一个好搭档……"

拉希德努力聆听着这些话，仿佛它们是来自真主的庇佑。他从中又获得了力量。

不，这火焰不是真实的。这些人都已死去。我已尽我所能为万能的真主效忠。我有时也会失败，但"完美是只有真主才能居住的殿堂"。

在拉希德四周，浓稠翻滚的红色辉光摇曳着，似乎渐渐淡去。亡灵们都消失了。顷刻之后，他看到身着污秽长袍的枯瘦男人站在他面前。

奥沙度！是他干的，不是真主所为！

这只持续了很短的时间，接着亡灵们又出现了，将他逼退向火焰湖。拉希德感到肌肤被烧灼，但他忍着没有叫喊。

他将注意力集中到从未有过的思绪上。他描绘着博士、莉塔兹和达乌德的身影，他描绘着扎米亚·巴努·莱思·巴达维这个胆敢与他谈婚论嫁的女人的身影。他回想着他们犯下的过错与做过的善举。接着他听见了自己的咏唱：

"完美是只有真主才能居住的殿堂。完美是只有真主才能居住的殿堂。完美是只有真主才能居住的殿堂。"

翻滚的红色光线又一次摇曳着淡去。他又一次看到奥沙度站在面前。

拉希德吟唱着经文，想着他的朋友们，一边冲上前去。红光散去，亡灵们再也没有出现。他挥刀砍向奥沙度，感到自己正冲破一道砖墙。

他听见一个失去舌头的男人含混不清的叫喊。接着，他又一次身处王座之殿，位于高耸的台上。太子流着血躺在王座上，奥沙度站在拉希德面前，双手痛苦地抱着头。当他面对亡灵时，仿佛时间停滞了。

他们带来的痛苦仍旧没有褪去。拉希德全身刀割般疼痛，后背如火燎。但他迫使自己向前，同时再一次挥出他的弯刀。

人狼、沙系食尸鬼、皮囊食尸鬼。过去短短几天内的遭遇证明，想要征服这些叛逆天使的随从，他挥刀的手臂还是太软弱。但现在他觉得自己充满了真主的力量。他是尊敬的神的武器。

他的一生只为了这一刻。

拉希德猛击的力道将他自己与奥沙度一起推下王座，从已升至天花板一半高的高台上掉了下去。他们跌落到地板上，与此同时，拉希德的弯刀划过食尸鬼之食尸鬼的脖颈。

身着污秽长袍的男人死掉了，连半点儿声音都没发出。

当身体撞上石质地板时，拉希德感到自己的骨头断了。他痛得大叫，但在他的脑海中只听得见《天堂之章》的词句。*真主仁慈，斩尽残酷*。

在他身边，奥沙度无头的尸体抽搐了一下，然后不动了。

拉希德试图站起来，但伤痛拉扯着他坠入黑暗。他望着高台——上面躺着博士、太子，还有坐在王座上的猎鹰王子——高耸在一根刻有印记的大理石柱上。柱子看起来就像眼镜蛇身上的鳞片。天花板上的一块石砖移开，王座升进了由此出现的洞里，台基下方与之完美契合。又一阵巨大刺耳的响声过后，这套装置停止了运动。

拉希德目瞪口呆，眼睁睁地看着天花板将博士吞了进去。然后他很欣慰地看到皮囊食尸鬼们纷纷倒地。

疼痛又一次袭来，他眼前一黑。

阿杜拉·马哈斯陆感觉，似乎有一块巨大的灰色石头压在他的灵魂上，将他曾有过的一切欢乐都碾压粉碎。他迷迷糊糊地觉察到周围发生了什么——一只狮子跑过，空中四溅火花，一个穿着肮脏长袍的男人悄无声息的脚步，他自己朝一位蓝衣人喃喃低语——但这些于他毫无意义。他感到自己即将死去，正从真主的庇佑中被排挤出去。他在真主恩赐的世界上生活了那么多年，还从未感到这般绝望。

接着他听到一只豺狼的号叫，某种程度上说也像一个人类的尖叫。随后他感到真主仁慈的手将碾压他灵魂的巨石推开了。

他闪出喜悦的泪花。他听到石头移动的巨响以及什么东西卡准位置的咔嗒声。他擦擦双眼站了起来，胸口一阵阵地疼痛，长袍也已破碎不堪。但他伸手去摸伤口时，却什么也没有找到。

接着他回想起来了。当他的灵魂被黑幕所遮蔽时，双眼看到的一切。牟·阿瓦袭击了他。扎米亚袭击了牟·阿瓦。奥沙度刺死了太子。王座升上了天花板。

阿杜拉努力站稳脚跟，并试图理清思路。**我还活着，这就意味着牟·阿瓦已经被打败了。但它的主人呢？**他没有找到奥沙度的身影。

他身处一间狭小的石室内，既没有窗户也没有门。王座的台基上升到这个房间里，并占据了大部分空间。太子一动不动地倒在弯月王座上，上面溅满了他的血。法拉德·阿兹·哈马斯正俯身在死去太子的身边。

接着，那人的嘴边滴下血来。

阿杜拉跪坐了下来，从黑暗中脱身的喜悦烟消云散。他对于所目睹的可怕行径语无伦次地尖叫起来。

王子看着他，脸上的愧疚与血迹一样历历在目。"那男孩叫我这么做的，大叔。他知道自己要死了。"他的声音粗哑刺耳，毫无平日的虚张声势，"看来，通过握手来移交王座的力量是个谎言。它的供养与治愈魔法仍然是个谜。但饮血咒语。战争力量。这些是真实的。我能感到它们切实地涌入我的体内。"

阿杜拉一阵作呕。他想要立刻扼死王子。但对他来说，光是站着就已经竭尽全力了。他一词一句地表达着自己的愤怒："他还是个孩子，你这个诡计多端的恶棍！他是个不满十岁的孩子！"

听到这里，这个自命不凡的疯子的面具滑落了。"你以为我不知道吗，大叔？你当真以为我的心没有因此被撕扯成两半吗？"

"我倒宁可你的心被食尸鬼撕成两半，也好过让这个男孩死去。你做了这些，你是个恶棍，法拉德·阿兹·哈马斯，真主会诅咒你的。"

大盗用袖子擦去了嘴边的血迹。"也许吧。我并没有杀害这个男孩，大叔。但他现在已经死了。他父亲也死了。要对付这该死的大理石板可得花费一番工夫，我得动用所有的力量来阻止它落回其他任何以啜饮人民之血为生的纨绔杀手手中。这是我该做的事吧？"他又换上了自鸣得意的神色。

王子就事论事的态度令阿杜拉怒不可遏。他不假思索地朝大盗扑过去，挥出一记右勾拳，这是他还是死驴巷最强壮的小伙子时练就的。大盗正专注于他新获得的力量，否则阿杜拉根本没有机会动他一根毫毛。一拳下去，一声脆响。

盗贼头子的眼中闪过一丝恨意，他的手摸向了剑柄。阿杜拉这是自寻死路。

但慢慢地，王子的脸上浮现出悲伤的微笑。"我想我难辞其咎，大叔。再多打我几拳也不为过。"法拉德·阿兹·哈马斯抽揺着碰了碰自己的嘴角，现在那里滴落的是他自己的鲜血。阿杜拉盯着地面，他厌恶猎鹰王子，也厌恶自己——他厌恶真主恩赐的世界上的万物。

“看着我，大叔，拜托。”王子说，他的语调听起来大不相同——就像一个受惊的孩子。阿杜拉抬起头，死死盯着他。

“就算……就算没能获得想要的仁慈力量，”大盗继续说，“仍然有机会做一些改变。这也是为什么太子临死前让我这么做。哈里发声称是真主将他的印记刻在王座上。我现在知道你说的是真的，奥沙度是叛逆天使派来寻找王座的。但我呢？我只是个普通人，大叔。我只是个想做正确之事的普通人。”

“当我看到奥沙度刺中了男孩，我知道了自己不得不做的事。多亏了这古老的石头机关，我得以秘密地完成必要的工作。现在的问题是，当我把王座降回原处并尝试从混乱中恢复秩序时会发生什么。仍然有支持我的大臣，我的外交官与法律专员会帮助我从其他国家获得认可。仍然有一线希望避免大街上血流成河。只要时间充裕，我的学者们甚至能找出办法利用眼镜蛇王座的力量来帮助人民。但如果在这里说的话——”他指着死去的太子犹豫了一下。

王子清清嗓子，又开口了：“如果在这里说的话泄露出去，那么连这最后一线希望也将不复存在。这意味着另一场内战，我们对此十分确信。你与我并不是因为单纯的巧合才身处此地，大叔。你应称呼其为真主之愿。我只是想说，‘英雄所见略同’。但不管怎样，我需要你的帮助，对你所见所闻缄口不言。”

你知道战争中妓女们的下场吗？米莉两天前的质问在阿杜拉耳边回响，他看着弯月王座上太子的遗体。如果他能保守这罪恶的秘密，就有一线希望——希望而已——将一切和平解决，而不至于满大街处处横尸。阿杜拉盯着一小块血迹——是王子的还是太子的，他也不知道——从他的长袍上奇迹般滑落。他又一次想起了真主托的梦——被污染的长袍和鲜血的河流。真主向他警示的究竟是奥沙度还是他自己？

该死，真是一团乱麻。他得为王子保密。这是错误的，是罪恶的，他毫不怀疑当自己接受真主审判时会付出代价。但这也是唯一的办法。它也许能——在此时此地——拯救他的城市、他的朋友和他爱的女人。他抬头朝向宽宏的真主，一切福祉来源的真主，静静地乞求着宽恕。

他看着王子，用尽可能刚硬的声音说道："如果你欺骗了我们，法拉德·阿兹·哈马斯——如果你不尽全力保护城市平安、人民富足——你将付出代价，无比沉重的代价。别想着王宫高墙与死亡魔法会保护你。如果你背叛了这座城市，我以万能真主之名发誓，我将饮尽你的血。"

王子郑重地向他鞠了一躬，一句话也没有说。

第二十章

扎米亚与她的同伴一起站在清晨的阳光中，看着原本是瓦纪德之子达乌德和利卡米之女莉塔兹的商店如今已成了焦黑的废墟。烧焦的木头和石头的臭味刺激着她敏锐的嗅觉，她只得退得比别人更远。

莉塔兹终于停止了哭号。她声音中的怒火已经熄灭，但也变得虚弱无力。"是初级学员。愿真主诅咒他们都将落进火焰湖。当我们正在从叛逆天使手中拯救这座该死的城市时，他们却……他们却干了这种事。"

拉希德的手臂打着绷带，脸也因为战斗变得青一块紫一块的。他皱着眉看着烧毁的房屋。"他们……他们的所为不是真主所派，伯母。我很抱歉。"

"这是邪恶之人的行径。"博士有气无力地说道，他一手搭上莉塔兹的肩膀，另一手搭上她的丈夫。在他们发现这样的破坏之前，扎米亚就意识到，博士软弱得不正常。

法拉德·阿兹·哈马斯的治疗师处理了众人的伤口后，他们一行人便在护送下悄悄地离开了已乱成一锅粥的弯月王宫，带着猎鹰王子无声的感谢和祝福走出了大门。即使是拉希德，在离开的时候也一言不发，虽然他的双眼一直如利刃般直视着大盗。

而现在他们看到了这般光景。

"我能说的，"博士用弱得几乎听不见的声音说，"是几天前你们对我说的话：经过几周的工作你的家就能重建。你将——"

达乌德竖起一根细长的手指示意博士安静。他们长久地呆立凝望着。

几小时后他们五人坐在默沙比的茶室里，啜饮着花蜜和小豆蔻茶，一边闷闷不乐地小口啃着糕点。茶室老板是一个留着山羊胡、穿着考究的小个子男人，他收了额外几个钱的小费，便将其他顾客请出，让这群人得以独自安静地讨论他们王宫一战的后果。

"他仍然是猎鹰王子，"达乌德说，"还是已经变成了'美德的卫道士，哈里发·法拉德·阿兹·哈马斯'？好吧，不管他乐意用哪个名字，这个疯子有了适合他的任务。我用一个迪纳尔赌一个迪拉姆，事情还没有结束，街头巷尾还会来一场战争。即便如达姆萨瓦城这般繁华，它也不过是一个城市，阿巴森其他城市的统治者，苏共和国的三位帕夏，卢加尔巴的大苏丹——这些人会作何反应？弯月王国一直是由众多根错综复杂的线缠绕在一起的。昨晚之后……"老男术士摇摇头，看上去比战斗前更为苍老了，"以及那些守卫们会变得怎样？奥沙度的咒语已经攫取了好几百人的灵魂。"达乌德问阿杜拉，"如今食尸鬼之食尸鬼已经死了，那些卫兵还会活下来吗？"

博士耸耸肩。"按照古书上说的，这取决于人们自己。一些人会死去。一些人会活下来，但也不是曾经的样子了——实际上，有人会发疯。少数人——最坚强的、最接近真主的能够保持完整的人格，只是会病上几天，并在记忆中留下几小时的空白。但我们现在有更重要的事要讨论。我们来这里的路上，你和莉塔兹正激动地谈论着什么。现在我两次提及重建你们的店铺，你都制止了我。如果我没猜错的话，你们有下一步的打算了？"

男术士伸展了下身子，看向他的妻子，后者悲伤地笑了笑，点点头。

"你太了解我们了，我的好兄弟。"达乌德终于开口道，"我们是时候离开达姆萨瓦城了。好几年来莉塔兹一直说想再看看共和国，如今我也深有同感。我们一直想着回故乡一次，但总被这样那样的事情耽搁了。而……这最后一战，阿杜拉，它榨干了我数周乃至数月的生命。很快我就会变得老迈而无法进行这样的旅行了。"

莉塔兹将她的小手放到她丈夫的肩膀上。"初级学员做的这些事，这座城市的动荡——也许这些都是真主的信号。也许我们是时候回家了。"

"我……你们……我会想念你们的，我的朋友。"博士的眼中闪着隐隐的泪光，"以真主之名，我一定会想念你们的。"

莉塔兹的眼睛也湿润了。"当然，你可以和我们一起走，阿杜拉。但恐怕你也有自己的事要处理。现在这场疯狂的骚动里我们的任务已经完成了。也许在我们离开前你很快可以告诉我们一个好消息？"

扎米亚并不知道炼金术士指的是什么，但博士似乎突然变得很尴尬。

莉塔兹看上去不那么伤感了，她接着说："不管怎样，在来这里的路上，我得承认我们想把你的助手挖走，问他愿不愿意加入我们。这年轻人需要见见世面。"她说着，微笑地看着拉希德，拉希德垂下眼睛，"当然，他很礼貌地拒绝了。"

莉塔兹转向扎米亚："你呢？扎米亚·巴努·莱思·巴达维？你愿意的话也可以和我们一起走。开阔的路不比沙漠，但比城市里的舒畅些。达乌德和我是个只有两个人的部落，但如果有你作为守护者，我们同样感到很荣幸。"

扎米亚的头脑一片混乱，不知道该说什么。找一个可以同行的部落——而且路途遥远——是个奇怪的想法，从来没有巴达维人这样做过。

还有就是拉希德·巴斯·拉希德。她希望能与他一起离开这座可怕的城市。她想，和他一起的话，也许有一天她能忘记自己是部落的守护者，也许能找到一处地方，在那里这类事情都不再重要，在那里没有敌人的威胁。在真主恩赐的世界上真的会有这样一个地方吗？扎米亚对于这种想法如此强烈地吸引自己而感到羞愧。

但她知道这些只是愿望而已。她不会允许自己遗忘自己身为部落守护者，也知道这世界上到处都是人类的敌人。救死扶伤天使赐予她狮子的力量不是让她推卸责任的。而且，她爱着僧人——是的，她告诉自己，你爱他！——因为他对于职责的奉献精神。

"我……我得考虑一下，伯母。"她只能说出这句话。

她看着拉希德。尽管伤口看起来很骇人，他仍然盘腿端坐在拼织毯上。叉形弯刀横在他消瘦的双腿上。当他忍痛站起身朝她走来时，她差点儿跳了起来。

"扎米亚……"他刚开口便打住了，就像有人突然捅了他一刀。她自认为他的表情并不仅仅因为伤痛。他继续说道，"我想……我想和你单独谈谈，如果你不介意的话。"他指了指离这群老人较远的一间没人的边室。

专注于你的职责，她告诉自己。她双手紧紧地攥在一起，指甲都掐进了肉里。她跟着他走了。

拉希德·巴斯·拉希德竭力让注意力集中于自己的职责。他领着扎米亚走进默沙比茶室的一个僻静的小房间里，在这儿可以避免博士及他的朋友偷听。这里没有别的顾客，不光是因为老板行的方便，也是因为王宫动乱的传言——以讹传讹，添油加醋的传言——已经传遍了大街小巷，人们四处流窜，囤积食物，挖避难道，然后闭门不出，为将发生的未知事态做着准备。

拉希德转向扎米亚，他鼓足勇气凝视着部落女孩，接着又将视线投向地面，只偶尔抬起眼对上扎米亚闪闪发光的双眸。他的身体很疼，他的灵魂从未如此这般不知所措。但他仍然开口了："昨天的战斗你很勇猛，扎米亚·巴努·莱思·巴达维。"他说道，随即觉得自己的话语十分愚蠢。

"你也一样，拉希德·巴斯·拉希德。"

"扎米亚……我……我希望你能知道，在真主恩赐的世界上，你是我唯一愿意娶的女人。"他感到自己的双颊羞得通红，简直不敢相信刚才竟说了这样的词句。

扎米亚的绿眼睛——拉希德见过的最美丽的眼睛——睁大了。但她一句话也没说。

"但……"他接着说，恨不得自己死了才好，"但教会禁止长老成婚。如果我想要携你之手，我将放弃在真主注视下获得提升的任何机会。我将永远是一介僧人，无法在真主的圣殿里讲学。在遇到你之前，我确信自己将从僧人晋升为长老——成为真主的一把更加得心应手的武器——这是我能祈求的最仁慈的命运。"

扎米亚的眼睛湿润了，但眼泪没有落下。她哽咽着，拉希德用尽全力控制自己不要伸手去碰她。"那么现在呢？"她终于问道。

"现在……现在我也不知道。也许我会回到真主的圣殿里去。我打算离开这座邪恶的城市。我只知道这些。在那之后……"他沉默下去，不知该说什么。

"拉希德？"

"怎么了？"

"那里发生了什么？在王座的房间里？"

拉希德想说什么，但搜寻不到合适的词句。他虚弱的身体一度让他支撑不住想要哭泣。

终于，他喃喃地说道："我看到了一个残忍之人的魔法。我不会细说它的，扎米亚，但它……它让我想到了……想到了很多事。万能的真主原谅我，但经历了这几天之后，我不再清楚他究竟希望我做什么。我想我得花时间找到答案，独自一人。"

她一手捂住眼睛点了一下头。"那么这就是你必须去做的事？"她说道。她悲伤地笑笑，吻了他面颊一下，便转身离开了。

他的脸颊如火焰湖一般滚烫。如果他的长老见到亲吻的一幕，他们定会大为光火。但拉希德认为扎米亚·巴努·莱思·巴达维并没有错。他能做的就是强忍住夺眶欲出的眼泪，跟在她身后回到其他人身边。

阿杜拉小口饮着茶，望着这世界上与他交情最久的朋友。他看着达乌德，几近心碎。阿杜拉原已习惯看到他的朋友在战斗后双眼无神、形容憔悴，但这次不同。已经过去了一天了，他的肩膀仍然佝着。他的眼睛周围布满皱纹，步伐也蹒跚起来，这都是昨天早晨还没有的情况。

他们真的要走了。阿杜拉心想着，几乎感到了实实在在的疼痛。一切都变了，但并不是所有的事情都坏到无可救药。他环视着默沙比精心装点的茶室。这地方足够好了——比叶耶以前那间更棒，毫无疑问——而默沙比本人也是个慷慨的老板，但茶味总有些寡淡，而且……

噢，叶耶，我的朋友，你理应获得一个比真主给予你的更宁静的归宿。但愿你的灵魂能在他的庇佑下安息。

阿杜拉默念伊斯米·希哈布的《棕榈之叶》中的最后一段诗句：

> 这就是暮年！我眼见半数友人逝去。
> 我为他们的离去祷告，疲惫得无力哭泣。

拉希德与扎米亚二人结束了单独交谈，从边室走了出来回到桌边，二人都带着深受打击的表情。阿杜拉看着两位年轻的战士，叹了口气。他们让他感到害怕，并不由得想到未来，这两个渴望杀戮、认为屠杀是使命与荣耀之路的狂热少年将会如何。**我们会迎来一个不需要刀剑与利爪的世界吗？**他想着。但这不是他所处的世界。一想到世界是这般光景，他下意识地痛苦呻吟起来。

他知道，达乌德对于动乱即将来临的观点是正确的。但不管将发生什么，不管阿杜拉住在怎样的居所，在哪里喝茶，达姆萨瓦城是他的家。在一天行将结束的时候，没有什么能改变这一点。而且，不管怎样，法拉德·阿兹·哈马斯总不会比上一任哈里发更糟。他甚至妄想那个人——那个嗜血的篡位者——可以成为更好的统治者。

他呜咽着，他的同伴——不仅是他的老朋友，两个年轻人也一样——下垂的眼睛，亮绿色的眼睛，阴冷的眼睛，善解人意的眼睛——他在其中看到了关切，更多的——他看到了爱。虽然被一点点的粗鲁和严肃的荣誉感所掩饰，但毫无疑问那就是爱。每一次这样眼神相对，都在无声中向他传递着力量。有四个好人想要将他从苦痛中拯救出来。

也许这世界还不算太糟。

他和他的朋友们已经面对了最严重的威胁并击败了它。什么都变了。什么都没有变。救死扶伤天使并没有从洞开的苍穹中现身，来高声歌颂他们将所有的食尸鬼制造者都斩杀殆尽的功绩，也没有永获安宁的民众洒来如雨的花束。明天，或者后天，或者一个月后，也许一些鱼贩或家庭主妇会给阿杜拉带来更可怕的故事。真主并没有让阿杜拉和朋友们怡享天年作为褒奖。半癫半狂的猎鹰王子获得了眼镜蛇王座的邪恶力量加持，勉强地统治着达姆萨瓦城。而阿杜拉关心的人不是即将离开城市，就是已经死去。

除了米莉。

除了米莉，她比任何事都重要。他曾经对她庄严地发誓。阿杜拉一生中不止一次后悔许下的誓言，但他从未食言。

他对于真主的忠诚从未像现在这般甜蜜。

因此，尽管经历了那么多的恐惧，尽管还要经历更多，他的嘴角仍然掠过一丝微笑。除了狩猎食尸鬼之外还有很多种帮助他人的方式，他告诉自己。人们能够不依赖他而逃过一劫，他们就能逃过第二次。阿杜拉已经为"这世界的狂欢"鞠躬尽瘁。

现在轮到他翩然起舞了。

这天晚上，阿杜拉又一次来到了米莉·阿尔穆莎整葺得干干净净的门前。黄铜镶边的大门紧闭，这可不寻常。毫无疑问，她的线人一定告诉了她王宫发生动乱的消息。如果是这样的话，务实派的米莉很可能尽自己所能充分做好应对混乱的准备。

他敲了敲门，开门的不是斧头脸，而是米莉本人。阿杜拉的心提到了嗓子眼，他发现自己一时不知该说什么好。

米莉也没有说话，只是看着他，闪光的双眼表达着心中等待已久的疑问。

阿杜拉努力地使自己平静下来，攥紧了他的长袍，点了一下头。当米莉朝他走来，他露出了浅浅的微笑。

接着，阿杜拉·马哈斯陆博士双膝跪下，深深俯首，在自己想要娶的这个女人面前泣不成声。

扫二维码，关注卖书狂魔熊猫君，并回复"弯月王国"，
就可以读到作者萨拉丁·艾哈迈德的最新访谈！
更多有趣的赠书活动等你来参加！

图书在版编目（CIP）数据

弯月王国 / （美）萨拉丁·艾哈迈德
(Saladin Ahmed) 著；岱陵译. -- 上海：文汇出版社，
2017.8
（读客全球顶级畅销小说文库）

ISBN 978-7-5496-2209-2

Ⅰ. ①弯… Ⅱ. ①萨… ②岱… Ⅲ. ①长篇小说—美
国—现代 Ⅳ. ①I712.45

中国版本图书馆CIP数据核字(2017)第155809号

Throne of the Crescent Moon
by Saladin Ahmed
Copyright © 2012 by Saladin Ahmed
Published in agreement with Donald Maass Literary Agency and The Grayhawk Agency.
All rights reserved.

中文版权 © 2017 上海读客图书有限公司
经授权. 上海读客图书有限公司拥有本书的中文（简体）版权
图字：09-2017-359 号

弯月王国

作　　者 / [美] 萨拉丁·艾哈迈德
译　　者 / 岱　陵

责任编辑 / 周小诠
特邀编辑 / 叶　子　姚红成
封面装帧 / 陈艳丽

出版发行 / **文汇**出版社
　　　　　　上海市威海路 755 号
　　　　　　（邮政编码 200041）
经　　销 / 全国新华书店
印刷装订 / 三河市良远印务有限公司
版　　次 / 2017 年 8 月第 1 版
印　　次 / 2017 年 8 月第 1 次印刷
开　　本 / 890mm × 1270mm 1/32
字　　数 / 208 千字
印　　张 / 9.5

ISBN 978-7-5496-2209-2
定　　价 / 42.00 元